U0946895

快乐的青春是一场逆袭

林文力 主编

内蒙古出版集团 远方出版社

图书在版编目（CIP）数据

快乐的青春是一场逆袭/林文力主编.--呼和浩特:远方出版社,
2014.1

ISBN 978-7-5555-0054-4

Ⅰ.①快… Ⅱ.①林… Ⅲ.①散文集—世界 Ⅳ.①I16

中国版本图书馆CIP数据核字(2013)第293792号

快乐的青春是一场逆袭

主　　编　林文力
责任编辑　刘卫伟
装帧设计　柏拉图创意机构
出版发行　内蒙古出版集团　远方出版社
社　　址　呼和浩特市乌兰察布东路666号
（电话：0471 — 2236466 邮编：010010）
经　　销　新华书店
印　　刷　北京毅峰迅捷印刷有限公司
开　　本　880mm×1230mm　1/32
字　　数　236千
印　　张　8.5
版　　次　2014年3月 第1版
印　　次　2014年3月 第1次印刷
标准书号　ISBN 978-7-5555-0054-4
定　　价　28.00元

快乐的青春是一场逆袭

青春，是一个汗水抛洒的季节；青春，是一个激情跳动不止的年龄。为了活出生命的意义，我们总是努力改变自己。为了梦想，我们浑身充满力量，但现实却总是让人悲伤。我们是职场上的菜鸟，不是求职无门，就是干得多拿得少。我们天真纯洁不世故，遭冷遇、受排斥，处处碰壁。我们为了爱如痴如狂，到头来却百孔千疮……然而，为了梦想，我们必须用青春去扛，就算赌上全部的青春也在所不惜。

冷淡了父母，生疏了兄弟，伤害了深爱的姑娘，请你们原谅。为了梦想，我们将拼尽一切力量，像追逐猎物的狼王，用一股坚强去拼，用一种责任去闯。不放弃，一路向前，执拗地闯荡。前人说过，有梦想就有希望。而我们更相信，有青春总会有逆袭。

岁月如歌，以灵魂歌唱；生命如诗，尽一生品读。本书精心甄选《文苑》杂志出版20年来的内容，每篇文章都追随读者心灵的声音，帮助他们找回曾经的感动。书中内容涉及人生、社会、成长历程、情感等方方面面，既有平凡背后的温情，也有沙粒尘埃中的天堂。也许故事中一段小小的情节或是一句话语，便足以触动我们内心深处最柔软的地方，给琐碎的生活平添一份快乐，给艰难的青春带来一股动力。

快乐的青春
是一场逆袭

目录
CONTENTS

第一辑　参透人生便是禅

第二辑　别让亲情等太久

第三辑　爱情的风悄悄掠过

第四辑　时光的沙砾（岁月如歌）

第五辑　转个弯便是幸福

第一辑　参透人生便是禅

人生犹如一首歌，音调高低起伏，旋律抑扬顿挫；人生又仿佛一本书，写满了酸甜苦辣，记录着喜怒哀乐；人生亦像一局棋，布满了危险，也撒遍了机遇；人生恰似一条路，有山重水复的坎坷，也有柳暗花明的坦途。参透人生的风风雨雨，看淡生活的是是非非，体会生活的真味，方能享受真正的自在。

被掰碎的黄连

早年间我当兵在西藏阿里，冬天大雪封山，零下几十度的严寒，断绝了一切和外界的联系。我们每日除了工作，就是望着雪山冰川发呆。有一天，闲坐的女孩子们突然争论起来，求证一片黄连素的苦，可以平衡多少葡萄糖的甜？（由此可见，我们已多么百无聊赖！）一派说，大约500毫升5%的葡萄糖就可以中和苦味了。另外一派说，估计不灵。500毫升葡萄糖是可以的，只是浓度要提高，起码提到10%，甚至25%……争执不下，最后决定实地测查。那时候，我们是卫生员，葡萄糖和黄连素乃手到擒来之物，说试就试。方案很简单，把一片黄连素用药钵细细磨碎了，先泡在5%浓度的葡萄糖水里，大家分别来尝尝，若是不苦了，就算找到答案了。要是还苦，就继续向溶液里添加高浓度的葡萄糖，直到不苦了为止，然后计算比例。临到实验开始，我突然有些许不安。虽然小女兵们利用工作之便，搞到这两种药品都不费吹灰之力，但藏北距离内地，山路迢迢，关山重重。物品运送到阿里不容易啊，不应这样为了自己的好奇暴殄天物。黄连碎末混入到葡萄糖液里，整整一瓶原本可以输入血管救死扶伤的营养液，就报废了。至于黄连素，虽不是特别宝贵的东西，能省也省着点吧。我说，咱缩减一下量，黄连素只用四分之一片，葡萄糖液也只用四分之一瓶，行不行呢？

我是班长，大家挺尊重我的意见的，说好啊。有人想起前两天有一瓶葡萄糖，里面漂了个小黑点，不知道是什么杂物，不敢输入到病人身体里面，现在用来做苦甜之战的试验品，也算废物利用了。

试验开始。四分之一片没有包裹糖衣的黄连素被碾成粉末（记得操作这一步骤的时候，搅动得四周空气都是苦的），兑到125毫升5%的葡萄糖水中。那个最先提出以这个浓度就可消解黄连之苦的女孩，率先用舌头舔了舔已经变成黄色的液体。她是这一比例的倡导者，大家怕她就算觉得微苦，也要装出不苦的样子，损伤试验的公正性，将信将疑地盯着她的脸色。没想到她大口吐着唾沫，连连叫着，苦死了，你们千万不要来试，赶紧往里面兑糖……我们为自己以小人之心，度君子之腹感到羞惭，拿起高浓度的糖就往黄水里倒，然后又推举一个人来尝。这回试验者不停地咳嗽，咧着嘴巴吹着舌头说，太苦了，啥都别说了，兑糖吧……那一天，循环往复的场景就是——女孩子们不断地往小半瓶微黄的液体里兑着葡萄糖，然后伸出舌尖来舔，顷刻抽搐着脸，大叫“苦啊苦啊”……

直到糖水已经浓到了几乎要拉出黏丝，那液体还是只需一滴，就会苦得让人寒战。试验到此被迫告停，好奇的女兵们到底也没有求证出多少葡萄糖能够中和黄连的苦味。大家意犹未尽，又试着把整片的黄连泡进剩下的半瓶里去，趁着黄连还没有融化，一口吞下，看看结果如何。这一次，很快得到证明，没有融化的黄连之苦，还是可以忍受的。

把这个试验一步步说出来，也许无聊至极。不过，它也让我体会到，即使你一生中一定会邂逅黄连，比如生活强有力地非要赐予你极困窘的境遇，比如你遭逢危及生命的重患，必得要用黄连解救，比如……你都可以毫无惧色地吞咽黄连。毕竟，黄连是一味良药啊！只是，千万不要人为地将黄连碾碎，再细细品尝，敝帚自珍地长久回味。太多的人，习惯珍藏苦难，甚至以此自傲和自虐。这种对苦难的持久迷恋和品尝，会毒化你的感官，会损伤你对美好生活的精细体察，还会让你歧视没有经受过苦难的人。这些就是苦难的副作用。苦的力量比甜的力量，要强大得多。不要把黄连掰碎，不要让它丝丝入扣地嵌入我们的生活。

文/毕淑敏

作者以自己的亲身经历，用比喻的修辞手法将生活中的苦难比喻成黄连，告诫读者不能将苦难扩大化。对苦难的持久迷恋和品尝，会造成我们的生活充满苦难的副作用，最后像黄连被掰碎后嵌入我们的生活。

参透人生便是禅

人生路上，一路走来，我有许多难解的问题，关乎心灵，涉及思想，让我困惑不已。随着人生境遇的不断改变，禅意盈心，我有了心得。

什么是禅？禅是佛教禅宗的一种修行方法。参禅悟道，需要人生的大智慧。禅的境界，就是上善若水，真善美的至高境界。

一直以来，我顽固地认为，修身养性固然不错，但我绝不可能达到不恨不怨的豁达境界。试想，人生路上，遭遇坎坷，怎么会不怨天尤人？生命里，被人伤害，为什么不去还以颜色，以牙还牙？向敌人示弱，为对手鼓掌，这样的人生岂不是一种懦弱行为？难道好人就是软弱可欺的吗？

一直很欣赏这四句偈语："身是菩提树，心如明镜台。时时勤拂拭，勿使染尘埃。"意思是说，每个人的身体都是一棵觉悟的智慧树，每个人的心灵就像一座明亮的台镜，要时时不断地将它掸拂擦拭，不让它被尘垢污染，遮蔽了光明的本性。直到有一天，读到以下四句偈语，一颗心才突然感悟，原来烦恼都是自己寻找的："菩提本非树，明镜亦非台。本来无一物，何处染尘埃？"菩提原本就没有树，明亮的镜子也并不是台。本来无一物，怎会染上尘埃？这之后，人生所有的难题便都迎刃而解。当心灵变得博大，空灵无物，犹如倒空了的杯子，恬淡安静。那禅精要义，就如奔流的溪水，温暖地流淌，滋润着我的心田，让我的心灵原野郁郁葱葱。

有人问大龙智洪禅师："什么是微妙的禅？"智洪禅师回答："风送水声来枕畔，月移山影到窗前。"空中，梧桐落叶飘零。眼前，萧瑟秋花凝霜。一位秀才问赵州禅师："此情此景，如何感悟人生？"赵州禅师淡淡地说："不雨花犹落，无风絮自飞。"不惑之年的我，沉静地微笑。智洪与赵州禅师的境界，我永远无法企及，但我以自己独特的人生经历，可以不断地接近。

在偈语妙谛中参透禅机，在禅意玄机中觉悟人生。正所谓，泰山不让土壤，故能成其大。江海不择细流，故能成其深。王者不却众庶，故能明其德。

佛说原来怨是亲。纵使别人怨恨我们，我们也要拿他当自己的亲人，都要感谢他。为什么呢？因为没有他人制造的种种人生的磨难，我们的心就无从提高。心宁静，以致远。人行走于四方，奔波于名利之间。人活着应该是努力让心灵升华，把现实中的名利看淡一些，更值得关心的，应该是你自己的心。人的心灵，若能如莲花与日月，超然平淡，无分别心，取舍心，爱憎心，得失心，那么，便能获得快乐与祥和。一沙一世界，一花一天堂。天下无物不美，但要有一颗欣赏美的心。

红尘中，许多人丧失了甘于平淡的朴实的心，不再珍惜和感激真挚的收获与拥有，不再有一颗丰盈的心。岂知，拥有一颗平常心才能将功名利禄看淡，将胜负成败看透，将毁誉得失看破，才能获得禅宗所说的"平常心"。

佛说，流水下山非有意，片云归洞本无心。人生若得如云水，铁树开花遍地春。水往低处流，云往天上飘，一切都自然和谐地发生，这就是平常心。拥有一颗平常心，人生如行云流水，便是禅悟的心得。

宁静的心，质朴无瑕，回归本真，这便是——参透人生便是禅。

文/夏爱华

得而不喜，失而不泣，此所谓平常心。人，平平淡淡而来，也应平平淡淡而去。人生如一条淙淙流淌的长河，既有安宁平静也有波澜壮阔的时候，既有峰峦叠嶂时一泻千里的壮丽之美，也有走过一马平川时迂回柔情的安详。拥有一颗平常心才能学会满足，学会放弃，学会淡泊；才能理解别人，善待自己，享受生活。

草木有本心

读唐诗，读到这一句："草木有本心，何求美人折。"很喜欢。清气四溢，而且话说得很彻底。你以为你欣赏我我便应该高兴，你以为把我折下来插进一个官窑瓶里就是抬举我了吗？我有我自己的本心，用不着别人的肯定，哪怕是品德眼光都还不错的人。

突然想：世上什么东西最惨？是次品。

我怎么会从这一句唐诗想到次品的呢？不知道，反正我就是想到次品了。

说次品是婉转的说法，其实就是废品。废品与无用之物是不同的概念，无用之物就是无用，没有什么过错，也许是人们没有想出它的用处，也许是它并不想为人所用就装出一副全不起眼的样子，总之，无用不是褒义，也并不是贬义。但是废品就不一样了，它已经被按照某种希望、某种模式改造、加工（扭曲或者提炼），已经弄得面目全非了，却没有达到被改造的彼岸，没有达到改造者所希望的那种被用的要求，因此被扔在一边，不再被"用"。

我看不起废品，觉得它可悲。

而无用之物有趣啊，它自然——春来草自青，它放任——纷纷开且落。保留了许多可能却隐而不发，终于任其凋零如陨叶落花，以一无所有保全了天然。

说到草木，竹子是草木里很有风致的一种。有一次在成都望江楼，生平第一次看见了那么多品种的竹子，它们的风姿和名字让我惊叹不已。许多园林里，一个角落，漏花窗前，寥寥几竿，便带了瑟瑟风声，含了潇潇雨意，有了无限想象的水墨空间。

竹子是最中国化的草木，也很有用。古代时用来做简，用来刻字，一烤会出汗的，所以史书又叫汗青。可以建竹楼，可以扎筏，还可以制家具，桌椅屏风还有床。

想想许多熟悉的带“竹字头”的汉字：竿，竽，篱，笼，筐，筛，筷，签，箭，篓，箩，篮……都在告诉我们竹子的用处。雅一点的则是笠和笔，文人出门和在家随时相伴的。还有簟，就是竹席，觉得它风雅是因为李清照，“红藕香残玉簟秋”，即使已经从竹子沦落为席子，依然有资格与荷花一样充当节令的使者。最风雅的自然是箫，笛，还有笙，就是中国人梦想的“夜夜笙歌”的笙啊。

人喜欢这些竹制的器物，是从人的立场出发的，若是从竹子的立场出发，被人如此看重是荣宠还是不幸则很难说。

要被砍下来，接受检选，然后或劈或凿，又削又磨，甚至千揉百烤，真是苦心志，伤筋骨，可伤可叹。何况还有那些被砍了下来，又因为形状不合要求，或者后来爆裂，或者凿错削坏了……弃而不用的，何等可悲！一旦次了，便什么都做不成了。它永远不能回到山间坡上，做回自由自在沐雨栉风的竹子，而且连露水都不来打湿它，它连哭泣都不能够了。它不再是竹子，而且什么都不是。它既不是竹，也不是竹制品，它没有姓氏，只有一个统称叫做“次品”。

这时它和废铜烂铁等同起来。在废品堆前，我总是同情地想：废钢一定后悔，觉得不如不被选去炼，就做一块倔强的生铁，甚至就做一块丑丑的矿石。为什么一定要成为钢铁，冒着成为废钢的危险？

人总是这样，看到矿石就想到要炼钢铁，看到竹子就想到要做成什么，而且天真地相信，经历的所有折腾劳苦都必然会有报偿，要奋斗就要牺牲，而牺牲了就会成功，至少有意义。似乎没有人肯正视一个真相，或者说因为对成功不可抑制的欲望而假装忽略了它：成功都是用牺牲换来的，而牺牲不一定与成功有联系。许多奋斗和代价根本不会换来成功。

何况世界上有没有绝对的成功？现在所谓的成功，不过是按照大多数人的标准衡量的，而按照他人的意志塑造自己，一出发就是错误的。

一违本性就是错了，再努力就是错上加错，再不走运成为次品，那真是万劫不复。但是一竿竹子要有用，一块矿石要变成钢铁，就是要冒这样的风险的。一个人要成功，是不是也一样？

所以我是这样喜欢这句诗：草木有本心，不求美人折。

不论是次品还是成品，都不是它的本心。它的本心是做一竿没人理会的竹子，钻出土，解开带绒毛的笋衣，拔节，抽枝，在风里婆娑，在雨中瑟瑟，如果没有葬身熊猫之腹，那等待着它最后结局的是开花，死去……远离欣赏和利用，也远离扭曲的企图，这样自然就避免了厄运。

无用的竹子应该是快乐的。

作为竹子，没有比这更好的命运了。不想有用，就不被扭曲，更永远避免了沦为次品的悲惨。

在无用中保全了自己，这样就不用为了实现一种可能而舍弃生命内在的九百九十九种可能。不是不能，是不忍，不愿，不甘。

生命是一朵千瓣莲花，我的“本心”拒绝盛放，也就拒绝了枯萎和零落。

文/赵丽宏

从文中可以看出，对于成功的标准，作者有着不同于大多数人的看法。在作者看来，作为草木春来自青，花开花落，在山间栉风沐雨，远离欣赏和利用，然后死去，不必被攀折，不必被扭曲，是最好的命运；而对于人来说，也只有拒绝追求“按大多数人的标准的成功”而坚持自我，才能避免被扭曲，避免厄运。作者对成功的看法冷静、理智，让人警醒。

苦难土壤上的花朵

19岁那年，我高考落榜了，复读需要缴纳一笔不菲的学费。

我的母亲读书不多，但是性格要强。一天，几个跟她平日很要好的中年女人找到她，商量着去城阳贩蛤蜊，据说用车子载两包回来，一天可以赚100多元。

母亲心动了，非要去试试。她那年已近50岁，自己骑车子去贩蛤蜊让我不放心，我提出跟她们一起去看看。

城阳离我居住的小城有20多里路，我们准备好编织袋、绳子，我还特意跑到一个同学家，借了一架“大金鹿”车子。第二天一早，天还黑黢黢的，我们就出发了。

天刚刚破晓，海鲜批发市场上已经人头攒动，不少跟我们一样的小贩，胳膊底下夹着包跟商主讨价还价。我也凑了过去，蹲在一堆小山似的蛤蜊跟前用手扒拉着，边学着小贩的口气跟商主还价。

“行，你要多少？”商主抽着烟，目光在我稚气未脱的脸上扫了一眼，很痛快地说。

我回头看着母亲，母亲轻轻扯了一下我的衣角，我明白了，站起身刚要走，那人厉声喝住了我。

“什么意思？讲好了价想走，没门！”他把手里的烟头朝地上重重一摔，上前一把揪住我。

我正是血气方刚的年龄，怕什么？反身一挡，这一挡激怒了对方，一个拳头朝我脸上掼过来。

鲜血从我的鼻子里流了下来。母亲冲上去，挡在那人跟前，护着我说："不就一包蛤蜊吗？买就是了，凭什么打人？有你这样的吗？"

"妈，不要买！"我捂着鼻子，上前想阻止母亲，可那人身后又闪出几个人，朝我虎视眈眈地瞪着，母亲又把我向后猛地一推。

"最少500斤！"那人看也不看母亲，冷冷地抛下一句。

明显的欺诈，我肺都气炸了，恨不得冲上去砸扁他的鼻子！

"哪有这种道理？买多买少自己说了算，我就要这一包！"

"不行！"那人用脚踩住装蛤蜊的袋子，喷着烟，"这是批发市场的规矩。"

往家走的时候，我跟母亲每人载着三包蛤蜊，车两边梁上各一包，打横又一包，起初还勉强骑得动，可是不一会儿，就累得气喘吁吁。母亲走在前面，不得不一次次停下来，等着我。

"都怪我，不叫你来就好了。"母亲看着我淤青的鼻梁，用袖口想给我擦鼻孔里残留的一点血迹。

我强装笑脸，对母亲说："没事，妈，我会找人来收拾他们的！你放心，我不会咽下这口气！"

"你敢！"母亲狠狠地瞪着我，"强龙不压地头蛇，你回家好好复习，要是敢惹事，我跟你没完！"

看着母亲这般的懦弱，我气急地把车子一摔，载着蛤蜊的车子滚到了路一侧的沟里。我不解气，又跳进沟里，狠狠地照着袋子踹了几脚。

发泄完了，我头也不回大步向前走去。我走了很远，气也消得差不多了，想起母亲一个人待在那儿，肯定搬不动车子，只好又走了回来。

我看见母亲坐在大树底下，眼睛显然刚刚哭过。母亲不知用什么方法将车子从沟里搬了上来，而且她的那辆车子上多载了一包蛤蜊，我的车子上，少了一包。

我鼻子一酸，差点掉下泪来。

那一天，我跟母亲走走停停，到了家，已快晌午了。

母亲推着小车，走街串巷，卖完最后一斤蛤蜊，只赚回了本钱——蛤蜊当天没卖完，死去大半。母亲仍没泄气，第二天一早，又跟着同伴去了海鲜市场。

只是，母亲没有再让我跟着去，我把自己埋进书本，专心复习起来。最后，我拿着母亲用血汗赚来的2000元钱，参加了复读，第二年，我如愿以偿，考上了一所较为理想的大学。

弹指一挥间，20年过去了，我想象不出，母亲当年是忍受着怎样的屈辱，把爱和责任背了回来：一半是怕我受到伤害，一半是为了给我凑足学费。

这是母亲给予我的最好的礼物，是苦难土壤上开出的花朵。

文/邹扶澜

母爱，把苦难的铁磨成幸福的钥匙。文章用“苦难土壤上开出的花朵”喻指母亲给“我”的礼物，母亲当年“一半是怕我受到伤害，一半是为了给我凑足学费”，忍受屈辱，“把爱和责任背了回来”。在苦难的生活中，作者最终明白了什么是爱和责任感。

男　人

记不得是哪一个女作家说过，男人是永远长不大的孩子。好像还记得她一辈子也没有结过婚，所以她的经验或许可以使她这样想吧。事实上每个男人的一生中都有一个终身难忘的时刻——从那一刻起，他开始意识到自己已经成为一个男人！不是男孩，也不仅仅是男士，而是——男人。

我自己意识到这个事实的日子是在1993年9月4日——我父亲的忌日。

那是一个很晴朗的上午，正在市郊奔波忙碌的我忽然接到一个传呼。同事用极为简洁的语调告诉我："你父亲脑溢血，病危，赶紧回来！"我不敢相信自己的耳朵，今天早上父亲还是好好的和我一起去单位上班的！

经过近一小时的奔波，穿过大半个市区，闯过无数的信号灯，带着一身的臭汗，我回到了父亲的办公室。拨开一层又一层的人群，我见到了躺在地上的父亲。他双目微闭，口半张开，很平静地躺在那里。几个单位领导和穿白大褂的人走过来，握住我的手要我镇静、镇静。"我们已经抢救四十多分钟了，没有一点生命反应，希望家属准备一下后事……"我只觉得心里一片空白，什么话也没听见。

又过了二十分钟，屋里静静的。领导看着我，医务人员也看着我。“你们尽力了，出去休息吧。现在我想和父亲单独待一会儿。”我当时说得相当平静，连我自己都奇怪为什么能那么平静。

我跪下来把父亲的头抱在怀里，他的躯体很软，已经没有了正常人体的弹性和体温。我就这样抱着抱着，抱了很久很久……

父亲是一个极普通的人，沉默寡言，不善交际，与世无争，从来不发脾气，是单位里著名的胆小的老实人。父亲是五十年代北京一所著名大学的毕业生，同班同学里出色的已经做到了局长、厅长、部长，这些都是在整理父亲遗物时从他们半年前的同学聚会的纪念册中发现的，而这些父亲从来就不曾对我们和任何人提过。

在我和弟弟的记忆里，父亲和母亲好像只吵过一次架，至于吵架的原因和过程已经记不清了。父亲从不喝酒，吸烟只吸劣等的香烟，你送他好烟他会小心地收藏起来，在你没有烟的时候再拿出来交给你。父亲一辈子也没有一件值得大书特书的成就和业绩，每天就是八点钟准时上班，五点钟准时回家，回家时保证会买些蔬菜一起带回来。父亲很少做饭，但做得比妈妈好吃。吃完饭父亲不会离开饭桌，会耐心地等大家吃完，一声不响地把碗筷收拾起来。然后听收音机，看电视，吸烟，准时睡觉……

父亲从不对我们瞪眼，也很少呵斥我们，对于我和弟弟的学业也缺乏通常家长惯有的督促。高一那年我和班主任吵架，她找我家长，当时是父亲去的。那个女妖精比比划划大发雷霆，父亲唯唯诺诺满脸赔笑不应一声。出来后，他也没有说什么，拉我到一家小饭店坐下，父子默默地吃饭。看我提心吊胆地看着他，不敢吃饭，只说了句：“吃吧，都过去了。”我当时一下子就哭了出来。真的，即使在今天，想起那个胖胖的女妖精折磨父亲的样子，我依然恨得牙根发痒！

父亲也有高兴的时候，一次是我保送上大学，一次是我女儿出生。我看见他笑了，笑得很开心。

慢慢地我和弟弟都长大了，但是我们没有一个人的性格像父亲。

我们都相当的开朗活泼，有着广泛的社交圈子和众多的朋友。对于我们的事，父亲从不过问。即使是我们问起他的意见，他也只是给我们一些试探性的回答，不带有丝毫的指令性味道。

父亲就这样走过了五十五年，默默无闻而兢兢业业平平凡凡的一生，最终在自己的工作岗位上画上了一个句号。

那一年我二十六岁，我的宝贝女儿刚满周岁。

告别父亲的时刻，使我重新审视父亲辛劳的一生，让我重新认识了自己的父亲，也使我意识到从此时此刻起，作为长子的我必须挑起这副担子，做一个男人，一个堂堂正正的男人。

我把母亲接到自己家里居住，耐心地听她讲院子里老太太们中最新流传的小道消息；认真对待自己的工作，努力去完成任务；每次下班时都有意识地在市场里穿过，试图寻些新鲜的蔬菜和水果带回家里；即使外面的应酬活动结束得再晚，也坚持回家；即使再多的灯红酒绿杯盘交错，也能记起家中妻子和母亲焦急的目光；不忘记答应带给女儿的一个小礼物；不忘记在母亲和妻子的生日送上一个问候与祝福。做到这一切很累，真的很累。但是我很满足，因为这是一个男人起码的职责。

其实这个社会上根本没有那么多落难的公主等待白马王子的解救，也不会有太多见义勇为的机会等着你热血沸腾。所以，我不相信施瓦辛格的风流倜傥或者周润发的铁血硝烟。男人恐怕本不该是那个样子的，就算真的做到那样，也好像应该仅仅叫做男士——不过是展示一下男儿血性本色的一面罢了。比较起来，我宁愿接受父亲更简单的男人原则：有强烈的责任感和少说多做的处世信条。

这极其简单而又极其普通的原则伴随我走过了五年，走过了一千多个日出日落。送走了一批又一批的兄弟，又结识了一批又一批的朋友。每年的清明节，我都带上妻子和女儿去看父亲的陵园，默默地用心灵和他对话。在我眼里，父亲不是一个出色得顶天立地的人，尽管是极为普通极为普通——但是——他绝对可以称得上是一个称职的男人。

世界上不外乎有两种人，一种人的行动告诉你该怎样做人；一种人的行动告诉你不该怎样做人。在这一点上，我永远感激我的父亲。

文/老螃蟹

男人，从他出生的那一天起，就注定这辈子要艰难地跋涉，因为他要承受的是“男人”这一重若千斤的称呼。无论如何，这面旗帜绝不能倒，男人扛起自己的旗帜昂然前进，奋斗才能成就男人。身为男子汉，一生背负的是对生命的承诺和责任。作者在父亲去世后重新审视父亲的一生，慢慢体会到了“男人”二字的份量，并自觉挑起了家庭的重担，不需要顶天立地，不需要热血沸腾，一个称职的男人就如父亲那样——有强烈的责任感，少说多做。

天黑了，谁能拉着太阳不让它下山

姥姥说："天黑了，谁能拉着太阳不让它下山？你就得躺下。孩子，不怕，多黑的天到头了也得亮。"

姥姥走的那年春节我还跟她说："挺住啊老太太，使使劲，怎么着咱们也得混个百岁老人。"

姥姥说："有些事能使使劲，有些事啊就使不上劲了，天黑了，谁也挡不住喽！"

"姥姥，你怕死吗？"

"是个人就没有不怕死的。"

"那你这一辈子说了多少回'死了算了'？好像你不怕死，早就活够本了。"

"孩子你记住，人说话，一半是用嘴说，一半是用心说。用嘴说的话你倒着听就行了，用心说的话才是真的。"

"哈哈，老太太，那你这一辈子说了半辈子假话呀？"

"也不能这么说。你想啊，说话是不是给别人听的？哪有自己对自己说的？给别人听的话就得先替别人想，人家愿不愿意听，听了难不难受、高不高兴。这一来二去，你的话就变了一半了。你看见人家脸上有个黑点，你不用直说。人家自己的脸，不比你更清楚吗？打人不打脸，揭人不揭短。你要真想说，你就先说自己脸上也有个黑点，人家听了心里就好受些了。”

哦，凡事要替别人想。

“姥姥，你走了以后我想你怎么办？每年清明还得给你上坟吧？”

“不用，活着那些人就够你忙乎的了，人死了啥都没有了，别弄这些个没有用的摆设了，那都是弄给别人看的。我认识你这个人快五十年了，我最了解你了，不用上坟。”姥姥走后，我真的没敢去看她。

越不敢去心里越惦记。

去年夏天，儿子去姥姥家的水门口村过暑假，我派他代我去看看老奶奶。儿子回来说，老奶奶就躺在村口河边一个小山包的一堆土里。土堆前有块石头，上面写着姥爷和姥姥的名字：倪润太、刘鸿卿。土堆上面有些绿草，别的啥都没有了。儿子用手比划着土堆的大小，看着他那副天真的模样，我的眼泪像断了线的珠子，怎么也挡不住。很久没有这样哭了，心疼姥姥如今的日子，孤单、清冷。

我也最了解姥姥了，她本质上是一个热爱生活的人，一副柔弱的肩膀，一双三寸的小脚，热热闹闹忙忙乎乎地拉扯了一大群孩子以及孩子的孩子，走的时候是四世同堂。

这是姥姥想要的日子吗？

是，其实也不是。

“姥姥，如果有来世，你还会生那么多孩子吗？”

姥姥反问我：“你说呢？”

我不希望姥姥再那么辛苦了。不生了。

如果还是做主持人、做演员这个工作，我就不要孩子也不要家。我盼着现场直播之前，先在一个安静的属于自己的花园房子里睡上一大觉，起来洗个澡、喝一杯咖啡，再清清爽爽地去化妆，精精神神地去演播厅，无牵无挂。晚上回来，舒舒服服地泡上一个玫瑰浴，点一支香烟，喝一杯红酒，翻一本闲书。哪像现在呀，给全家蒸上包子，熬上稀饭，抹把脸就提溜着裙子去直播了。不管多晚回家，一大家子人还等着你，温暖是温暖了，可累人、累心啊！我都佩服自己，那些年是怎么混下来的？

“人哪，就是穿着棉袄盼着裙子，穿着裙子又想着棉袄。要不是这些人在家等着你，你在电视上兴许就不会说人话了。”

明白姥姥的意思了吧？这是对我主持风格的高度评价：说人话。

“那你的意思，来世你还会选择当一个这么多孩子的母亲，当一个这么多孙子、外甥（山东等地称外孙、外孙女为外甥）的奶奶、姥姥？”

“你和我不一样，你生下来是为老（好）些人活着的，有杆大秤称着你，俺这路人都是小秤盘里的人，少一个多俩的都一样。”姥姥始终没给个具体答案。

她不能想象没有家人、没有孩子，她这一生怎么个过法，但是姥姥觉得我是可以一个人成为一个家的那种人，我是有社会使命的那个人。哈，真会戴高帽子，谁给我的使命？

“姥姥，有多少家人、有多少孩子，最后走时还不是孤身一人？谁能携家带口地走啊？”

姥姥笑了：“分批分个地走啊，就像分批分个地来一样，早早晚晚地又走到一块了。”

是安慰还是信念？

姥姥始终相信下辈子我们还是一家人。

这是她对家的无限眷恋和对生命延续的阐释。

文/倪萍

姥姥的话，虽然十分通俗，却蕴含着丰富的内涵和深刻的哲理。智者顺应规律，不与天斗。太阳要下山，天要黑，是自然规律，谁也改变不了。这时，一切抗争和消耗都是不明智的，只有躺下，积蓄力量，以逸待劳，等到天亮了，就有了希望。当使劲的时候就使劲，当等待的时候就等待，这就是姥姥的大智慧和大情怀。

我们这样近，我们这样远

阳光像梦一样，安静地落入我平凡琐碎的生活深处，在这个春天的下午。

我坐在阳台上，手里捧着一本梭罗的《瓦尔登湖》。多少年来，每次阅读它，我都会闻到那片树林的青涩气，那面湖水波光淡然冷静，潮湿的新鲜的水汽。我感到一种非常遥远的愉快，可以在一本书里自由地跑步呼吸。

许多的事情，过去了就过去了，不可能重现。惟有音乐和文学，适合等待、遥望、冥想。

一直认为梭罗还活着，他活在一个地方，离我的住处遥远，离我的感觉很近的某个地方。对他文字的爱恋，就像我对生命的向往一样，永远不会消失。

阳光穿透玻璃的窗子，使我感觉温暖。手禁不住要伸出去握住什么。这个多么重要，在我表面生活的背后，意识到自己蕴藏着丰富的情感，而这些情感一直活在心里。

梭罗的文字，是干净安静的雪，可以清凉燥渴的灵魂。可以听见来自纯粹生命深处的自然歌吟——“曾有个牧羊人活在世上，他的思想有高山那样崇高，在那里他的羊群，每小时都给予他营养。”

那与我失之交臂的时光和旧梦，充满恍惚怅然的珍惜之感。

想到夏洛蒂·勃朗特、奥尔科特的时代，从古堡到庄园，马车的轱辘慢慢辗转，那些沐浴在舒适阳光里的蔓草丛生的小径，夏天开满野蔷薇，秋天以山楂和黑莓著名，冬天最令人赏心悦目的是完全的寂静和无叶的安宁。

可以步履缓慢、从容。可以用一个上午的时间写一封并不长的信，用一个下午的时间眺望牧场上丝绒似的草坪和栅栏两侧的冬青。晚上坐在炉火旁怀揣着心事，躲避祖母探询的目光，阅读或编织。却努力等待着有马车夫忽然的脚步声，急匆匆撩开寒冷的夜色带来了温暖克制的爱情的回音。

我合上《瓦尔登湖》，从阳台尽力向远方眺望。这个春天的午后和以往没有什么不同，宽阔的街道依然人群如织，车水马龙。很多次我试着站在高处，超越自己有限的目力，尽力透过繁华而富有生命的城市，透视那些纷纭热闹的核心究竟是什么。

生存的紧迫和焦虑带来一张张匆忙麻木的面孔，不知道在那样面孔的身体里，除了对名利的疯狂追逐，是否还留有一点时间，对失落的珍贵东西进行偶尔打捞，是否还留有一点空间，可以温情地抗拒或冲淡什么。

世界嘈杂多变。人们拥有广泛的人际关系，却缺乏深刻的情感交流。人们在虚拟的互联网上寻找知己，为或许根本不存在的爱情痛苦沉沦，而不在乎结局如何。人心越来越疲惫困顿，情感越来越冷酷灵活。

我对实际生活中过分热络的友情，对虚拟世界激情的可靠性一直保持平和的怀疑态度。

夜晚，当一切安静下来，我对自己说：写吧，无论写什么。文字是心灵的古典音乐，是柏油路上的清泉。为了不失去它，用自己的方式来等待和怀念。喜欢阅读的人，也可以从我的文字中看见一个人心里曾经想过的事，仅此而已。

写下什么获得什么都不重要，重要的是无声的语言带来巨大的思维空间，像从瓦尔登湖面吹来新鲜跃动的风，把我从电脑前端正的坐姿里分离出去，在另外的世界里自由飞跑。我看见那个叫做梭罗的人，无论风雨雷电，穿行于郁郁葱葱的大自然中。他十分安静地面对着那片湖水和那片山林。就一个人，十分简单。

手指一次次触摸熟悉的键盘，心里充溢着更新鲜更深刻的感动和疼痛。忽然的，想起海子的一首诗：

从明天起，做一个幸福的人
喂马，劈柴，周游世界
从明天起，关心粮食和蔬菜
我有一所房子
面朝大海，春暖花开

不是每个人都注定要相遇的，心灵与心灵的相遇是一件多么不容易的事。有时想着写着，会写出满眼的泪来。

我们在现实中隔绝，在灵魂里相望。永远。

文/冷夏

文中的“近”指作者跨越时空，从以梭罗为代表的大师们的作品中，感受到大师的脉搏的跳动、思想的节律；作者与大师情感相通、心灵相遇、灵魂相望；“远”指作者与文学大师们的时空距离遥远。作者用《瓦尔登湖》中干净而安静的环境、心境，与人们忙于追逐名利，忙于交际应酬，却不关注内心情感，缺乏情感交流和滋润的嘈杂多变的现代社会作对比，批判了现代社会人们的冷漠、匆忙、焦躁、麻木，表达了对安静温暖的理想生活的热烈向往与追求。

谢　谢

我要跟你说一个故事，真的故事。

有一个大夫，是一个极优秀的外科大夫，也是一个成功的医院副院长，但有一天，他得了癌症，死了。

那些经他照顾过的，那些曾蒙他在开完刀的病床旁陪睡过的，那些接受了他免费的医疗的，他们都会怎么想呢？

有人悲愤地仰天而问：

“天理何在？”

而那医生自己的生命却由激流而归为止水，在他面临死亡的半年之间，渐渐澄静下来，美丽得有如平湖秋月。一幅《耶稣肩羊图》挂在床头，一幅《大彻大悟》的书法挂在床对面，前者代表着他感情上的安详宁静，后者说明他理智方面的清澈澄明，两幅书画间，他无惧地死去。

他最后想写一篇文章，由于体力不支而没能写出来，他的题目是《感谢》。

如此的病体支离，如此的英年早逝，但对人世他只有最后一句话：

“谢谢。”

我深爱那两个字，那是人类共有的最美丽的语言。

浮浅的人也许会把“谢谢”解释为“应酬话”，从小家教甚严的人也许已经训练到把“谢谢”当口头语来说而毫无感觉。但只有一个一生兢兢业业的人，走到了人生的末程，深情地回顾所曾行过的一站站风雨晴露，想起上天的恩惠和同行者的徘徊顾恋之意，驻足道旁，哽咽地说一句“谢谢”，这种“谢谢”才是令人五内惊动的。

最近，我们送一对重病的传教士夫妇回美国，丈夫一生都在中国，他衰弱极了，他快烧尽了，他这一去，我再也听不到他好听的扬州话了。从19世纪，到20世纪，他们父子相承，和中国的土地结上了那么长远的缘。

说什么呢，对于这样的厚德?

我在小卡片上这样写：

“感谢你——因为为我们带来了上帝；谢谢上帝——因为为我们带来了你。”

一声“谢谢”是说不尽的盛意，道不完的感恩。“谢谢”两字是如此端凝肃穆，像海峡日出，单纯平实又撼天摇地。

凡不肯说“谢谢”的人，是一个骄傲冷横的人，他觉得在这世界过的是“银货两讫”的日子。他是工商业社会的产物，他觉得他不欠谁，不求谁，他所拥有的东西都是他该得的，所以他不需要向谁说“谢谢”。

但我知道，我并不“该”得什么，我曾赤手空拳来到这个世界，没有人“该”爱我，没有人“该”养我，没有人“该”为我废寝忘食，出入携抱。我也许缴了学费，但老师那份关怀器重是我买得到的吗？我也许付了米钱，但农民的辛劳岂是我那一点钱报偿得了的?

曾有一个得道的人说：

“日日是好日！”

用现代语言表达，我要说：

“每一天都是感恩节。”

不是在生命退潮的黄昏，而是现在，我要学习说“谢谢”。

让我再重复那两个神奇的叠音：“谢谢。”

而在世风渐薄的今天，我们越来越少发现涌自内心的谢意，不管是对人的，还是对天的。

《风俗通》里引邵子《击壤集》中的句子这样说：“每日清晨一炷香，谢天谢地谢三光。”

其实，值得感谢的岂止是天、地、日、月、星辰？天地三光之上的主宰岂不更该感谢。

在这个茫茫大荒的宇宙中，我们究竟曾经付出什么而可以这样理直气壮地坐享一切呢？我们曾购买过“生之入场券”吗？我们曾预订过阳光、函购过月色吗？对于我们每一秒中都在享用的空气，我们自始至终曾纳过税吗？我们曾喝过多少水？那是出于谁的布施？

然而我们不肯说“谢谢”。

如果花香要付钱，如果无边的年年换新的草原和地毯等价，如果喜马拉雅山和假山一样计石块算钱的话，奥纳西斯的遗产够付吗？如果以金钱来计，一个人要献上多少钱，才有资格去观赏令人感动泣下的一个新生婴儿发亮的眼睛和挥舞的小手呢？

然而我们不肯说“谢谢”。

因为我们不承认有上帝，所以我们把自己弄成一个僵冷的、不知感恩的人。

古老的故事里记载：“汉武帝以铜人作承露盘，高二十丈，大十团。上有仙掌、承露和玉屑，饮之以求仙。”

其实，汉武帝的手法是太麻烦了，承受天露是不必铸造那样高耸入云的承露盘的，如果上帝给任何卑微的小草均沾上露水，他难道会吝惜把百倍丰富的天恩赐给我们吗？

要求仙，何须制造“露水如玉屑”的特殊饮料呢？

只要我们能像一个单纯的孩童，欣然地为朝霞大声喝彩，为树梢的风向而凝目深思，为人跟人间的忠诚、友谊而心存感动。

为人如果能存着满心美好的激越，岂不比成“仙”更好？那些玉屑调露水的配方并没有使一个雄图大略的汉武帝取得应有的平静祥和，相反的，在他老年时一场疑心生暗鬼的蛊惑里，牵连了上万人的性命。

他永远不曾知道一颗知恩感激的心才是真正的承露盘，才能伸到最高的云霄中，承受最清冽的甘露。

中国人的谦逊，每喜欢说“谬赏”、“错爱”，英文里却喜欢说“相信我，我不会使你失望的”。

作为一个中国人，我更能接受的是前一种态度，当有人赞美我或欣赏我时，我心里会暗暗惭愧，我会想：“不！不！我不像你说的那么好，绝没有那么好，你喜欢我的作品，只能解释为一种缘分，一种错爱。古今中外，可欣赏可膜拜的作品有多少，而你独钟于我，这就使我感激万端。”

我的心在感激的时候降得更卑微、更低，像一片深陷的湖泊——我因而承受了更多的雨露。

到底是该由大地来感谢一粒种子呢？还是由那种子应该感谢大地呢？

都是的。

感谢会使大地更温柔地感到种子的每一下脉动，感谢也会使种子更切肤地接触到大地的体温。它们彼此都因谢意而欢欣而满足。

“谢谢”因而是一个宗教性的字眼。

“谢谢”使人在漠漠的天地间忽然感到一种“知遇之恩”。

“谢谢”使我们忘却怨尤，豁然开朗。

让我们从心底说一声：

“谢谢！”

——对我们曾身受其惠的人，对我们曾身受其惠的天。

文/张晓风

人和人之间，最容易建立起亲近感觉的方法就是礼貌。当我们每个人都开始使用那最最简单但也最最温暖的词汇时，我们就能够得到最大限度的尊重。学会说“谢谢”不难，难得是一辈子说“谢谢”。如果你学会了一辈子感谢别人，你的精神境界就得到了大大提升，你的品格也会更加受人尊敬，同时也是教育后代的榜样！

那些安分守己的忧伤

一幅安静的画，是画家揉碎了自己的灵魂，蘸着回忆，勾勒出来的梦。欣赏这样的画，也要揉碎自己的灵魂，走进去。

文字是我们对这个世界最好的倾诉方式，有时候觉得自己是那样一只咯血的火狐，在雪地上奔跑，追逐自己的梦，留下美丽的脚印。文字就是我们的舌头，就是我们自己舞蹈的脚尖。

我喜欢那些诗一样的句子。每个段落之间，每个词语之间，都有文字的香。每个汉字的缝隙里，都漏着月光。

夜深人静，一个人伏在书桌上，向一张白纸倾诉爱恨情仇的时候，我听到了时钟里秒针走动的声音，仿佛心跳，均匀而有力。心里就有了一种莫名的感动，为这个寂静的夜里，它的陪伴。想到了生命中的那些过往，那些值得你留恋的人和事，不也正如那不停走动的秒针吗？在生命中不停歇地跟随着你，陪伴着你。

躁动的人全去了街上，那里有烟火表演。我们常常这样贪婪，耳朵在倾听天籁，仍然奢求眼睛能够享受美景。

现在我的身边只剩下旧事和静物，那些安分守己的忧伤，却带给我幸福的闪电，令我浑身战栗。

安安静静的幸福，在身边，一刻都不曾远离。比如，屋顶上栖息的鸽子，像一小堆一小堆的白雪，让人无比担心，它在某个炙热的午后，会悄悄融化；比如，邻家的小狗跑到我的院子里来，趴在我的脚边，为我看家护院；比如，在清晨，欣赏一幅安静的画；比如，在深夜，写上几句心灵悟语。

静下来的时候，我看到很多事物；一只黑夜里的虫，披着透明的翼，正在咬碎花瓣上的露水。

我听到了自己内心深处的涛声。

静下来的时候，往事在心底慢慢融化。年少时光啊，一个个激动人心的夜，一首首胡言乱语的诗。那时候喜欢点上蜡烛，其实蜡烛是我们每个人的光阴。我们都是流泪的植物，都在生长，只是一个向上，一个向下，我们和蜡烛朝着两个不同的方向奔跑，有着说不清的快乐，也有说不清的眼泪，那是成长的疼痛。

那时，整个世界都在眼前，可以尽情挥霍。你把世界画成仙人掌的样子，世界就是仙人掌，宽阔、敦厚，遍布荆棘；你把世界画成狗尾巴草的样子，世界就是狗尾巴草，卑微、琐碎，满目狼藉。

这世界是你的，你是随心所欲的恺撒。

静下来的时候，会发觉自己很轻。如同被人鄙薄的纸片，轻得没有了魂灵。案头的青花瓷，让我的灵魂顿生仰慕之情，到底是那些花的芳香泽了瓷，还是瓷的清辉润了花？那是个永恒的秘密，任何人都无法破解。

我把自己隔开，从白天的牢笼释放出来，走进夜的丛林。关掉电脑，躲开那些虚幻的想象，躲开那些八卦新闻，听听角落里昆虫微弱的喘息，才发现世界竟如此纯洁。可是谁又能把那纯洁的世界珍藏，又在最早的早晨铺开？

这个崭新的世界忽然让我感到陌生。世界静得，只剩下黑色。

这个夜里，只剩下幸福的呼吸，均匀、舒畅。仿佛快乐的孩子，为了催促自己快些睡下，一遍遍地数着那些枯燥的阿拉伯数字。

这个夜里，我安分守己。把忧伤的灵魂交给稿纸，交给画布，交给缓缓流淌的乐曲。

世界就那样平静着，平静得有些出奇。公鸡照常催促着人们起来劳作，狗也照常用它的吠声维持着自己的生计，那吠声不外乎有两层含义：要么是在见到生人时为自己壮胆，要么就是在向主人讨取食物了。

等到一切都停下来，一切都静下来的时候，人就老了，便会感悟很多别人无法理解的幸福，比如找个好朋友，找个好天气，找棵结满果子的树，摇下几颗果子，然后坐下来，分享彼此无聊的生活点滴。比如默默地关注着一个你喜欢的人，你从不对她说：来吧，看我的水，波光潋滟，是为你泛出的波澜。你不愿打扰别人，你活在你自己的世界里。你只会对着山谷，喊出你的忧伤。你的安分守己的忧伤。

我合上我的稿纸，让那支奔跑了一夜的笔回到它的洞穴。阳光出来了，我却要去睡一会儿了，我去洗澡，我要把自己洗得干干净净才去睡觉，这是我的习惯。静，然后是净，再然后，是境。可以让心灵美好的几个台阶，如今，我走到了哪里？

文/朱成玉

朱成玉的文字，使人眼前仿佛亮起了一盏橘灯，灯光洒在屋子里，整间屋子便暖洋洋的；洒在城市、村庄、江河山川里，整个世界便岁月静好。他在本文中阐述了自己对文字的爱。文由心生，每一个字眼背后都隐藏着一个人的情绪，或喜或忧。推敲斟酌，不是因为咬文嚼字，而是想找到一个最适合自己当时心境的词汇来向他人传达一个他们未知的四维时空。

像山那样思考

一声深沉的、来自肺腑的嗥叫，在四野的山崖间回响着，然后滚落山下，渐渐隐匿于漆黑的夜色里。那是一声不驯服的、对抗性的悲鸣，是对世界上一切苦难的蔑视情感的迸发。

一切活着的生物（也许包括很多死者），都留心倾听那声呼唤。对鹿来说，它是近在咫尺的死亡警告；对松林来说，它是预测半夜里格斗后留在雪地上的流血预言；对野狼来说，就是要来临的一种有残肉可食的允诺；对牧牛人来说，那是银行账户里透支的威胁；对猎人来说，那是獠牙抵御子弹的挑战。然而，在这些明显而迫近的希望和恐惧之后，还隐藏着更加深奥的含义。只有山知道这个含义。只有这座山长久地活着，可以客观地去聆听狼的嗥叫。

不过，无法理解那声音所隐藏的含义者，仍知道这声嗥叫的存在，因为在整个狼群出没的地区都可以感觉到它，而且，正是它把有狼的地方与其他地方区别开来的。它使那些在夜里听到狼叫，白天去察看狼足迹的人毛骨悚然。即使看不到狼的踪迹，也听不到它的声音，它也是暗含在许多小小的事件中的：一匹驮货之马深夜里的嘶鸣，岩石滚动的刺耳声，鹿群逃命的跳跃声，以及云杉道路上的阴影。只有不堪造就的初学者才感觉不到狼是否存在，或无法察觉山对狼怀有秘密的看法。

我自己对这一点的坚信不移，要追溯到我看见一只狼死去的那一天。当时，我们正在一个高耸的峭壁上吃午饭，一条湍急的河流在崖壁下蜿蜒流过。我们看见一只雌鹿——当时我们是这样认为的——它正在涉水渡过这条急流，它的胸部淹没在白色的水中。当它爬上岸朝我们走来，并甩动着尾巴时，我们才发觉自己错了：那是一只狼。另外还有六只显然是正在发育的小狼也从柳树丛中跑了出来，它们喜气洋洋地摇着尾巴，嬉戏着搅在一起。它们确确实实是一群狼，就在我们的峭壁之下的空地上蠕动着，玩耍着。

在那些日子里，没有人会放弃一个杀狼的机会。瞬间，子弹已经射入狼群里，但我们太兴奋了，无法瞄准：我们总是搞不清楚如何以这么陡的角度往下射击。当我们用完了来复枪的子弹时，老狼倒了下来，另外有一只狼拖着一条腿，进入山崩造成的一堆人类无法通行的岩石中去了。

我们来到老狼那里时，还可以看见它眼中那令人难受而垂死时的绿光渐渐熄灭。自那时起，我明白了，那双眼睛里有某种我前所未见的东西——某种只有狼和山知道的东西。我当时年轻气盛，动不动就手痒，想扣扳机；我以为狼减少意味着鹿会增多，因此，狼的消失便意味着猎人的天堂。但是，在看了那绿光熄灭时的情景，我明白，无论是狼，还是山，都不会同意这种观点。

自那以后，我亲眼看见一个州接一个州地消灭了它们所有的狼。我看见过许多刚刚失去了狼的山的样子，看见南面的山坡出现许多鹿刚踏出来的纷乱小径。我看见所有可吃的灌木和树苗都被吃掉，然后便衰竭枯萎，不久渐渐死去。我也看见每一棵可吃的树，在马鞍头高度以下的叶子全被鹿吃得精光。看到这样的一座山，你会以为有人送给上帝一把新的大剪刀，叫他成天只修剪树木，不做其他事情。到了最后，人们期望的鹿群因为数量过于庞大而饿死了，它们的骨头和死去的鼠尾草一起变白，或者在成排只有高处长有叶子的刺柏下逐渐腐朽。

现在我猜想，就像鹿群活在对狼的极度恐惧之中，山也活在对鹿群的极度恐惧之中。或许山的惧怕有更充分的理由，因为一只公鹿被狼杀死了，两三年后便可以得到替补；然而一座被过多的鹿摧毁的山脉，可能几十年也无法恢复原貌。

牛群也是如此。牧牛人清除了牧场上的狼，却未意识到他正在接收了狼的一项工作：以削减牛群的数目来适应牧场的大小。他没有学会像山那样来思考，因此，干旱尘暴区出现了，而河流将我们的未来冲入大海里。

我们都在努力追求安全、繁荣、舒适、长寿和平静的生活，鹿用它轻快的四肢，牧牛人用陷阱和毒药，政治家用笔；而大多数人则用机器、选票和美金。但是，这一切都只为了一件事：这个时代的和平。在这方面获得某种程度的成功是很好的，而且是客观思考的必要条件。然而，就长远来看，太多的安全似乎只会带来危险。当梭罗说"野地里蕴含着这个世界的救赎"时，或许他正暗示着这一点，或许这就是狼的嗥叫所隐藏的内涵。山早就领悟了这个含义，可惜大多数人依然没有领悟。

文/（美）利奥波德

大自然有着自己的大智慧，亿万年来它调动着世间万物依照它制定的"规则"生息繁衍。而人类却自以为是万物之灵，一心想让自然为己所用，甚至不惜破坏基本的"规则"。听，山谷间回荡的狼的哀嚎就是人类践踏"规则"的实证。本文以"狼—鹿—草"这条食物链被斩断为例，揭示了在愚蠢的人类种种短视行为背后隐藏的巨大的生存危机。读完本文，当你再次面对一只鸟、一棵树、一窝蚂蚁、一群飞鸟的时候，是否也会这样提醒自己：像山那样思考。

随时准备刹车

我们从生活美学谈到行，谈到速度。从最古老的人类步行开始，谈到坐轿子、坐牛车，以及坐船、坐汽车、坐火车。工业革命以后发明的交通工具，速度快很多，可是时间却很晚，相对于人类上千年甚至上万年的步行记忆，车子的发展可能才一两百年而已。所以我们的速度是呈倍速在增加，这种倍速增加的速度使我们有一点刹不住车了。

我常常提醒朋友们，你的速度越来越快，一旦需要刹车的时候，紧急刹车是会出事的。

你该如何让自己有一只脚永远踩在刹车上，让自己既可以加快油门，同时又可以放慢速度。今天大部分人希望上车后可以只踩油门，不必刹车。可是不要忘记，人生需要刹车，人生需要不断准备刹车，才能维持一个稳定的方向。我们知道加快油门是加快速度，刹车的准备是让自己可以停下来。

最美好的生命，不是一个速度不断加快的生命，而是速度在加快跟缓慢之间有平衡感的生命。

我们不断地提到平衡，希望大家吃得平衡、穿得平衡、住得平衡，最后还是回到行，在速度上也能够平衡。我想提到的不只是交通工具这类较容易理解的速度感问题，我还想谈谈电信系统。电话、手机的发展历史都不长，可能十年前大家看到那种大金刚式手机，还觉得非常好笑，可是今天一个人也许有两三个手机了。年轻人还在手机里传短信、上网，随着手机使用的速度加快，我们的人际关系也整个被改变。

我自己现在也拥有两个手机，然而有时我会想什么时候我可以关掉手机，决定一段时间不要用手机了。其实有一段时间我在大学里教书，我就觉得没有办法教下去了，因为所有的学生在课堂上都在接手机、看信息，所以这时我们会思考：这种速度的加快带来的是幸福吗？还是其实是一个新的迷思?

我也有计算机了，每天我在计算机里存入三千字左右的文字记录自己的生活，现在上网购买飞机票、火车票也非常容易，用计算机找数据也非常快速，我太感谢这样的现代科技产品。

可是同时，我也必须让另外一只脚踩在刹车上，知道我自己每天上网花去多少时间。我当然跟所有年轻人一样，有一段时间迷失在网络世界里，每天八个小时、十个小时，甚至十二个小时都在网络上，觉得快乐得不得了。可是有一天我有一个学生发生视网膜剥离这么严重的问题，医生限定他每天上网不能超过五小时，他却停不下来，导致整个身体出了问题。

我也知道有人每天戴着耳机听音乐，最后造成严重的听障。因为感官是有极限的，如果不断地刺激同一个感官，只会造成递减效果，最后变成麻木。

所以行的最后的美学规则，其实是踩刹车，永远要做踩刹车的准备。

在你加快油门之时，不要忘记准备踩刹车，于是生活会在进退之间取得平衡。有一个成语叫做“进退失据”，进也不是，退也不是，已经失去了平衡、失去了依靠的状态，我觉得现代人可能常常在这样的状态里。所有现代科技让我们更快速地跟人沟通，可是有一种心灵的沟通却在这么快速、大量的状况里迷失，找不到了知己。

有时候看到很多人在网络上的迷失，透露出个人的荒凉感跟孤独感。我在想，之所以发明电话、传真机、手机，不就是为了让人更容易沟通吗？怎么结果却适得其反？

有一次，我和一些学生到山里去看萤火虫。萤火虫在黑暗中放出有频率的光，闪一下，闪一下，亮起来，这是它们正在求偶的信号。我们坐在没有一丝光线的黑暗当中看到萤火虫的信号，其实非常感动，就觉得连动物、连昆虫都在沟通，都在告诉别人说："我在这里，我需要一个朋友，我需要一个配偶。"

就在这个时候，我忽然看到那位手机没有关掉的学生，他手机上面发出的亮光竟然和萤火虫的闪光这么像，隔几秒钟闪一下，隔几秒钟闪一下。我忽然感觉到一种孤独。手机的功能是人际的沟通，可是它真的帮助你与他人沟通了吗？我想最后沟通的关键，还是和内容有关。

我经常接到短信，往往是由一个学生同时发给很多人的手机。我在网络上打好一封信，可以同时E-mail给好多人：再把通讯簿设计一个程序，就可以将这封信发给一两千个人，我自己现在就收到很多这样的信。也有许多朋友反映说现在好多垃圾邮件，所以在计算机上收信时，第一个动作就是Delete，一直删除一直删除，甚至得封锁某些地址。

这个时候你会感觉到量的扩大、时间的加速，却反而失去了人跟人真正可以沟通的可能性。

所以有没有可能我们也在网络上踩一下刹车，就是这项科技文明带来的应该不只是方便，还要有更深的内容？有没有一封E-mail会让我们真正静下来，看久一点，看完以后甚至把它打印出来，觉得好久没有看到这么美的一封信了？如果我们在看E-mail时一直在删信状态，就表示人与人之间的沟通无法真正留下长久的印记。

文/蒋勋

人生恰似一场你追我赶的比赛，谁也不甘心落后，无不全速前进，一路狂奔，一旦发现路线错误或前方危险时，才想到踩刹车，可惜为时已晚。这时才知道，无论开什么车，只有时刻保持刹车的意识，才能一路平安地到达目的地。所以，人生在世，不仅要选对方向，把握速度，调整节奏，更重要的是要适时踩好人生的刹车。刹车是技巧，是缓冲，是休整，是为了更好地前进。前进的脚步慢慢行，止步的刹车徐徐踩，便能一路畅行。

与其深挖，不如种花

楼下又响起了吵闹声，这熟悉的声音，隔几天就会听到一次。两个女人的声音，像爆竹一样，又响又尖，此起彼伏。

那是一对母女。母亲60多岁，女儿三十来岁。据说是老太太早年离异，一直独自带着这个独生女儿，女儿则一直没有嫁人，心情不愉快，工作也辞了。按理说两人相依为命，母女情深，也能享受到一番天伦之乐。偏偏这对母女像冤家一样，隔三差五地就大闹一场。

开始只在家吵，后来索性不再避嫌，不管认识还是不认识，只要见到人就大声控诉。老太太说女儿没有良心，她这么辛苦拉扯大她，她却对她百般挑剔，这么坏的脾气，活该嫁不出去。

听到这话，女儿立刻大声质问："是谁让我嫁不出去的？一出去约会，就要限时间，还把人叫到家里，又是警告又是辱骂。还说我脾气差，谁又能容忍你的脾气？"

母亲唠叨女儿不听她的话，如果当初念书肯用功，考取好学校，有份好工作，找个好男人嫁掉，她就不必再为女儿存老本，自己也可以像其他老人一样，四处旅游，尽享清福。

女儿则撇嘴冷笑，说自己单亲家庭里长大，父母没有给她应得的爱，能走到今天，已是阿弥陀佛。她不嫁，只是因为父母的婚姻没有给她做出任何榜样。“你倒是嫁了，又能怎样，还不是一样要离？”

更不堪的故事，还有。

某友的外婆，已近100岁，孤独地住在乡下，靠他付钱找亲戚照看。他和妹妹却好多年都不肯去看一次。乡下的亲戚说，自己也有老人要照顾，累了倦了，多少钱都不想再替他们兄妹尽孝了。

我问他：“为什么不接到身边，找个疗养院，周末可以去看看她？”

他摇头，说正是因为不想见到外婆，才特意送到乡下去的。他付钱找人看她，已是良心之举。想要再多，门都没有。

为什么会这样？

原来，某友的母亲，在他11岁的那个夏天，自杀了。自杀时，重病在身，某友的父亲开长途货车不在家里，走之前已察觉到妻子情绪异常，便交代外婆，好好看护，但那晚外婆却打麻将去了。母亲撕开被单，上吊自尽。

某友和妹妹，从此再也不能原谅外婆。而且一直认为，是外婆害他们小小年纪就失去了母亲。

“可是你的母亲，也是她的女儿啊，她难道不是一样痛苦？”“痛苦还去打麻将？”某友一说起这个，就气得脸色铁青，五官都变了形状。30年过去，还沉浸在受伤的痛楚中，无法做到设身处地。

亲情之伤，常常比其他任何情感都来得猛烈、纠缠、如火如荼，不是一句两句劝解就能化解开的，非得要双方拿出极大的诚意和耐心，而且还要有时间参与教化，才能让心田渐渐安适。

可是却很少有人能做到这些。

往往同住屋檐下，或恶语相向，或冷若冰霜。因为哀伤、因为怨恨、因为后悔、因为没有勇气去面对，便沉浸于伤心往事中，只给亲人交付硬邦邦的一副心肠。

这，多么愚蠢。

天赐之爱，常常会在不知善用的情况下，不断粉碎，衍生出烦恼和痛苦。它像一根粗大的绳子，死结一旦出现，不是毁了别人，就要勒死自己。侥幸存活的，转而开始恨这人世，为什么偏偏他这么倒霉，遇见如此的父母、兄弟姐妹，有吃不尽的苦头，过不完的烦心日子？

于是，一次次将土层扒开，朝岁月深挖，掘出的全是久不愈合、业已溃烂的伤口，流着脓，发出腐烂的味道。

旧情总要植入现实的泥土，才能够萌发、开花、结果。感情是需要共鸣、呼应，才能深入彼此。

与其苦苦深挖，摊一地的烂泥，不如将曾经的一切，倒入枯井，添埋新的土层之后，再一起播撒亲情之种。

待到秋后，一家人聚在一起，品尝丰满多汁的果实，那份甜美，该能多么抚慰曾被过度折腾的灵魂呢。

文/夏景

生活中，人们似乎比较容易对朋友甚至陌生人做到宽容大度，却对亲人残忍无情，难道这一切，只是因为我们血脉相连？人生苦短几十年，相识既是不易，相亲相爱更是难得，正如作者所言，与其苦苦深挖，摊一地的烂泥，不如将曾经的一切，倒入枯井，添埋新的土层之后，种上让人赏心悦目的花。亲情无价，学会宽容和爱护自己的家人吧。

感激生活中的每一根稻草

我有两个朋友，朋友甲和朋友乙。一日，朋友甲忽然发现自己得了一种很严重的病，需要大笔治疗费，而不巧的是她刚刚用按揭的方式买了一套房子，这意味着她手里不但现金紧张，而且还可能面临还贷以及失去工作所带来的一系列压力，唯一可行的方式是将她的这套房子以高价租出去。我帮助她贴小广告找中介公司，但是由于她那套房子的地理位置以及各方面的综合因素，很难在短时间内租出去。这个时候我的朋友乙听说此事，立刻决定拔刀相助，谈妥月租金4000元，这笔钱恰巧可以付按揭、供暖以及物业管理费等等，算是解了朋友甲的燃眉之急。当第一个月的租金送到朋友甲的手中，她感动得不得了，我在她的眼中看到了感恩的光芒，但遗憾的是，不久这光芒就被乌云遮住了。

一次偶然的闲聊，朋友甲听说朋友乙将她的房子用做“北漂宿舍”，每间屋子里都塞满了双人床，大约住了将近30个人。朋友甲不高兴了，让我去找朋友乙，朋友乙很仗义地说，这样吧，以后每个月我再给她加1000元，如何？

朋友甲同意了。数月以后，朋友甲身体康复，于是收房，这才发现房间里不仅到处是双人床，而且墙上钉满钉子，浴室的门坏了，橱柜的拉手掉了，阳台上饶有情味的秋千架成为一堆垃圾。更让她不愉快的是所有的床上铺的全是她的床单，而且肯定几个月没有清洗过，脏兮兮的，有几个女孩子还戴着她的发卡，她甚至怀疑她们一定打开过她的衣柜……

朋友甲再次找到我，要我出面让朋友乙赔偿。她说她是出于对朋友的信任，所以没有把自己的私人物品收藏起来，但是她没有想到朋友乙辜负了她的信任。实际上，我心里最清楚，她当时根本没有时间和精力去把房子收拾出来。我劝她，毕竟在她最困难的时候，是人家朋友乙伸出了援助之手。但我亲爱的朋友甲则申辩说："他那叫帮助吗？那叫趁火打劫。他来回一倒手，赚了多少？最后倒霉的是我的房子！到底谁应该感激谁？"

到底谁应该感激谁？

这个问题真的把我问住了。我想了一整天，最后我居然想到了"感恩"这个词——"感恩"真的是一门要花心思学的课程，否则就会像我一样，忙得晕头转向，还不知道谁欠了谁！也许是我们在商业社会生活久了，早就习惯一事当前，立刻把投入与产出算得清清楚楚明明白白。这并没有什么不好，但这样的习惯方式使我们很难再享受到"感恩"之于生活的种种快乐和体贴。因为，"感恩"的基本前提就是"不计得失"。

人在生活中，总是有得有失的，而懂得感恩的人之所以快乐，并不是因为他们总是利大于弊或者得多于失，而是因为他们根本不去算计自己失去的部分，而永远对自己得到的心怀感激。

我觉得我的朋友甲之所以不快活，就是因为她总在心里盘算她所得到的帮助与她所遭受的损失相比，哪个更多，而她没有想到，房子坏了是可以修补的，钱没了还可以再赚回来，但是朋友如果丢了，就很难再找回来了。我真的希望她能想一想，在她最绝望最困难的时候，是谁帮助了她？这种帮助是可以用钱买来的吗？那个时候她就是一根稻草都要捞，为什么现在上了岸了，倒要对当初的稻草挑三拣四？责怪那根稻草为什么不是一只救生筏？

我真的希望她能明白一个道理，生活中许多像我这样愿意帮助她的人，并不是不愿意提供一只救生筏，假如我能找到一个救生圈，为什么要给她稻草呢？我多么希望她能懂得感激，感激生活中的每一根稻草，因为正是这些微不足道的稻草让她在人生的冬季感受到了温暖，她怎么能忘了呢？我想假如她能对所有的稻草都存一分感激的话，相信她一定会快活起来。而我是真诚地希望她能快活起来，否则我将是这个故事中最大的倒霉蛋。当然，我一直在用一句古老的谚语激励自己——假如你帮助了别人，你一定不要指望别人为此感激你，否则你就是在自寻麻烦。

文/陈彤

生活就是一面镜子，你笑，它也笑；你哭，它也哭。你感恩生活，生活将赐予你灿烂的阳光；你不感恩，只知一味地怨天尤人，最终可能一无所有！成功时，感恩的理由固然能找到许多；失败时，不感恩的借口却只需一个。感恩使我们在失败时看到差距，在不幸时得到慰藉、获得温暖，激发我们挑战困难的勇气，进而获取前进的动力。不知感恩，不会感恩，会令善行望而却步，社会因之更加冷漠麻木。我们无法使他人都保持感恩的心，但我们应时时提醒自己知足惜福，在人生路上永远心存感恩！

谢谢你赠我空欢喜

最近听说北京有一个特别好的同城活动，叫“一起哭一哭”，组织者就是很有名的Cry Club。

每个周末，都会聚集一批人，来到这里，先作自我介绍，然后，大家按顺序分享自己的经验和经历。这些可能是在其他场合难以启齿或无处倾诉的，只有在这里，人人都是倾听者，也是倾诉者，如果希望得到别人的关怀和关注，那么你也要同等地对待别人。在每位Cryer讲完之后，其他人可以举手表达支持，安慰，或者提问，当事人有权不回答。所有人讲述完毕，每个人再发表一次感想和总结。

现场会有背景音乐，但要求关掉手机，保持安静。大家共同看一看，说一说，听一听，分享，支持，安慰，放下，既是一个出口，又提供了相互认识的可能。有足够的纸巾供你擦泪，哭好哭痛快是最重要的，够坚强的话不哭也没有关系。

知道这个活动后我到处向人传播，结果鼓动了一帮同事跃跃欲试表示周末一定要去哭。

其实在香港，很多年前就有这样的组织。社会极其重视人的心理疏导，不仅有社工来帮你解决心理困境，还有诸多癌症病人互助、自闭儿童互助、老年孤寡长者互助、失恋失意失婚俱乐部等定期活动。

不如意的人们团团围坐，小组讨论，交换心得，各自谈谈感情、工作、家庭、子女以及各种挫折。坐下后先把心中委屈说出来，毫无隐瞒，互相明白对方个性及取向，不必摸索，猜测，试探，至少先过了诚信这一关。

大家一起研究探讨，才叫互助，其实光是说说笑笑，吃块饼干喝杯茶，效果已非常明显，说出不开心的事，心里更会舒服很多。

几年前，我也是个喜欢抓住朋友滔滔不绝倾诉的人，不管人家双耳是否滴油，也不管人家是否拿你当个笑话，先自顾自说痛快了。那时如果有Cry Club，我一定第一个报名参加，也一定比任何人哭得都凶。

昨天，豆瓣网上认识的朋友很委屈地跟我说，她遇到了很寒心的一件事。最信任最要好的闺密，竟然在她日志的评论中，故意披露她是未婚妈妈的隐私。朋友知道她的日志点击量非常高，每篇都有上万人推荐转载，写在这里的评论，是会被无数人看到的。当她面对许多人的无端谩骂时，朋友不仅没有出来维护她，反而雪上加霜，落井下石。她为此难受得失声痛哭。

一件事如果不降临到自己头上，我们总是会看得特别平淡而无碍，所以我极理智地劝她，不必计较，提前认清朋友的真实面目，早早了断，也是好事。然后我又顺手推荐她一本书，亦舒的《佩枪的朱丽叶》，同样讲了个背叛与伤害的故事，我说，我们都要做亦舒笔下的女子，自省，独立，坚定，一不抱怨，二不解释。

其实现在的我，也真是这么认为的，夜路走得太多，逐渐明白，拯救你的人，只有自己。无论什么人，无论哪一种生活方式，都得苦中作乐。与其浪费时间抓住别人研究为何“偏偏是我这么惨”，不如集中力量克服将来生活中的困难。给自己两个选择，要么狠，要么忍。

如今特别特别想感谢的，也是那些在我失意落魄时保持冷漠或者以敷衍的态度找各种借口回避的人，那种热脸贴冷屁股的经历非常难得，它会帮助你清醒地认识这个世界，认识人性，认识到独立自救的重要性。所谓的互诉衷肠，其实只是你在自说自话，所以，还是省省吧。

有个类似于说秘密的树洞的网站，叫“请写信给我”，你可以把自己想说的话，发给主持人，他挑选后会通过网络发出来，会有许多人评论。有一句话我看了很心酸：“希望你能在每次我喝醉了哭着给你打电话的时候，用冷冰冰的声音告诉我，我们不可能了。每次酒醒了我都感谢你的清醒。这对我们都好。”

说得很好，真的应该感谢，感谢你，赠我空欢喜。

每天早上七点钟，我都会在上班路上听交通广播，整点报时，有个沙哑的女声说：现在是早上七点钟，保持愉快的心情，相信会有神奇的事情发生。我是孙燕姿。

不知为什么，听着这句话，每次我都鼻子一酸，然后抖擞起精神，心情愉悦地奔向公司。

文/李静媛

生活中，人们总是对曾经给自己带来伤害的人痛恨不已。仇恨便是源于过去被伤害的不愉快的记忆，人们之所以要记住过去的不愉快，是为了防止不愉快的事再度发生，避免再度受到伤害，如果一定要把过去的伤痛加诸于现在，那我们便永远走不出过去的阴影，永远也抹不去曾经的伤痛。久而久之，便形成了狭隘的仇恨心理习惯。法国有句谚语：“原谅过去，才能释放自己。”一旦我们原谅了曾经伤害过自己的人，我们的生活就会变得轻松愉快，从而重现生机。

第二辑　别让亲情等太久

生命中有些事，年轻的时候不懂得，当懂得的时候已不再年轻，有些事有机会的时候不去做，当想做的时候已经没机会。树欲静而风不止，子欲养而亲不在，不要忘了“找点空闲，找点时间，领着孩子，常回家看看，妈妈准备了一些唠叨，爸爸张罗了一桌好饭，生活的烦恼对妈妈说说，工作的事情和爸爸谈谈……”

别让亲情等太久

A朋友在电视台工作，并不清闲。由于买房在即，我便想向她取一些经，是怎么忙里偷闲把房子装修出来的。她指着墙上的一些装饰，知道吗，这间房子的装修，除了那些装饰是我贴上去的，剩下的全是老爷子操心给装修的。

她说，本来是找了一家装修公司，可从一开始，老爸就嫌贵，从两万元一直降到了八千元。

那段时间，她很愤怒。家里就他们姐弟两个，为了送弟弟出国留学，老爸已经在他身上花了近十万元，而她好不容易买个房子，这边却一而再再而三地和别人压价。她心里郁闷，嘴上也不闲着，想到什么，马上就说了出来。

老爸脾气也暴躁，三说两说，两个人就闹翻了，然后是老爸气呼呼地从她的小房子里离开，嘴里还说，你随便，我再也不管你了！可往往第二天，她回到小房子里，还会看到他在那里指挥着工人爬上爬下地装修。

买圈椅的时候，她看上了一套连茶几在内的圈椅，可老爸非要说，同样的东西，在更远处的一个批发市场更便宜。她也索性赌气，再也不提圈椅的事。

没想到老爸却拉了叔叔，在周末的时间跑到那个批发市场，帮她买回了圈椅和茶几。她当时一看就乐了，不仅与她看的那个大致相同，而且价格也相同，加上油费、吃饭什么的，反而贵了很多。

可是，真正坐下来的时候，她发现，老爸挑的比家具城的那个舒服很多。

她坐在那里，抬起手拿茶几上的电话，高度也是恰到好处。再看墙壁，虽然没有刷成自己最喜欢的粉色，但这种纯白的颜色，确实能给自己带来宁静。是啊，离婚一年了，自己似乎整天都是在焦躁中度过的。想了很久，她决定给老爸打个电话。

那天已是很晚，老爸很久才接电话，她激动地说，爸，谢谢你，椅子坐着很舒服，是我坐过的最舒服的椅子。

老爸在电话里低声笑着，这孩子这么晚了还打电话，搭错筋了吧，好好睡，明天还要早起呢。

不过就是普通的话，她却觉得眼泪要掉出来了。她低低地在电话里说，爸，对不起。她知道，老爸不过是一个小公务员，不贪不占，并没有多少积蓄。

又过了几天，正在台里编片子的她，突然接到了老爸的电话，电话里，老爸沉默了一会儿，突然说，孩子，对不起，其实，在爸心里你们两个都是一样的，你买房子、装修，爸没本事，只能帮你这么多。

说着，竟然哽咽。后来她才知道，那天老爸喝了不少酒。而她打电话的那天晚上，老爸一夜未眠。老爸对老妈说，不管怎么样，亲情不会骗人，总是能等来喜悦的理解的。

她讲完了，手轻轻擦拭眼角，那里，有些欢喜的眼泪。

B做创意总监时，曾经想招一名美编。老总开出了很苛刻的条件，要带来作品。

天下大雪，这个城市好久不见这么大的雪了。刚上班不久，前台就告诉我，有人找，说是应聘的，可前台犹豫一下，继续说，看起来，又不太像是应聘的。

让她进来，才发现是一位五十多岁的女人，腋下夹着一卷纸。看到我，她有些不知所措，把纸递上来，说，这个作品是我女儿的，她今天没过来。

我展开作品，是一幅3D设计图，看得出来，她女儿很有功底，比较符合我们的要求。我点点头，然后向她要了联系方式，随口说了句，你下去等消息吧。

下班时间，我走出大楼，抬头看了一眼继续阴霾的天，突然，身边有个怯怯的声音在喊我，哎。

回过头，竟然还是她。她在那里，很期待地看着我，你说过让我下来等消息的。

我笑了，不是要电话号码了吗？是让你回去等消息。

她怔了怔，似乎没想到是这样，继续问，是不是，有希望？

关于希望，我不知怎么回答她，可是，从她的眼中，我看出了一点儿我不忍心回绝的东西。

我点头，看她喜悦地走远。大雪的天气，大厅里没有空调，她怎么能足足站了四个小时呢？

后来，我特意通知了那个女儿，不仅是因为她母亲，还因为她的才气。她过来时，是满脸不如意的模样。她与我们前台接待在一个学校里待过，有些熟悉，在那里唠叨。原来，她不想待在这个城市，一心想着去上海或是深圳，说那里才有自己发展的目标。

我把前台喊过来，打听她的情况。前台接待说，她很小的时候，父母就离了婚，从小跟着母亲过，十分娇惯。上大学那几年，听同学说她母亲几乎年年都要去那个城市里小住几个月，租她大学附近的房子，因为放心不下她。

我心里，已然明白。

轮到她的时候，我让她设计一位母亲在冰天雪地里等孩子回家的画面，不用绘草稿，直接用语言表达。她确实小有才气，口若悬河，天气、时间、环境甚至连暖与寒的对比都说出来。

身边的老板很满意。而就在此时，我说了句，你知道吗，你妈妈把你的图纸送来时，因为听错了一句话，在寒冷的大厅里等了四个小时。她沉默了，所有的人都沉默了。

后来这个女孩留了下来，在公司聚会时与我谈心，她说，就在那一刻，自己突然明白了母亲一直在等什么，在等自己留下来，留在让她永远不会担心的地方。

C有这样一个小男孩，放学回家晚了，却还没有等到母亲下班。他知道，母亲常常加班加点，他就蹲在那里等。邻居劝他，先到我们家里吃饭吧，他不，他相信一定会等到母亲的。

母亲很晚下班时，他的视线已经变得模糊了，可是看到胡同口的身影，还是快乐地飞奔上去，第一句话，妈，可等到你了。

这句话几乎伴随了他的整个小学时期。说这句话时的兴奋、激动、喜悦，历历在目。

长大后，他去了外地工作，买了车，买了房。也曾想过把父母接到这个城市里来生活，可或者是因为不自由，或者是因为不方便，他告诉自己，再等等吧。

城市离家不远，他每个星期回家一次，开着车，准时六点出发，八点到家。

可有一天，因为帮一个朋友办事，他出发晚了，手机恰恰又没了电。往家里赶，偏偏在出城时遇到堵车，一切慢吞吞的事情挤在一起，他到晚上十一点钟才到家。快到家时，远远地，车灯前映出一个人影，焦急、紧张地张望。

是母亲，他下车的第一步，母亲说了句，哎呀，可等到你了。

一句话，就那样穿越了他数十年的时光，一下子扑面而来，让他几乎透不过气。

他就那样怔在了车前，良久，才走到帮着他提行李的母亲身前，抱住母亲，说了句，妈，我也等到你了。

他把父母接到了城市里，每天按时下班回家。后来他换了大房子，结了婚，每次给下属开会或是聚餐，他总是要下属早点回家，他说，别让亲情等太久。

这个人就是我的老公。

他常说，世上最持久最恒久的感情是亲情，不管是否有伤害，有动摇，有忽略，因为那一份绵久敦厚的情在那里等，总是会等到谅解，等到坚定，等到在乎的。因为这种感情，不是两人相遇后产生，而是从一开始，就注定了血浓于水。

文/冷蓝

现实中，很多人想学更多的知识，赚更多的钱，带给亲人以更多的荣耀，可是，那薄薄的几张成绩单，那冷冷的几叠人民币，真的能够抵消远方的亲人为你付出的心力，因为担心你而流下的眼泪吗？别让亲情等太久，不是亲人不愿等你富贵还乡之时，而是时间不会给你这样的机会。珍惜和亲人在一起的每一分每一秒，只有这样，在日后曲终人散的时候，我们才不会后悔。

不在家，千日好

那时候我在外地念书，一根电话线常常就出卖了我的情况，小小的感冒上火，从来都逃不过妈妈的耳朵，还有嘴巴，保准邻居大娘很快也会知道我的小小意外。

从妈妈口中听到我感冒了或者怎么样，邻居大娘就会难过得掉眼泪，可怜我在离家那么远的地方生病。知道了大娘会为我掉眼泪，再回家见到她，我都会有些难为情。

一张大学录取通知书把我带到了更广阔的世界，也把我变成了故乡的客人。当我越多地感受到来自故乡的爱与注视，也便越真切地感受到她的存在。

是的，故乡就是在你年轻时爱过你的人。

每年寒假，当我坐火车倒汽车一路风尘仆仆地回到家里，左邻右舍的必定会找个时间来我家坐坐，看看我，说一句，怎么还是不胖。三爷爷更是，肯定会在我到家的当晚过来，坐定后，慢慢地掏出一支烟点上说：早听你爸爸说你今天回来，今年还不瘦，还行。只有三爷爷不说我没长胖，只说没瘦。

三爷爷家离我家很近，叫三爷爷，只是因为辈分比较高，年龄并不大，说话慢声细语、和和善善的，穿得永远干干净净的，像是城里人的样子。我跟他的儿子胜利一般大，打小一起长大，胜利是村里人眼里“有本事”的人，在城里买了房子，成了家。

去年过年回家，三爷爷又过来看我，他比之前好像更年轻了，都说岁月锋利，它对三爷爷却格外仁慈，在三爷爷的脸上真的找不见它的痕迹。我们围坐一圈，打升级，在农村冬天的晚上，打牌是最好的消遣了。散了后，我跟奶奶说，三爷爷一点儿都不见老啊。奶奶说，那可不，没脸出门，天天窝在家里，当然养得白白嫩嫩的。等我问明白为什么说三爷爷没脸出门，我的胸口像是压上了一块石头。

原来秋天的某个深夜，三爷爷和另外一个人，去别的村里偷人家的拖拉机，夜像是被按了静音键，只有高高的月亮，三爷爷和那个人把拖拉机提心吊胆地开到半路，可不知怎么就被人家发现了，一群人一路追来，打得三爷爷他们灰头土脸抱头鼠窜。好事不出门，可这样的事，多深的深夜也藏不住。这不，就连我奶奶这样大门不出二门不迈的老人都知道了，那村里人一定早就传得沸沸扬扬的了。

我忽然想起胜利，细算一下，三爷爷发生这个事情的时间，胜利正因为买房缺钱，我记得那时胜利打电话跟我说，这下真的成“房奴”了，东拼西借，把老家是掏得干干净净的了。三爷爷一定是想给胜利多出一份力吧，又找不到什么捷径，才会如此突破良心底线去偷。我想胜利一定不知道，父亲为了给他筹钱，会想出这样一个蠢办法。

写完这些，我还是不能把偷拖拉机的三爷爷和平日里温文的他划上等号。

我与故乡，离得越远越久，她就会越完好地出现在我的念想里；当我靠近她，目睹到她的疮孔与酸楚，我忽然多了那么多心疼和包容，心软得像邻居大娘会为我的小小感冒流下泪水一样。

文/病人甲

从来都说在家千日好，出门一时难，家是根，是避风港，是温暖、宁静、幸福的代名词。而作者却表示“不在家，千日好”，难道他不爱家，不想家？其实并非如此，只是因为那些回了家就会听到看到的许多人许多事，常常勾起他内心的酸楚，心中百般不是滋味。这种心情有时正应了一句话——相见不如怀念。

大山里的青春往事

他一直是个叛逆的孩子。

四年了，每天夜深人静之时，思绪总是不由得纠结，良心始终不能安宁。那段往事一直折磨着他。每次回忆，带来的只有心痛和泪水……

记忆中老黄牛和父亲形影不离。父亲爱牛胜过了爱自己。每次抚摸牛背时都亲切地称为兄弟。他们朝夕相伴，依依相惜，黄牛就是父亲，父亲就是黄牛。

他爱父亲亦爱黄牛，也深爱着生存的这座大山。

一切是那么的安然而和谐。

时间慢慢地流逝，他也慢慢地长大了。岁月和时光的雕刻，使得父亲和黄牛在大山的背景下显得更加的苍老。

他很认真地读书，他想改变命运。他想去看看外面的世界。他向往起了山外的世界。

……

终于，一纸红色的大学录取通知书拿在手里，他顿时显得有些迷茫。因为这或许可以改变他的命运，去他朝思暮想的山外世界。可是他也很清楚地看到那足以惊人的学费数目。抬头望望家里四壁，他矛盾了。平静的湖面顿时泛起层层涟漪。这时他矛盾了，难道要一辈子留在这大山里吗？还是去外面精彩的世界？他突然看到黄牛静静地卧在那里，于是胆大的想法油然而生。

他问父亲："可以卖掉老黄牛让我去读书吗？"

父亲顿时诧异得目瞪口呆，而后暴跳如雷，"啊，你疯了吗？""啪"的一声，他的脸颊一阵炙热的疼痛。

父亲打他了。

是的，记忆中父亲第一次打他。

当天夜里，他赌气地逃跑了。

他带着对大山外面的憧憬和对父亲的满腔怨恨走了。

走进陌生的城市，他用体力养活自己。

山里娃能吃苦，他干着那些最受苦的活，拿着最微薄的收入。

每天忙碌过后，他就躲在角落里哭泣，他想家想父亲，想老黄牛，梦中经常回忆着过往，醒来后泪湿枕巾。他甚至都快要忘记大山的模样了。每天生活在城市的阴霾中，不止一次地想过回家，但回想起父亲那记耳光，想到无情被放下的前程，他又怒由心生。

那堵心墙，那道围墙，始终未曾突破。

离开家四年了，整整16个春夏秋冬。他已不再是那个风度翩翩的少年。

建筑工地上蓬头垢面的他，无意中翻阅一份已经泛黄发霉的报纸，闲来无事随便看看，突然，他看到一则很简短的寻人启事，"儿啊，牛已卖，爹想你，你快回家。"而落款时间正好是四年前他离家出走的第十六天！那一刻，他的泪水夺眶而出，他抹去眼泪继续翻阅着。

原来这四年中所有的报纸，每期的角落都登有这则启事，他几欲昏厥，“爹呀，儿也想你呀！”

第二天天还没大亮，他就登上了北上回家的列车。

一路无尽的踌躇，无尽念想。四年了，时间带走的太多了。

他一路奔行，终于回到大山，他跪下来用双手抚摸着这片曾经养育过他的大地。回到村中，邻居们却告诉他父亲几天前去世的消息。就在他四年前离家出走的第三天，父亲就卖掉了老黄牛，而父亲在几天后得知老黄牛被屠宰的消息后，彻底崩溃了。他无法一下子承受失去儿子与黄牛的双重痛苦，最终疯了。但他却一直记得在报纸上登报寻找儿子，因为还有儿子是他的心灵寄托，登报用的就是卖老黄牛的钱，几天前，钱用光了，父亲没有了精神支持，最终走了。

人们只听到他临死前还不停地念叨：“儿呀，快回家，爹卖掉老黄牛了，让你上学，你快回来……快回家。”

文/张元

每个人都会期待父母要对自己好，应该要怎样怎样。即使嘴上不说，心里也会有这样那样的期待。没有哪个父母是完美的，但是，每位父母在每个当下，都是尽力做到了最好。如果你是他们，在那种艰困的生活环境下，可能也做不到他们那么好。所以，放下怨恨，解开心结吧，不要等到一切无法挽回，让自己抱憾终生。

当你们老成我的孩子

大学毕业后我在岛城的一家电台做DJ，因为工作忙，没有时间找男朋友，更不用提好好地照顾自己。父母知道了千方百计地找理由过来，想要把我养成儿时那般白白胖胖的模样。我很是哭笑不得，还没想好怎么阻拦他们，他们就千里迢迢地坐火车到了我工作的新闻大厦。

那天我刚刚结束一档节目，就听见有同事朝我嚷：楼下有你的忠实老Fans说要见你！我犹疑地走到窗户旁，便看见父亲紧紧搀着母亲，宛如导游似的在楼下广场上，给母亲介绍自己宝贝女儿的“写字间”，进进出出的许多同事，皆怀了与父母同样的好奇，嘻嘻笑望着他们。我的脸有些红，赶紧跑下去，将他们远远地拉开。又好歹给台长请了假，带他们去了我租住的房子。我直截了当地问父亲，你和妈是在这儿玩两天，还是真的要常住？父亲有些耳背，没听清，只是一脸迷糊又热切地听着。我无奈只好转向母亲，母亲却习以为常地回给我一句：我听你爸的。整天在节目里咿哩哇啦地说，让我养成了尽量在台下节约语言的习惯，我随手拿起旁边的纸和笔，写给父亲。父亲还没看便明显地不高兴起来，我知道他最忌讳别人暗示他“半聋”，但我顾不得那么多，我只想尽快知道他们所谓的“照顾”，会不会给我以后的生活添更多的麻烦。看着父亲铁青着脸，我担心他会像从前那样暴跳如雷；他却憋了很长时间，才大声嚷出一句：我和你妈把老家的房子都租出去了，你让我们回去在马路上睡？！

这一句便灭了我所有想一个人“逍遥”的希望。我花了一天的时间，终于寻着了一个两室一厅的房子，再加上往返几次搬我乱七八糟的东西，人几乎累得散了架。第二天做节目，因为睡眠不足，便频频地出口误。结果下了节目还没开溜，就被台长叫去狠批了一顿。回到家看到乐滋滋地做饭的父亲，忍不住发了脾气。我说都是你们，非得为了在老家人面前摆什么面子，跑到岛城来住，让我工作出这么多差错！你们以为自己的女儿真的在这儿享受呢！父亲估计没怎么听清楚，照例在厨房里忙活，还哼着小曲。倒是母亲，走出来，像做错了事的小孩子，低声说：孩子，你爸其实是担心你一个人在这儿受委屈，想家的时候也没个地方去，所以才……我用苦笑止住了母亲，默默走到厨房里去帮忙。

怕他们人生地不熟地太过孤单，我提出要给他们买台电视。父亲却神秘地止住了我，而后从衣兜里变出一个小型收音机来，得意地朝我晃晃：早就准备好了，我们是一路听着你的节目过来的，有你的声音陪着，走丢了都不怕的。我难以想象父母这段时间像上班一样准时听我的节目，从七点钟的“新闻早报”，到晚上十点的“情感热线”，他们没有一次落下过。这样早起晚睡，照样精神抖擞容光焕发。看他们两个人像老听众似的津津有味地评点着我的每一位同事，而且在他们“公正”的评点里，每一个人都有不如自己宝贝女儿的地方。他们的那种快乐，真实又鲜明，甚至让我都有些微微的嫉妒；我想如果他们给我带来的诸种麻烦，能够换来一些可以触摸的欢欣于他们，那么，我是宁愿要这些烦恼的。

我从来没有过多地问过在我不在的大段空闲里，他们都会做些什么。他们显然是不适应岛城光鲜又忙碌的一切的。他们被舞厅、咖啡、酒吧、俱乐部，远远地甩开，剩下的只有需要转好几路车才能到的海边广场，和家门口附近的菜市与小型超市。在老家的时候，他们可以去老年人广场上看戏扭秧歌，还可以串门逛街，过着神仙一样逍遥自在的日子。但到了我这里，听我的节目，却成了他们最大也是唯一的消遣。当然，还有每天换着花样煲汤给我增加营养，“强迫”我每周去过秤，看到我体重增了，会为自己的成就欣喜若狂。他们每天必做的另一个功课，是记录我们电台的“鹊桥相会”节目。听到里面有好的小伙子的材料，他们会立刻记下来，打电话去索要联系方式，两人亲自去相。有一次，我同事开玩笑地说：你是不是让你老妈在我节目里征婚了啊，怎么我听着那老太太的描述，跟你条件那么相似啊？回家后去问母亲，他们果然做了这样的傻事！我又气又笑，说：你们是不是担心你们女儿嫁不出去啊，放心吧，追我的有一个排呢，只不过我懒得理他们罢了。

这么一句玩笑，他们却当了真，千方百计地让我把未来的女婿带回家看看。又偷偷地跟到电台，看我是不是真的被一个排的男人缠得不可开交。直到我偶尔探出头来张望，看到他们“鬼鬼祟祟”地在广场上溜达，他们才装作无事般地走开去。在确信我并没有谈什么恋爱后，他们真的着了急，竟然跑到被同事们戏称为“人肉市场”的一个集合地去，拿了我的照片到处相亲。要不是同事采访回来将拍摄的照片拿给我看，我是真的不会相信他们会做出这种让我在同事面前丢面子的事的。照片上的父亲，正努力地听着一个老太介绍着自己的儿子，唯恐落下一丁点重要的信息。而母亲，则拿着小本，认真地做着记录，以便回去做进一步的考虑琢磨。我从没有看到父母这样巨大的热情和执著，似乎他们人生所有的希望，都押在这一个不可知的注上了。又似乎每一个注，都会成为他们一生的依靠和财富。

而我，在同事们其实并没有恶意的玩笑里，再也不想沉默。

在吃晚饭的时候，我将同事的照片狠狠摔在他们面前。我说：如果你们想让我在整个岛城都“臭名远扬”，永远嫁不出去，那么你们就继续在外面给我去出丑。你们来这儿给我添麻烦也就罢了，还要给我添笑话给人看！你们看看我哪个同事的父母，这么满大街地为自己的儿女征婚的？你们明明知道帮不了我任何的忙，为什么还要千里迢迢地跑过来？！我告诉过你们多少次了，我不是那个两三岁的小孩子了，我完全可以照顾好自己，替自己找一个未来！

我想我是太过气愤和激动了，连面前的碗都不小心碰在了地上。看着一声脆响过后，母亲慌乱地起身将我推到一边，小心翼翼地收拾着地上的碗筷，似乎怕弄出更大的动静来让我伤心。我的泪，终于忍不住哗哗落下来。我等着父亲冲我咆哮大吼，甚至将我像小时候一样赶出家门。但他却低下身去，用抹布一下下地擦着地板，再也不理会一旁的我。

晚上十点钟的“情感热线”，我因为没有听母亲多穿衣服的忠告，一路上受了寒，无法做节目，只好让同事代替。但我并没有回家去，我不知道怎么面对父母，唯有边听着节目，边想着去哪儿熬过这尴尬的一夜。迷迷糊糊中，听到一个很熟悉的声音，正在向同事倾诉着什么。我努力地支起耳朵，听着电话里那个熟悉却略显苍老的声音：我们只是想来照顾她，没想到反而给她添了这么多的麻烦，都怪我们一时糊涂，让她在人前丢了面子。不过我们只想告诉她，不管她长到多大，甚至和我们一样老，她在我们眼里，依然是个孩子，需要父母来疼爱关心的小孩子。这几个月里，看到她能一个人租好房子，将工作做得那么优秀，我们也可以放心离开了。只是我们还是希望她能尽快地找个好的男孩，安顿下来；毕竟，她还是个不会让自己胖起来的小孩子，能有个人照顾，我们在老家再怎么想念牵挂她，也不会心焦地急出病来。我们刚买了车票，来不及给她说再见，想通过电波告诉她一声。还有，外面下雪了，回家的时候让她小心点，别滑倒了；锅里有新做的莲子粥，别忘了喝……

我发疯般地没有请假便打车去了车站。我在稀稀拉拉的候车室里，一眼便看到了头靠着头几乎要睡着了的父母。我的眼泪，疯狂地涌出来。他们多么像我小时候，挨了批，不敢回家，一个人躲在他们可以找得到的地方，等他们将假装睡着的我抱回去。我努力地挤出嗔怒撒娇的表情来，说：你们如果不想让我一个人孤零零地在岛城待着，就赶紧跟我回家去，晚饭没吃好，还等着你们去做呢……

我没有“揭穿”他们没有买车票等我来接的“小把戏”，我知道他们的尊严，有时候是像小孩子一样，不可侵犯的。我亦知道，我在他们的呵护下慢慢成长，而他们，亦在我的自立和成熟里，渐渐老成需要我来哄来骗来疼惜的两个孩子。

文/安宁

我们的父母，好像随着年龄的增长，变得越来越像个孩子了。他们有时会突然变得不讲理、会撒娇，也会耍赖。当我们惊异于这种变化的时候，是否想过这是为什么？孩子大了，父母就老了。孩子开始了独立生活，而做父母的却总是放心不下……也许这就是人世的轮回。当年，父母养育我们，给了我们快乐无邪的童年生活。而如今，他们老了，就需要我们把他们当成孩子，给他们无微不至的关爱。

母爱是一场重复的辜负

母亲会为了最爱的孩子，“辜负”最爱自己的母亲。

外婆去世时，刘英16岁。她是外婆和母亲共同带大的，但外婆的付出甚于母亲。半夜一哭，外婆立刻翻身起床，伺候外孙女吃喝拉撒；学走路时，外婆成天勾着腰，耐心护着她一步步前行；上学后，外婆风雨无阻坚持早晚接送，从不迟到缺席……

祖孙感情的浓度已经超越了母女情。刘英没法接受外婆已经走了的事实。

那段日子里，母亲没日没夜地守着刘英，为她担心，和她一样吃不下睡不着，却不知道女儿一直在生自己的气。

外婆在世时，常常嘱咐刘英：“在那些兄弟姐妹中，你妈最小，又是早产，身体很弱，你一定要对她好、让她享福。”这些话刘英一直听到16岁。外婆最疼爱的除了自己就是母亲，可为什么母亲对外婆的离开一点都不难过？为什么她还有精力成天问自己想吃什么想喝什么？难道这些比外婆的离开更重要？

刘英疏远了母亲。女儿的冷漠让母亲不安而忧虑，只当她是为外婆的去世难过，对她越发的好。可是越讨好，她越觉出母亲对外婆的薄情。那天，她再次将母亲放在书桌边渐渐冷掉的牛奶沉默着端出去后，母亲哭了。

那天晚上她睡下后，听到母亲悄悄走进来。她不想说话，闭着眼睛装睡。母亲就在她床边坐下来，一直注视着她，目光里有些犹豫，有些期待，又有些忧伤。那种可以清晰感觉到的目光，让她快要装不下去了。毕竟，那是爱她的母亲。母亲从来都是爱她的。

这样的冷战有什么意义？

第二天早上醒来，刘英想了想，躺在床上大喊了一声“妈”。母亲几乎是跑着进来的，眼神里有些慌乱，一迭声地问：“怎么了？做噩梦了？”

刘英摇着头笑，那是外婆去世后她第一次对母亲笑，她撒娇地问：“妈，你做什么好吃的了？”母亲的声音竟有些颤抖：“牛奶、荷包蛋，还有你爱吃的小粽子……”

那顿饭刘英吃得很香，母亲却没动筷子，一直看着她吃，好像她饱了自己就饱了。母女俩的关系渐渐恢复到了从前的融洽。没有了外婆的疼爱，母亲的爱比从前更细腻。

高三最后冲刺的那几个月，母亲每天变着法子为她做营养好吃的饭菜。连日操劳让她白了发际线上的几根头发。这个发现让刘英吓了一跳，她想起满头白发的外婆。

刘英把脸笑得灿烂无比，对母亲说：“瞧您紧张的，又不是您上考场。来，多吃一些饭菜，外婆可说了，要我一辈子都对您好！”那是外婆走后，刘英第一次对母亲提起外婆。

母亲忽然就哭了。

她和母亲再无隔阂，就这样被宠着呵护着，长成快乐明媚的女子，毕业、工作、恋爱、结婚、怀孕。

在她怀孕那年，刚刚50岁事业依然正好的母亲，坚决办理了内退来照顾她。仿佛一个轮回，新生代出生，母亲走到外婆的位置上，担负起照顾小宝的所有责任。小宝是外婆带大的，小宝最腻外婆。

初夏时，刘英参加了一次拓展训练活动。教练让每个人都做一个小测试：五根手指，分别代表女儿、母亲、父亲、自己和最好的朋友。依次压倒手指，直到剩下你最重要的那个人。

她压倒了代表朋友的小手指，然后是父亲，自己——原来爱母亲是胜过爱自己的。这让刘英欣慰。

最后剩下女儿和母亲。在最后一个目标的舍弃中，她忽然感觉到窒息，万分难过。母亲，养育了她并始终在照顾和爱护她；女儿由她生由她养，离开她女儿就无法生存。最终，在教练的一再催促下，她猛然地将代表母亲的手指压倒下去。

那一刻，她心如刀割。

无疑，世间最爱母亲的人是外婆，最爱她的人，是母亲。可是，她和母亲一样，都会为了爱自己的孩子辜负最爱自己的人。

母爱就是这样一场重复的辜负，而被辜负的人，却永远无怨无悔。

文/海宁

等到自己也做了母亲，才明白，母爱真的是一场重复的辜负，为了留下自己的孩子，做妈妈的总会不惜牺牲所有人，哪怕是牺牲养育了自己那么多年的母亲，因为，她很爱很爱自己的孩子。而被辜负的那个人，永远都是心甘情愿。

妻子的空位

我的妻子因为意外事故离开我已经四年了，我想，妻子留下不会做任何家务事的我和孩子，她的心有何等难过呢？我也因为无法兼顾父母双亲的角色而感到挫折。

有一天，我为了出差，清晨赶出门，无法将孩子打点好就得离开家。正巧前一天有剩下的饭，我热了蒸蛋，向还没有睡醒的孩子交代一声，就出门去了。

为了照顾好孩子饮食三餐的事，我也无力把自己的工作做好。晚上回到家，我只是很简短地和孩子打个招呼，就因为身体疲累，不想吃晚餐，脱掉西装之后就直接往床上躺。就在那个时候，砰的一声，红色的汤汁跟泡面瞬间弄脏了床单和棉被，原来有碗泡面在棉被里！这小子真是的！说时迟那时快，我拿起一个衣架，跑出去，拉住正玩着玩具的儿子的屁股就打，因为我实在是太生气了，所以不停地打他。但就在这个时候，他边啜泣边说了一段话，使我停了下来。

儿子告诉我："饭锅里的饭早上已经吃完了，午餐在幼儿园吃了，但是到了晚上，爸爸还不回来，我就在橱柜的抽屉里找到了泡面。可是我想到爸爸说不能乱动瓦斯炉，所以我就打开洗澡的水龙头，用热水泡了泡面，一个自己吃，另一个想留给爸爸吃。因为怕泡面凉掉，我就把它放在棉被里，等你回来。可是因为我正在玩向朋友借来的玩具，所以忘了跟爸爸讲。”

我不想让儿子看到我在流泪，于是冲到洗手间，将水龙头打开，大声地哭。过了一阵子，我打起精神来，一面哄着儿子，一面给他屁股上擦药，让他上床睡觉。当我清理好泡面弄脏的床单和棉被后，打开儿子的房门一看，发现他仍旧发出哭泣声，手里还拿着妈妈的照片。我把头靠在房门站了许久，默默地看着这一幕。

自从在一年前发生这件事之后，我为了扮演好妈妈的角色，更加用心地去照顾他。现在儿子快七岁了，不久就要从幼儿园毕业，进入国小读书。庆幸的是，儿子在这段时间毫无阴影，很开朗地成长。

就在不久前，我再一次打了孩子，因为幼儿园来电话说，儿子没有去学校。我心里觉得很不安，于是早退回家，在整个小区里大声地喊他的名字，却是遍寻不着。后来在文具店的门口，看见他站在电玩的前面，我很生气，又开始一直打他。儿子并没有说出任何的解释，只说了声对不起。后来我才知道，原来那天刚好是幼儿园要邀请妈妈去看才艺表演的日子。

发生这些事的几天后，儿子回家说，他在幼儿园里学了写字，从此他经常关在自己的房间里不出来，很认真地写字。我看到儿子这个样子，想到妻子在天国也一定会因为看到他这样而微笑，我就无法忍住泪水。

时间很快，又过了一年，到了冬天，街头都在播放着圣诞节的歌曲，我的儿子却又闯了一个祸。我正要下班的时候，接到一通小区邮局的电话，说我儿子把一捆没有写地址的信，恶作剧地放在邮筒里。每年到了年底，正是邮局最忙碌的时候，这对他们造成很大的困扰。虽然我已决定不再打孩子，但在急忙赶回家后，叫了儿子来，我又忍不住痛打了他一顿。儿子这一次只是说他做错了，却没有讲出任何理由。我把他推到一个角落，不管了，自个儿跑到邮局领回那一捆恶作剧的信。我把信丢到他眼前说：“你为什么要这样恶作剧？”儿子哭着回答说：“这些信是我要寄给妈妈的。”

当时我的眼眶红了起来，心里很激动，但是因为在儿子面前，所以我尽量隐忍住没有表现出来。我接着问他：“那么，为什么一次寄这么多信呢？”

儿子回答说：“以前我要把信投进去的时候，因为个儿太矮，所以没办法投入，但是最近我再去邮筒时，已经够得到了，所以我就把以前没有寄的，一次全部都投进去了。”

我听了以后，心中一片茫然，不知道该对孩子说什么话。过了不久，我才跟他说：“妈妈现在在天上，以后你写完信，把信烧了，就能送到天国去。”等孩子睡着之后，我到外面烧了那些信。我很好奇到底孩子想跟妈妈说些什么，便读了其中的几封信。而当中有一封信搅动了我的心。

亲爱的妈妈：

我很想念你！妈妈，今天在幼儿园有才艺表演，但是因为我没有妈妈，所以没有去参加，我也没有告诉爸爸，怕爸爸会想念妈妈。爸爸到处去找我，但我为了让爸爸看到我很开心的样子，所以故意坐在电动玩具面前，虽然爸爸骂我，但是我到最后也没有告诉他原因。妈妈，我每天都看到爸爸因为想念你而哭泣，我想爸爸也跟我一样，很想念妈妈吧！但是，妈妈，我现在已经记不清楚你的脸。妈妈，请你让我在梦中，再一次能够看到你的脸，好吗？听说把想念的人的照片放在怀里睡觉，就会梦到那个人。可是，妈妈，为什么你没有出现在我的梦里呢？

读完这封信以后，我开始号啕大哭。到底什么时候，我才能填补妻子的空位呢？

《情感读本》2011 年第 2 期

文/安越

一场灾难打碎了一个幸福的家庭，夺去了一个美丽的妻子、善良的妈妈。时间能抹淡记忆的颜色，却永远抹不去伤痛的痕迹。文章中没有太多的人物形象的描写，却通过儿子的语言把孩子的天真、善良表现得很深入、到位。当父亲看到儿子拿着妈妈的照片哭的时候，很心酸，也很自责，自责自己没有能填补妻子的空位，从侧面写出母亲在孩子生命、成长中的重要性。母爱是没有什么可以替代的。

生死之间

突然有一天，你发现那一个把你带到这个世界上的人走了，没有了，就像水被蒸发了，永远地永远地从你的身边消失了，消失了。

那叫你乳名时亲切柔软的声音，那抚摸你面颊时，一双枯瘦的手；那在你出门远行时，久久注视着你，充满关爱和嘱咐的目光，都消失了。

这是不能再生的消失。不像剃头，一刀子下去，你蓄了很久的秀发落地了。光头让你怅然，但是，只要有耐心，头发可以再生。一个人消失了，死了，不会再长出来，不会的。

一位墨西哥的作家还说：“死亡不是截肢，而是彻底结束生命。”是的，即使人们的手脚因偶尔的不慎失去了，残肢还会提醒你，手曾经的存在。死亡，是彻底的结束，如雪的融化，如雾的消散，如云的流失，永远地没有了，没有了。

可是，记忆没有随着死亡消失。每天，一进房门，你就寻找那张让你思念惦记，或者让你习惯了的熟悉面孔出现。没有出现，你会情不自禁地喊一声：“妈妈！”然后，一个房间一个房间去找，看她是在休息还是在操劳；洗那些永远洗不完的衣物？为孩子们在做晚饭？或者专注地看一幕有趣的电视？可是，这一回，你的声音没有回应。每一间房子都是空的，她不在。看着墙上那帧照片，你知道她已永远不在了，那让你一直以为充满着欢乐的母亲的照片，怎么会突然发现其中竟有一缕忧伤。难道，照片也会有灵性，将她对你无边无际的关怀，变幻在目光中。

我不能再走进母亲常年居住的房间，我不愿触动她老人家遗留下的衣物，就让它原样留存着，一任灰尘去封存。唉，那每一件遗物，都会是一把刀子，动一动就会割伤你的神经。

日子一天一天过去，我不再流泪。谁不知道死是人生归宿！生，让我们在生命上打上一个结；死，便是这个结的解脱。妻子这样安慰我，儿子这样安慰我。他们很快就从痛苦中跳出来，忙忙碌碌，快快乐乐，去干他们自己的事。好像那个死去的人，已是很久很久以前的事了，古老得不再提起。我的母亲的死，给他们留下了短暂的痛苦，但没有留下伤口。我的心里却留下了很大的伤口，有很多血流出，我常常按着胸口，希望那伤口尽快愈合；可是很快我发现，愈合的只是皮肉，伤痕的深处无法愈合，时时会有血流出。

我永远不会忘记2001年9月6日下午5时。在中国作协10楼会议室的学习讨论中，我以一种近乎失态的焦灼，希望会议结束，然后，迫不及待地“打的”回到母亲的住处。快到家时，我又打电话过去，想尽快和母亲说话。铃声空响，我希望她是到楼下散步去了。

推开门，像住常一样，我喊了一声“妈妈”，无人应声。我急忙走进后边的一个房间。妈妈呻吟着躺在地上。我扑过去，是的，是扑过去；一把抱起她，想让她坐起来，问她怎么了。她只是含糊不清地说着：“我费尽了力量，坐不起来了。”我看着床上被撕扯的被单，看着母亲揉皱了的衣服，知道她挣扎过。一切挣扎都无用。左边身子已经瘫了，无法坐住。她痛苦、无奈、无助得像个孩子。这个曾经十分刚强的生命，怎么突然会变得如此脆弱！

可是，无论如何，我明了那个下午我焦灼、急切、不安的全部原因。一根无形的线，生命之线牵扯着我的心，没有听见妈妈的呼喊声，可我的心却如紊乱的钟摆，失去平衡，以从未有过的急切，想回到妈妈的身边去。也许，只要她的手触摸一下我，或者，她的眼神注视一下我，我心中失控的大火就会熄灭。

仅仅两天之后，当妈妈咽下最后一口气，永远地告别她生活了81年的这个世界的时候，我觉得，我生命的很大一部分也走了，随着她，被带走了。我猜想，一个人的理论生命也许会很长，但他就这样一部分一部分被失去的亲人、失去的情感所分割，生命终于变得短暂了。

没有医药可以医治心灵的伤痛。也许只有“忘记”。可是，对于亲人，要忘记又何其难！只好寻求书籍、寻求哲人，让理性的棉纱，一点一点吸干情感伤口上的血流。那些关于生与死的说教，曾经让我厌恶过，现在却像必不可少的药物，如阿司匹林之类，竟有了新的疗效。

有一则关于死亡的宗教故事。说有一位母亲，抱着病逝的儿子去找佛陀，希望能拯救她的儿子。佛说，只有一种方法可让你的儿子死而复生，解除你的痛苦：你到城里去，向任何一户没有亲人死过的人家要回一粒芥菜子给我。

那被痛苦折磨愚钝了的妇人去了。找遍了全城，竟然没有找回一粒芥菜子。因为，尘世上没有没失去过亲人的家庭。佛说，你要准备学习痛苦。

痛苦，需要学习吗？是的。快乐，像鲜花，任你怎么呵护，不经意间就凋零了。痛苦，却如野草，随你怎么刈割，铲除，终会顽强地滋生。你得准备，学习迎接痛苦、医治痛苦、化解痛苦，让痛苦“钙化”，成为你坚强生命的一部分。

不过，这将是困难和缓慢的学习，你得忍住泪水。

文/雷抒雁

古话说："人有悲欢离合，月有阴晴圆缺，此事古难全。"生死离别是自然界的规律。死亡，是每个人都必须要面对的！没有别离的痛苦，哪来相聚的快乐！让自己在拥有的日子里学会珍惜，好好善待自己和身边的人，珍惜所有的爱，珍惜拥有的一切，不要给自己任何日后后悔的机会。这样，至少在面对生死离别的时候，我们能更坦然地面对以后的生活。

手心手背

爸爸过生日的时候，我们姐弟都回家了，酒足饭饱之后，男人们在一起高谈阔论，我们姐妹则帮着妈在厨房里收拾碗筷。

小弟不知什么时候挤到妈身边，先是借着酒劲撒了一会儿娇，然后从口袋里掏出一沓钱塞到妈手里，看样子，足有两千块。妈推让了几下，然后就心满意足地收下了。我们都忍不住笑了。小弟是家里唯一的男孩，大学毕业后，拼搏了几年，成立了自己的公司，有车有房，日子富足得很。这几年供养父母的责任，他一个人独揽了，我们四个姐姐也常常沾他的光。所以，他虽然年龄最小，却算得上家里的核心人物。

小弟走了以后，二姐悄悄把妈拉到一边吞吞吐吐地说："妈，你看，我们又没有花生油吃了……你看，能不能……"妈露出为难的神色："哎呀，我剩得也不多了，你小弟已经跟我打过招呼了，他就愿吃咱农村这花生油的味道，你看，他要了，我就不能给你了。""噢，那就给他吧，那就给他吧。"二姐连声说。妈解释说，再有几个月就秋收，榨出新鲜花生油的时候再给她。二姐答应着，却不再说什么。我们都替二姐难过，不到万不得已，她是不会张这个口的。自从两年前二姐夫在建筑队打工把腿摔伤以后，他们家的生活就陷入困顿。官司打了一年多，却一分钱的赔偿也没拿到。二姐只得四处打工，维持家用。我们虽然也时常接济她一下，可毕竟是杯水车薪。

大姐说："要不去我们家吧，我给你一桶。"这句话刺激了二姐，她立刻自嘲地说："算了吧，我像个要饭的。"说着，一扭头走出了厨房。

气氛一下子沉闷起来，妈叹口气说："唉！我真是的！"

下午，二姐执意要走，我们去送她。临上车前，她回头对妈说："妈，我把你给的那二百元钱掖在炕席底下了。""二，你……"妈一下子怔住了，然后重重地叹了一口气。

接下来，妈便再也没有先前兴高采烈的样子，她变得心事重重。我们也一下子理不清楚，到底是妈错了，还是二姐错了。

后来，我们三姐妹相约去了二姐家，每人拎了一桶花生油。二姐苦笑道："这下子，够我们吃半年的了。"这时候，我们才知道二姐家的生活是何等艰辛，有时候竟连孩子的学费都交不上。二姐却从未对我们说起过。我们心里也对妈那天的做法产生了怨气，心直口快的四妹干脆说："妈就是欺贫爱富。"一言既出，我们都惊呆了，妈是那样的人吗？

回去以后，我们都各忙各的，见面的机会也很少。偶尔往家里打个电话，妈也总是要提起二姐，问她家的官司打得怎么样了，问她是不是对妈有意见。有时我安慰她几句，说过去的事就让它过去吧，别放在心上。妈就更认为她做错了，不停地絮叨，末了，总会加上一句：等秋收完了再说吧。我也盼着赶快秋收，好了却妈的这桩心事。谁知还没等到秋收，却等来妈生病的消息，原来妈的胃病早就犯了，却不肯到医院治，直到最后疼得饭都吃不下。小弟执意带她去城里检查，检查的结果竟是胃溃疡。

动手术的时候，我们都去了。在手术室门口，妈突然抓住二姐的手说："二，看把你瘦得，妈对不住你。别对妈有意见，啊？"二姐已是泪流满面："妈，我哪有什么意见啊，你一定要好好的，我还等着拿你的新花生油呢！"妈松了一口气，我们都哭了，原来在妈的心里，一直藏着对二姐的愧疚。其实她并没有做错，却一直都放不下，这就是妈啊！

手术后，妈恢复得很好，我们精心地侍候着她，经过这一次变故，我们突然觉得亲情是那样的弥足珍贵。

小弟已经知道了关于花生油的故事，他决定好好帮助二姐，他先是让二姐学习了糕点制作技术，然后出资帮他们租下了一个门面房，经营糕点制作。由于二姐心灵手巧，生意竟出奇的好，足以维持一家人的生活。同时我们积极帮助她打官司，在法院强制执行的情况下，终于获得四万多元的赔偿，生活终于向他们绽开了笑脸，我们也都松了口气。

秋收完了以后，父母终于答应了小弟，准备搬到城里去住。临行前，妈通知我们自备油桶回家分油，我们听了都忍不住地笑。

那天家里真是热闹非凡，儿子、女婿们忙着往油坊搬花生米、往回挑油；妈妈则忙着在大锅里滤一遍，去除杂质；女儿、媳妇则忙着倒油、装油；孩子们出出进进，争着抢食那香喷喷的花生饼干。

小弟蹭到妈身边，说他结婚最晚，揩家里的油最少，这次应该多分点，否则就太偏心了。妈刚要说“手心手背都是肉”，话一出口，竟成了“手心手背都是油”了，顿时引得一家人大笑，妈也笑成一团，在灶火的照映下，她的眼角闪动着泪花。

满屋子都是花生油的香味。真的，那味道，特香、特醇、特地道。

文/侯仁娟

俗话说，手心手背都是肉，父母对子女应一视同仁，但手指终究有长短，不论有心还是无意，父母偏心的现象并不罕见，令其他孩子感觉备受冷待。父母偏心会对子女造成长期的负面心理影响，子女甚至在成家立业后仍难走出阴影。而父母不公不仅仅影响得不到宠爱的孩子，对所有子女都会造成伤害，同时使子女间容易因嫉生恨，造成感情不和。那么，对子女来说，父母是无法选择的，如果真的遭遇父母的不公，不妨反过来思考——他们这样做，能够让你学会忍让和勤劳，多收获一份内心的财富，到最后，你还得感谢你的父母。

我的爱对你说

每次在餐厅看到面带笑容闲谈着的母女，或在服装店遇上细心为对方挑选衣服的母女，我都会忍不住多看几眼，暗自羡慕她们有这么好的关系，有那么多开心的话可以聊。

从小到大，我和母亲没有过15分钟以上的对话。对母亲最深刻的记忆就是她每天起早摸黑地甩着那两条油黑的粗辫子忙进忙出……因为一个人要管6个孩子，她做事麻利得像一股风！

那时，她和我的对话就是“帮我拿这个……去做那个……”在家中，我排行老三，上有哥哥，下有弟弟，我是个夹在中间的女娃，尴尬地生活着。记得9岁那年，村里的羊闹疫病，我们家60多只羊都死光了。当时羊群是我们泸沽湖畔摩梭人最重要的财富，没了羊，我们家的生活陷入极端困境。母亲挨了两天后做出决定——把我送给上游村子的一户人家。我噙着泪哀求母亲别把我送走，可母亲还是带着我去了那户人家。一路上，母亲没吭一声。那天，我看着母亲渐行渐远的背影，哭得伤心极了。

大概过了7个多月，母亲赶着9只羊来到这户人家，要把我换回去。我就又跟着母亲的背影往家走。这次回家后，我和母亲的话更少了。为了讨母亲欢心，我总是最早一个起床，割最多的猪草回家，争做最累的活。慢慢地，左邻右舍都说我聪明、嘴巴甜、勤快……这些好名声越来越多地传到母亲耳朵里，我在期待，期待母亲亲口夸我一次。可是，母亲只是更多地念叨我的名字，让我去做更多的事。

我心中母亲冷漠印象的改变，源于村里专门给人接生的才旦婆婆。一次闲聊时，老人告诉我：我是个难产儿，母亲生我时出了很多血，但她一直呻吟着提醒接生的才旦婆婆，出事的话，保孩子！

13岁那年，县文化馆来人收集民歌、选拔歌手，我凭着天生的好嗓子脱颖而出，得以走出家门，去了一趟昆明。从昆明回家后，我似乎受到了大千世界的诱惑，心已飞出泸沽湖，“我决定要出去”。那一次，母亲跟我谈了平生最长的一次话：“娜姆，你除了割猪草什么都不会，你出去了怎么活？”母亲说的都没错，但我压抑多年的委屈也爆发了：“我一定要走！我不想过被随意送人，又被牲口换回来的生活！”说完，我和母亲都哭了。

我带着7个鸡蛋和母亲给的一只玉手镯离开了家乡。我毅然卖掉母亲的玉手镯，拿着这笔钱去了上海，成了上海音乐学院最年轻的少数民族本科生，继而又成了中央民族歌舞团最年轻的独唱演员。

20岁那年，我决定去美国。我专程回家一趟。母亲见我回来，高兴极了，忙着劈柴做饭，杀鸡择菜。我从没像这次一样，静静地凝望着母亲依然忙碌却渐渐佝偻的背影。临走时，母亲送我，我们一路走过了两个村子，一向沉默的她竟把隐忍了半辈子的话倒出来：“娜姆，我最宝贝的东西就是一对玉手镯，一个换了9只羊去赎你，另一个给你去换了新的生活，我心里很舒坦的！”

后来的6年我折腾了大半个地球，就是没机会回家去看母亲。

1996年2月3日，我在意大利从新闻中获知离家乡不远的丽江发生了大地震。因为村里根本没电话，我的心骤然焦虑起来。直到坐上飞往北京的航班，我才蓦然察觉：这是我平生第一次为母亲而焦虑吧！

回到家乡，看到无恙的家园和母亲，我的心释然了。刹那间，我封闭了20多年的对母亲复杂的情愫顿时释然：母亲是爱我的，我也是爱母亲的，贫困压抑的生活让母亲连喘气的机会都不多，她没有心境对女儿说“我爱你”。但现在，我不能让压抑继续下去，让遗憾成为永远的遗憾！那一天，我第一次伸出手臂拥抱了母亲，把头埋在母亲胸口对她说“我爱你”。

之后，我拿出几乎全部的积蓄在泸沽湖畔的狮子山下买了一小块地建了“娜姆博物馆”，里面陈列着我作为摩梭人多项第一的纪念物，这里还作为小旅馆接待世界各地的朋友，而我那不善言辞的母亲就成了博物馆馆长。只要站在女儿的纪念物旁，母亲就不再沉默羞涩，而是乐此不疲地告诉大家纪念物背后女儿不易的经历！

看着母亲自豪讲解的背影，我非常满足，因为母亲的背影就是我今生最牵挂的风景。

文/杨二车娜姆

父爱和母爱是伟大的，这是整个人类不断繁衍并传递爱的最基本、最重要的渠道。当然，这并不是说，一个人有了孩子就自动成了好父母。人无完人，父母受自己的见识、思想、环境局限，对孩子的爱也会具有一定的局限性，但这并不意味着他们不爱孩子，也许只是爱的方式有问题。既然我们知道父母的有些做法不合适，那就千万别让自己重复他们的错误，同时多想想他们的好。他们老了，思想封建落后甚至固执可笑，已经无法改变，他们是脆弱的，他们很多时候不堪一击，而我们是成年人了，现在轮到我们照顾他们、宽容他们了。

给你的爱一直很安静

过年。窗外是鞭炮声，空气里弥漫着浓浓的烟花燃放后的气味。窗的这一边，是暖暖的家，是亲人。

过几十年后再回忆如今的光景，记忆中的画面肯定也是这样，有声音，有气味，有温度。

几十道菜已经在桌上吃得差不多了，宾客们都散去，妈妈和爸爸在收拾着碗筷，开始洗洗涮涮。电视上播着年年都有的春节联欢晚会，虽然不好看，但是不看中央台也不知道可以看什么。

你在家里，看着父母忙进忙出，不知道自己可以做些什么。就像一个旁观者，只能坐在沙发上，看朱军和董卿在故作亢奋地念着串词，心里嘀咕，他们真是专业啊，怎么能念了几十遍相似的台词之后还这么有激情。

你偶尔低头看看手机，上面没有几条短信，朋友们都在忙着过年。

你等待着什么。等什么呢？等倒计时？大家一起喊着“十九八七六五四三二一”，窗外又轰隆隆响起一阵鞭炮声，电视屏幕上开始五彩缤纷，五十六个民族的代表们一起在台上恭贺全国人民新春快乐。仿佛过了这一刻，就算完成了任务，可以躺到床上睡觉去了。可心里依然有期待，隐隐约约的未被满足的期待。

你其实在等父母忙完手头的事情，可以停下来，和你说说话，随便说什么。你期待那份专注的注意力，就像你小时候和他们一起玩的时候，他们曾经给予的百分百的注意力。

你说好久不回家了，好想家，可是回了家又不知道和父母可以说什么。可亲爱的孩子，该是你长大的时候了。你也看见了，父母有多么忙。他们有他们的亲戚朋友要应酬，他们要扮演他们的社会角色。“爸爸”和“妈妈”这种角色，在春节的时候，不是他们唯一的角色。

如果期待一份更好的相处，那就认真陪伴他们。当他们扮演“儿子女儿”的时候，你就好好扮演“孙女”和“孙子”的角色，当他们扮演“大家的好朋友”的时候，你也可以卖力出演“大家的小朋友”角色。开始的时候肯定会觉得没劲，你觉得何必呢，做这些额外的事情。

可是，人生其实非常公平。当我们还是小孩子的时候，我们的乐趣是被陪伴。当我们还是婴儿的时候，只有父母抱着的时候，才是让我们安心的时刻。当我们渐渐长大，三四岁，五六岁，父母都陪着我们，我们蹒跚学步，我们学说话，我们练字，我们写书法，他们陪伴着，一直一直安静地陪伴着。看着我们成长，他们就很开心。对于父母，陪伴是一种责任，也是一种乐趣。

现在，我们长大，轮到我们开始学习这种陪伴的乐趣了。当我们和父母在一起的时候，有时候就是为了陪陪他们。因为有我们在身边，他们就很安心和开心。不必说些什么，当他们知道你乐意陪伴的时候，那就是最大的欣慰。

乐意陪伴，就是表示你愿意接受他们的生活，愿意关注他们的世界。当你反复要求他们来关注你的心情和你的世界的时候，你是否能付出同样的关注呢？

虽然很多人，包括我自己，在我十几岁的时候，非常不乐意和父母去这家吃饭、去那家玩，那是因为，那时候我并不知道，原来我的陪伴对他们而言那么重要。

所以我想早早地告诉现在还是十几岁的你们，或许可以早点从陪伴中获得乐趣。因为现在轮到你们去给予父母注意力了。当你的注意力在电视屏幕上、在QQ上、在手机屏幕上的时候，你就错过了和父母相处的时光。

你期待一份好好的交流，可是有时候，愉悦的交流并不需要对话，一个拥抱，或者在身边默默地陪着，就是爱的表达。给你的爱一直很安静，不必你太理解我的心情。你知道我乐意陪伴在你身边，那就是最好的回应。

你看，电视上在倒计时："十、九、八、七、六、五、四、三、二、一。"相聚的时光那样短，还不快好好拥抱他们？如果你一直坐在沙发上，他们永远没法体会——那一刻你有多么想他们，那一刻你有多么爱他们。

文/沈奇岚

也许，我们不是没有孝心，只是我们总是有太多太多的理由，让我们推迟了对父母的关爱。而在这种推迟中，父母正在老去，告别了年轻，忙碌中年，在更年期蹉跎，最终成为一个真正的老人。静下心来想一想，当我们还小的时候，是父母教会我们走路，耐心地回答我们的十万个为什么；当我们走上工作岗位，是父母告诉我们为人处世的道理；当我们成家立业遇到困难，是父母用实际行动支持我们。现在他们老了，需要人照顾，能陪伴在他们的身旁是件幸福的事。尽管我们为此失去了部分个人的自由，有时也会心烦，但是我们得到更多的是一种尽孝后的宽慰。

爱的白条

我的一个朋友有一年连遭打击：丢了工作，父母又轮番病重。仅存的一点积蓄全部交给了医院，妻子却又在此时怀上了孩子。他在困顿的夹击中，几乎无力继续支撑。

而同样从乡村出来的我，当时刚刚大学毕业，手头不仅没有丝毫的积蓄，还欠下银行几万块的学费。陪他去医院看望父母的路上，除了与他说说闲话，给他一些精神上的宽慰，我几乎无力再给予他任何切实的帮助。经过一片繁华的商业街时，看着一些生活富足的人，在饭后悠闲地散步、逛街、购物，步履从未慢下来享受生活的我，便一阵忧伤，对朋友说："如果我现在有两万块钱，我肯定分给你一万。"

彼时朋友只轻轻说出一个"谢"字，便将脸别到一侧去看远处的风景。我们两个人，在拥挤的马路上，提着为他生病的父母和怀孕的妻子准备的鸡汤，无声无息地向前走着。

一年后我便离开了那个城市，朋友的事业与家境慢慢开始好转，到后来我不仅可以给朋友一万块，十万块也没有问题，但我却因为这样那样的原因而疏于跟他联络。

许多年之后，我们无意中又开始联系到彼此。一次在聚会上，朋友喝下几杯酒后，突然就举杯站起来，朝我鞠一个躬，而后说，知道吗，你有一句话，一直到现在还在温暖着我。我诧异，看着他微红的脸，以为他喝醉了，因为我实在不记得，我曾经说过什么样感人肺腑的话，让他十几年来还念念不忘。朋友停顿了片刻，真诚地看着我的眼睛，说，还记得吗，那年我很困难，你说，如果你有两万块钱，你就会分我一万块，这句话到现在，每次想起还会将我的心结结实实地温暖住。

我的脸一下子红了，我结结巴巴地说，可是，可是我并没有那样做啊。朋友笑着回答，可是，那时同样贫穷的你，能有这份心，就已经足够让我铭记一生了。

又想起年少的时候，有一天父母干活回来，在院子里用毛巾疲惫地擦洗着身上的污垢。我站在他们后面，看母亲时不时地直起腰来，用拳头捶一捶酸痛的后背，便觉得心疼。走过去，用自己使不上多大劲的小手，给母亲轻轻地按摩着。一边按摩，一边还逗父母开心，说，等我将来读完大学，挣了钱，一定给他们买最好的按摩椅，让他们累了往上一躺，不仅浑身舒适，而且很快就可以睡过去，做一个烤面包一样又香又甜的好梦。

我记得当时母亲转过身来，怜爱地帮我整整衣服，说，爸妈不累，不用你买什么东西呢。我年少粗心，并没有看到母亲重新转过身去的时候，眼圈已经红了。

等我大学毕业之后，真的挣了钱，我却早已将那个诺言忘记。甚至因为要买房结婚，还不得不接受父母半生攒下的积蓄。我很少买什么东西给父母，而他们每次打电话，还要问我需不需要钱花，有困难的时候，一定记得给爸妈说。

后来有一天，母亲与几个街坊坐在家里喝茶，聊起各自儿女小时候的事情。母亲突然就迫不及待地发言，我们家孩子，从小就很懂得体贴大人呢，十岁时看我们干活累了，便说将来给我们买按摩椅，到现在每次想起他的话我还觉得心里暖烘烘的呢！我隔窗听着母亲语气中的自豪与幸福，想起自己毕业以来，给父母所添的丝毫不亚于读书时的麻烦，心底的愧疚雾气一样升腾起来，一直氤氲到眼前变得模糊不清。

我们究竟欠下了朋友与家人多少这样没有兑现的支票呢？我们又究竟许下多少说过便忘却被外人感恩记住一生的诺言？我们打下的那些白条，在岁月里发黄，又褪去了最初的颜色，却在一些人的心里，始终新鲜饱满，宛若一朵秋天的雏菊，以最动人的姿态，绽放在微凉的风中。

文/安宁

那些被岁月覆盖而又无法兑现的诺言，对于许诺的人可能只是一时的豪言壮语，而对被允诺的人也许是一辈子的安慰，一生中最美好的回忆。究竟我们欠下了多少“债”呢？那些给亲朋好友签下的白条，信誓旦旦许下的诺言，我们什么时候才能兑现呢？当那些白条在岁月中渐渐泛黄的时候，它又将在我们心里绽放着怎样的姿态？你给爱打了多少白条，你打算何时兑现？

人生的一碗面

回家第一天是堂弟考上大学的庆功宴，站在他旁边看他从一个街头的篮球少年老老实实安静地长成一个大学生，穿的还是往常的街头服装，只是又小心翼翼地在外面套了一件米白的马甲，上面缀了一朵胸花以示重视。

他母亲看了很好笑。我只是在一旁默默地看着，看他递烟，看他发口香糖，面对陌生的长辈局促的样子。怎么想象得出他一个月长时间的旷课，一个星期便穿坏一双NIKE篮球鞋，一天也不愿好好看书的过去。

爷爷奶奶从姑爹的车上下来，颤颤巍巍，几乎让人看不出精神状态，离我上一次看见他们，似乎已经有很长很长一段时间。

我走过去扶他们，他们从我身边经过没有任何反应。我愣生生喊了一句奶奶。她也只是看了我一眼。在旁人的提醒之下，她才恍然大悟，面前的我是她的长孙。她非常歉意地握着我的手，说我变胖了，头发剪短了，连说话语气都变得跟以往不同了。上次见面只是在半年前，半年我的变化不足以陌生，半年她的变化却让我感到莫名的恐惧。那是有感知地面对至亲，因为生命逐渐衰落而暂时遗忘世事的现实。

味觉是最易存留在内心的东西。

去年春节，奶奶一动不动地坐在沙发上，看着她看不清楚的电视，听着她听不清楚的声音。与旁边喧哗嬉闹的家族的其他人硬生生地隔离成两个世界。突然想起她曾经给我做的面，里面放了无数的小料。那是只有她才知道的小料，每年回家都会吃上好几碗。其他人在吃大鱼大肉时，只有我会要求奶奶给我做一碗简单的面，然后过一个满足的除夕。

那一刻，她静静地坐在那儿，我突然对她说，我想吃一碗面。

于是她站起来，摸摸索索走到了厨房，开始为了我，重新做起味道永远不会变的那碗面。

我静静地站在一旁，无心地按动着相机的快门。我知道，或许她每一个动作都有可能是她给我做面的最后一个动作。我不知道那天之后，我是否还可以再吃到她给我做的放了油渣放了蒜姜小料的面。

也许，这个世界上，除了我关心这个问题之外，不会有人再关心是否世界上还有同样味觉的面。奶奶不会。父母不会。至亲不会。至于我的晚辈们，他们已经可以在麦当劳肯德基里安排他们的除夕晚餐了，他们永远也不会知道他们的奶奶原来可以做出那么好吃的面。

一碗面的历史，长达十几年，一一扎根在了一个人的记忆里，略显寂寞。热气腾腾的清面汤水，油泞黑厚的窗台尘埃，映着奶奶那张已分不出怅然若失或欢喜满心的脸，内心有了重重的失落。就像小时候，在夕阳遍野的下午，第一次考虑到死亡时的惘然。

再翻出九个月前的相片，说不出是庆幸还是难过。但总归是有了一个回忆的由头，有一处私人的纪念得以保留。奶奶已经很难认出我了。这是事实。

外公离开的时候，我在几千里之外的北京。一个人独处时号啕大哭。对于离开，我仍不似大人般可以对自己宽慰。对于奶奶生命逐渐的缓慢，突然在飞机落地那一刻在《素年锦时》这本书里找到了打破胸腔、长久以来内心呼喊出的回应。

生命的意义不在于人健壮时有多么辉煌，而是在它逐渐凋落时，有明白她的人在一旁静静地陪着她，不言，不语，屏息中交换生命的本真，任凭四周的嘈杂与纠纷。

陪着她一直下去。静静地。

文/刘同

面如人生，长长短短盘在一起，紧密但不纠结，根根筋道，条理清晰。同样一碗面，有不同的吃法，你可以让它索然无味，也可以让它美味可口，可以让它清淡一些，也可以让它辛辣一些，这是人生。一碗面终有吃完的时候，最重要的是，它给吃面的人留下了什么。

让我许个愿

我不是一个很宿命的人，但是，能做她的女儿，我想，我是与她有缘的。

其实，上中学的时候，我一直不大喜欢她。那年，她40岁了，在学校当老师，却不大会做家长。她对我要求严格，却从没有试图了解过我。

我从学校到家，要经过两条马路，一家电影院，大概需要20分钟。于是，每天下课，我如果超过了这个时间回到家里，必定要受到她的盘问。

在那样晴美的天气里，一路上因为要急急赶回家，即便见到阳光的温婉，心情也早就被破坏掉了。我感觉自己是一只笼中的小鸟，尽管过着衣食无忧的生活，却失去了最宝贵的自由。

但是，在这样中规中矩的家庭，我能怎么样呢？我是孩子，在她面前，我永远无法做到与她平等地说话。她是那样轻视我的存在，因为我是她的女儿，我没有理由没有资格对她说“不”。

有一天，被她唠叨烦了，我大清早在去学校的途中溜了号。一整天，我都躲在电影院的花园内，百无聊赖地玩蚂蚁，想静观事态的发展，看看她如何对待一个逃课的孩子。

我在电影院内不知待了多久，直到天一点点地黑下来。不用说，那天我被她提着耳朵拎回家，而且头一次挨了她的臭骂。但对付她，我不是没有法宝。

我很快给姥姥写了一封信，央求姥姥来看我。姥姥是个小脚女人，脑后盘着一个大发髻。我是姥姥一手带大的，小时候，我常常会打散姥姥的发髻，让那黑黑的头发散满一脊背，我会将小小的脸贴上去，姥姥便将手绕过来搂我，我知道，姥姥是疼我的。我的救兵很快到了。

姥姥来了之后，我的形势逐渐好转。下课，我可以稍晚回家，不必让老师签条；读书读累了，就可以放心睡觉，不必担心还要去做她留的课外作业。

那一段时间，我因为获得了自由像一只快乐的小鸟，对她也放松了警惕。直到有一天，我发现她偷拆了我的信，信是同校一个男生写给我的。那年我16岁，脸上还在发小痘痘，但是，属于一个花季女孩的清秀是遮不住的。

那天，她把男生写给我的信摔在我面前，让我解释。我的头一下大起来，因为隐私被发现而恼羞成怒。我和她怒目而视了10分钟后，便甩头冲出了家门。那天，我绕着院子跑了一大圈，姥姥在身后追我，她在姥姥身后追姥姥。大晚上了，碰见邻居，还以为我们一家在进行马拉松比赛。

为了那个男生，她几乎费尽了所有的心思。她先是找老师，后来又把我转到了别的学校，最后终于隔绝了我和那个男生的所有联系。为这件事，我怨恨过她，甚至有半学期没和她说话。尽管我不和她说话，她照旧做着一个母亲分内的事，早起给我做饭，搞家里清洁，甚至为我洗衣。有时，她会花高价搞来一套高考模拟题放在我桌上。我却从未领过她的情，直到姥姥去世。

那年夏天，她回山里给姥姥奔丧，我因为高考脱不开身，便没有回去。

父亲长年在外地出差，她走之后，家里剩下我一个人。邻居阿姨受她之托，每晚会邀我去吃晚饭。

也不知为什么，她走之后，我本以为获得自由了，内心却不知为何会产生一种从未有过的失落。

晚上回去，打开灯，室内充满了寂寞。我看着课本，看着看着，眼泪便无端流下来。我想，有一天，她也会像姥姥离开她一样，弃我而去。那时，我和她将隔绝于两个世界，我将再也没有机会做她的女儿。

有时候，长大不过一夜之间。

高考的第二天，我从考场出来，在门口见到了她。炎炎烈日之下，她的额上满是细密的汗珠，身上的衣服都湿透了。她递给我一支冰淇淋，说："细细，考得怎么样啊？我刚从车站赶来，本来是该陪你的……"

高考的作文题是写一位亲人，我选择了写她，却不知该如何落笔。因为太熟悉了，因为太爱她了，因为太恨她了。在文章的结尾，我写了一句话——如果有一天让我选择，我会希望老天赐她永生。她的存在，就是我今生最大的幸福。

我没有告诉她我写过这样的话，因为怕她流泪，因为她早已习惯了我对她的不满。

我在本市的一所大学寄宿，偶尔回家。我回家之后，她依然会唠叨，依然把我当成一个未成年的孩子。但我已经懂事了，我知道她是寂寞的。我读书在外，父亲长年出差，她平时连一个说话的人都没有，而我，是她唯一的寄托。她是多么多么希望我能够很出色，她对外人提起我来，会充满骄傲。

大三那年，我更忙了，因为我有了男友。忙忙碌碌的我很少给家里打电话。周末，有时她会把电话打过来，问我回不回家，她买了我最爱吃的武昌鱼。我自然不回去的，这时候，爱情的力量胜过一切。

大学几年，我和她逐渐疏远，我忙于读书，忙于恋爱。书勉强念完，毕业分配，男友却去了异乡。爱情没了，我灰溜溜地回到了家里。

家里一切照旧，我的屋内，所有的东西都不曾动过，桌上一尘不染，床下那双绣着罂粟花的拖鞋，也是干净的。只是，阳台上，给花洒水的她，有点老了。

那晚，她对我说，她很想她的母亲——我的姥姥。如果姥姥现在还活着，她会带着姥姥去海外旅游。可是，这辈子，姥姥除了山里，只来过我们这个小小的城市。这些年来，她仔细想过，世上，只有做母亲的不会丢弃女儿，付出一辈子也无怨无悔。可是，知道得太晚了。

当时，我什么也没有说，只是很想流泪。

我又想起高考那天，她从车站直接赶到考场，那满脸的汗，和那支快化掉的冰淇淋。

我知道，这辈子我永远无法还清她倾注给我的爱。天下所有的女儿都是这样。

也是不想让她操心，我很认真地决定着自己的未来。我希望有一天，能用自己赚的钱为她买一幢漂亮的房子，能让她很愉快地去旅行。除此而外，我不知道自己还能用什么样的方式来表达对她的爱。

是的，她是我今生最爱的人，但我知道自己永远不好意思对她说出口，说，妈妈，我爱你。

去年，我去越南参加笔会。在石窟内，我将硬币扔进水池，我许的愿只有一个：如果有来世，让我做她的妈妈。

如果真有来世，我会如何对待她呢？如果她逃课，如果她不听我的话，我会不会生气？我做妈妈时，会不会规定她在约定的时间内回家？会不会为了一个男生大动肝火？会不会在她高考那天，从火车站赶去考场为她买一支冰淇淋？

会不会，会不会像她爱我一样爱她？

文/叶细细

叶细细的《让我许个愿》堪称是献给成长的佳作。作者行文时先写母女间的隔阂，再写理解，最后扣题突出“许愿”。作者运用铺垫的方法，使文章波澜起伏，感情跌宕。“有时候，长大不过一夜之间”一句，承转自如，耐人寻味。作者告诉我们：母亲操心的和不该操心的琐事，渗透着一种母爱，一种亲情，我们需要的是理解，在理解中消除隔膜、怨恨，在理解中建立永恒的爱。

想念是相处的利息

我母亲姐妹多，六姐妹加我舅舅，七个孩子。蛮有意思的是，母亲六姐妹，三位嫁农民，三位嫁工人，嫁农民的，苦一些，嫁工人的，相对富。我听我母亲说，外婆曾制定了富帮穷政策，一对一，叫某某跟某某结对子，对子间经常走动，其他姐妹间，除了满十、娶媳、嫁女、乔迁等大喜事外，可走动可不走动。

我母亲跟我满姨结对，满姨家住煤矿区，只有我姨父工作，当“窑弓子”，满姨家日子过得也紧巴巴的，但因姨父工资算高，满姨也在矿上做些临时工，家境比我们好，两家走得勤。我姨父星期天爱扛着一把猎枪打鸟，打到我们村里那山上，要走来喝杯茶，喝了茶就走；我满姨隔三差五，给我母亲送一张两张粮票、三尺五尺布票，记得送得最多的是包子，煤矿食堂里的包子，我曾一次吃下七个，我母亲骂我胀贼，“胀死贼牯子”。满姨来我家多，我们去满姨家也勤快，土里结南瓜、丝瓜、茄子、辣子，山里出蘑菇、蕨菜、桃子、李子，塘里河里捉了鱼抓了泥鳅，或是我母亲，或是母亲打发我和我姊妹，给满姨家送一些去。寒暑假，我母亲常常打发我去满姨家送农产品，我母亲的意思是，叫我多住几天，给母亲省些油米。

母亲与她的姐妹，都已老了，各自家境都没有很好的，也没有很差的，按说已无须再穷富结对，可以按照血缘来绾结亲情了。母亲姐妹嫁得都不远，以外婆家为圆心，大体是十多二十里的样子，好像是外婆手里抓了一把花种，往空中一抛，外婆的女儿们，抛撒在四周，落地生根，开花结果。可是我发现，母亲的姐妹，互相走动的，依然还是当初外婆安排的对子，我母亲跟我满姨、我四姨跟我大姨、我二姨跟我五姨，互相走动经常些。母亲离了老家，背井离乡到我这城里，住下来，她常常念叨的是满姨；往我这里打电话问我母亲好的，也常是满姨；其他几位姨，除了七十寿八十寿，喊我母亲去贺酒，平时好像忘了还有这么一个姐姐，或者妹妹。

到了我这一代，尤其是。母亲六姐妹，有位五姨家，我至今都没去过，我那些表姐表妹与表哥表弟们，很多都没见过面。而现在常常串门的，多是我满姨家的子女，我有鸡毛蒜皮事，找不到人帮忙，首先想起的也是他们；他们有些家长里短事，找上门来的，多是来我家；逢年过节，心头所想，脚之所移，满姨家表姐表弟朝向的，是我家的方向；同样，我口里乏味，心上发堵，想找个地方散散心，方向盘打的，多是满姨家的表姐表弟家。

一样的代际，一样的血缘，一样的亲情，缘何是不一样的感情？想来想去，大概是源自早些年的交往与相处吧。交往越多，相处越长，情感才越深，思念才越真。朋友之间是这样，纵使亲情，也需要小时候的牵手来牵系。母子之间，打断骨头连着筋，但若没有十多二十年的朝夕在一起，感情也会生分的吧；姐妹之间更是，姐妹与兄弟，缘分最深，其实，真正的缘分也是那么十多年，小时候，一个锅里吃饭，一张床里蹬被，一间屋里打架，然后呢，姐妹各嫁一方，哥俩分居两处，一年到头迎来送往一两回，也是走亲戚了。设若当年不曾耳鬓厮磨十多年，设若没有十多年的朝夕相处，那么兄弟姐妹之间，还会那么有乐同享、有难分担吗？

过去相处，等于是感情存款，存款越久，感情利息越多；存款越短，感情利息越少。想念是相处的利息，牵挂是牵手的利息。

亲情的利息不是以金钱算的，若说金钱，皇室投入给子女的，谁比得上？山野村夫，穷爹苦娘，给子女穿的烂，吃的糟，住的茅棚，在子女身上花的钱不会多，但贫家子弟，孝父孝母更真挚更深切，其中缘故，大概是投入时间之爱，而非金钱之爱吧。富贵人家，母亲不爱喂奶，买高级牛奶或请奶妈相喂，这倒也罢了；孩子尚没走路，就要全托幼儿园，一个星期见不上一面两面；暑假寒假，儿女有机会绕膝吧，可享天伦之乐吧，却是要将孩子送钢琴班、美术班、舞蹈班与作文班；孩子读初中，县上的要将孩子送往市里读书，市里的要将孩子送往省城读书；省城的，千里万里，往国外送。对孩子的金钱投入，是无限多了，对孩子的时间投入呢？少得可怜了。

感情，特别是亲情，是靠金钱投入，还是靠时间投入呢？很多母亲，常常感叹，现在孩子不多，就一个，原先父母生孩子，生五六七八个，父母之爱，分了七八份，每个孩子所占份额少，孩子大了，对父母感情却更浓；现在孩子一个，父母所有的爱，都集中在一个孩子身上，孩子对父母的感情，怎么越发少了？是孩子特别自私了？

或许是父母跟孩子相处时间太少了吧。

父母与孩子，缘分最深，大概也是五六十年时间吧。二三十岁生子，到七八十岁离开人间，父子母子情意深深，也只是这么长；而其中真正天伦之乐，不过十五六年，孩子到了读大学了，此后是娶妻、生子、工作，也就聚少散多了，聚的时间那么少，父母却还要截短，感情存期那么短，感情利息哪会高？

日久生情，日久生息，如果朋友之间、亲情之间，分别是人生的缘分，那么尽量让我们多牵牵手，多对对眼，多聚聚会。劝君更尽一杯酒，西出阳关多思故人。

《每日新报》2012 年 9 月 24 日

文/刘诚龙

人的感情是细水长流式的，亲人之间更是如此。对待亲人，不可以太疏远。或许不需要每天相见，每天把对方放在心上，但是，却需要永远把对方放在心里，互相关心、互相帮助。如果因事忙碌而疏远，要找时间关心问候；如果背亲离乡，远赴外地，也要时常打电话或写信嘘寒问暖、分享生活点滴。与亲人保持亲切往来，但不需要形式上的应酬，而是发自内心的笃实恭敬。当他们遇到困难向你求助时，不要回避，不要推辞。不管他们以前怎么对你，只要你真心地对待他们，他们会被你的真心所感动的，从而成为你最坚实的依靠。

第三辑　爱情的风悄悄掠过

爱情，最美好的爱情，只在你最单纯、最天真、最不知道天高地厚、最对生活充满了希望和热爱的时候，真正的存在过。谁不曾在年少时，不问前程后果，不计付出回报地爱过一个人。虽然随着时间的流逝，这份爱最终慢慢沉寂或湮没，但是也不能否认爱曾经来过。

37码的棉拖鞋

他们认识两年了，感情却始终不愠不火。她不能确定，他那样温和沉默的男人是不是自己想要的。但身边一时也没有比他更适合的，所以也就一直平淡地交往着。假日和朋友们一起去近郊旅游，周末去看场电影，散场后一起去街边的小店吃一碗鸭血粉丝。每天一个电话，也没有太深入的交谈，简单的问候而已。日子就像电视里的那句台词一样：一个七日接着又一个七日，周而复始，波澜不惊。

他是高速公路收费站的收费员，每三天轮休一次。休息的时候，他会骑着单车，绕着城市转一圈：到城西买她喜欢的鲜鲤鱼，到城南买陈记的大麻花，再到城东买传信瓜子……他们所在的城市虽然不大，但这样转上一圈，也需要三四个小时。有时候她不在家，他就在小小的厨房里，慢慢地为她炖一锅奶白色的鱼头豆腐汤，帮她整理凌乱的房间，蹲在地上擦地板。汤一直温在炉子上，她回来的时候，温度刚刚好，浓郁鲜香的滋味在胃里久久不散。

可她终于还是想要逃离了。生活需要激情，她喜欢惊心动魄，而面前的这个人，绵软得像一杯温开水，任何时候入口都不凉不热恰到好处。这，并不是她想要的。

她开始有意无意地疏离他。那个冬天，她总是很忙，每次他来的时候，她都不在家，或者在加班，或者临时约见客户。电话里，她的声音清冷漠然："很忙，一时半会可能回不去，你不要等了……"啪，电话就挂了。他却也不急，依然像往常那样，炉子上炖着汤，音响里放着舒缓的乡村音乐，手里拿着抹布，蹲在地上擦地板，擦完了就靠在沙发上，看她没看完的书。他很享受这样的时光，空气里都是她呼吸过的气息，一生一世的感觉。

冬日里最冷的一天，她住的小区突然贴出通知，因检修线路，停水停电停暖一天。早上出门时看到通知，她的心就不由自主地打了个寒战。她是个怕冷的人，每年秋天还没过完就开始手脚冰冷，更别说滴水成冰的寒冬了。停电停暖，这漫漫寒夜可怎么过？

那天，她回去时已经很晚了。打开房门，并没有想象中的黑暗和冰冷，门的把手上挂着一个小小的手电筒，橘黄色的光，淡淡的，拢出一小团光和暖。屋子里是温热的气息，有排骨汤的浓香。点亮灯，她看到餐桌上的沙锅用厚厚的毛巾捂了一圈，下面的炭火刚刚熄灭。她知道他来过了，他等了她整整一个晚上，刚刚离开不过几分钟的样子。

她脱掉鞋子，把冻得冰冷僵硬的脚伸进棉拖鞋，是她的37码，拖鞋竟是温热的。她愣了一下，又伸进旁边他的42码棉拖鞋里，没错，是冷的。她慢慢地缩回脚，踩在自己37码的棉拖鞋里，暖热的气流瞬间便从脚底涌遍全身。而她，蹲在地上，看着这双37码的棉拖鞋，眼里忽然就涌满了泪水。就在那一瞬间，她做出了一个一生中最重要的决定：嫁给他！

后来，她告诉他，其实那时她已经做了和他分手的决定。她遇到了另外一个男人，男人家世良好，人也优秀，俊朗潇洒，有一双清澈深邃的眼睛。和他在一起，跳舞飚车，攀岩旅游，很刺激很快乐。可是最终，就是那一双温暖的棉拖鞋，打败了所有的一切。

是的，一个穿42码鞋子的男人，却肯为她的暖，把脚委屈在37码的鞋子里。想来，这个世界上，再也没有比这更体贴更温暖的爱了吧。

文/卫宣利

繁花落尽是苍凉，所有的轰轰烈烈都将归于平淡。生活中，很多人都以为轰轰烈烈的爱情才是真正的爱情，实际上，绚烂之后总要归于平淡，柔情蜜意之后总要归于驱寒问暖。只有平平淡淡，才能细水长流。所以，假如幸福就在你的身边，抓紧了，别放开。

阿拉伯骏马的眼泪

我出生时，左脚有些畸形，后来经过治疗，仅仅走路有一点点跛，不影响行动。但对于一个自尊心很强的女孩来说，这个缺陷让我抬不起头。陆北来到我家之前，我从不和人玩，唯一的娱乐就是看小人书。

第一次看见陆北，我5岁。母亲带他从前门进来，说是远房表舅的孩子，表舅和舅妈离婚了，都顾不上他，所以他以后就和我们一起生活。那时候，我还不太懂事，只是看了他一眼，带着孩子之间特有的那种敌意。他却全然不觉，睁着一双大眼睛四处打量他的新家。

我们家境本来不宽裕，加上这个家伙，我的糖葫芦、山楂糕彻底成了历史。于是我憎恨他，连他在我家多吃一碗饭，都要招来我的白眼。可是，陆北并不在意，他一落户我家，就和外面的男孩子打成了一片，每天都玩得风风火火，不到吃饭时绝不回家。

有一天，他凑过来问我，丫头，你怎么一天到晚都呆在家里？

我不回答，觉得他是在羞辱我。

他又问了一遍，我便拿起一本书打他的头。母亲闻声出来，一边责备我一边把他拉开。

我很伤心，眼泪滴在那本童话书上，书里讲的是一匹强壮的阿拉伯骏马将一个小女孩带到幸福国的故事。那天晚上我拒绝吃饭，妈妈也没有理我。我趴在窗户上看遥远的夜空，觉得自己被抛弃了，直到陆北出乎意料地来向我道歉。我一转头，看到他严肃认真的脸上粘了一粒米饭，顿时笑出了声，白眼也没翻成。

看我笑，他也笑了，眼睛很清澈，特别像故事里的那匹马。于是我给他看那个故事。

他问我："你想要这匹马？"

我点点头。只见他当即趴在地上，仰起头嘶鸣起来，声音却像一头驴。

"丫头，来上马。"他说。

我骑在这个才10岁的男孩身上，仿佛一下子变成了童话里的女孩，头顶有花环，前方就是那已经不再遥远的幸福国。尽管我的马驮了我不到一米，就累趴在地上。

从此，陆北就这样驼着我走出了小小的屋子。我认识了外面的孩子们，而且我终于明白，没人能发现我那小小的缺陷。我是一个正常的孩子，还有个强壮的孩子王哥哥。如果谁敢欺负我，陆北必将让他付出代价。

我上小学以后，家里的负担就重了起来，父母为了挣钱早出晚归，中午家里只有我和陆北两个。

陆北很快学会了在煤气灶上热饭菜，洗碗，就像一个家长操持着我的衣食住行。而一到外面，他又会变成那个打架、逃学，让老师头疼的孩子王。爸妈每每叹息，这孩子，怎么不学一点好。我捧着饭碗，夸他的话到嘴边又咽了下去。

随着我的长大，我家的光景却一年不如一年。到了我上三年级的时候，我和陆北每人每个季度只能有一套衣服，一双鞋。

此时女孩子的虚荣心正在我的胸腔里膨胀，我渴望要班上的林姗姗穿的那种连衣裙，还有她的红色小皮鞋，但我深知，那是不可能的。

那天回到家我跟陆北发脾气，要不是因为多了一个你，我家就不会这么穷，我也不会穿这么丑的鞋和衣服！

他愣了愣，什么也没有说。那个中午他没有回来。

闹完我就后悔了，要没有他，谁给我热饭，替我打架，帮我背书包，谁成天驼着我满屋子转？他是我的哥哥啊。

那个下午他也没有和我一起去上学，等我放学后忐忑不安地回到家，一进门就看见桌上放着一个包装袋，打开一看，里面就是林姗姗的那种连衣裙，比她那件还要好看。

原来，陆北把自己交电脑课上机费的钱拿来给我买裙子了。

那你上机怎么办？我问。

没事，上机卡咱俩用一张。他说。

于是，每次的电脑课上，我上完机，他就从四楼飞奔下来取卡，熟练地换上他的照片，再飞奔去机房。手心汗津津的，弄花了卡上的字。

有一次他用完还给我，我忘了装，被林姗姗发现了这个秘密，然后就全班都知道了：我们交不起钱，两个人用一张上机卡。

放学陆北来接我，我坐在座位上哭，不肯起来，他只好把我一路背回家。我趴在他刚开始长宽的肩膀上，默默地抽泣。他很瘦，骨头硌得我生疼，但我也不愿意下去，我觉得整个世界只有这里是安全的、温暖的。

这件事发生后不久，才上初二的陆北就开始给别人做零活。早上五点钟起床送牛奶，下午放学去垃圾处理站分拣垃圾。他很聪明，不到半年就开始自己进一些玩具零食在学校里卖，挣的钱不多，但足够满足我那些小小的愿望：彩色的塑料笔、新奇的玩具、卡通书签、漂亮鞋子……所有孩子们想要的我都有。

而代价是，陆北的学业完全荒废，初二结束，老师要他留级。

父亲得知他在学校做买卖，恨铁不成钢，把他打得鼻青脸肿。他一声不吭，倒是我哭得昏天黑地，哥，我不要那些东西了，再也不要了。

他伸手揉我的头，嘴一咧，露出一个扭曲的微笑，骑马不，丫头，我驮你。

陆北到底是没能走上读书的路。初三毕业后，他进了当地的中专学汽修，上学不到一年就辍学了，在社会上混。后来老家一个大姑妈膝下无子，我家里又实在困难，便把他过继过去了。

他离开后，家里的条件好了一些，我再也不缺吃穿，只是想念陆北。他过得好吗？每当我看见十来岁的男孩，就会想起他当年的样子，汗津津地从楼上跑下来，离几米远就大叫，丫头，你看哥给你带了啥！有一次跑得太急，从楼梯上摔下来，滚了一身土。

那年暑假，我去大姑妈家看他，带上了所有的压岁钱。当我对他说，哥，我有钱了，你再也不用卖东西了的时候，他回过头无言地抹了抹眼睛。

后来我上了大学，大姑妈也去世了，陆北来到我所在的城市打工。他在海鲜城上班，身上总是有一股浓烈的鱼腥味，让我想吐。而更大的变化，是他已经长成了一个混迹社会底层的小工模样。周末他爱叫我去他的小出租屋吃饭，饭桌上言谈尽是哪天加班又挣了多少钱，哪个朋友去哪打工待遇很好之类的。临走再给我塞一大瓶他做的脏兮兮的牛肉酱。此时我需要的早已不是这些东西，我觉得和他完全没有话说。

有一次我们去看电影，他要我先进去坐，自己到快开场时才捧着一杯爆米花进来，喜滋滋地对我说，我把上次那张假钱花出去了。

我看着他递来的爆米花，摇了摇头。从此很少再去他家。

我也不愿意他来学校找我，许多次他说要来，我都推说有事，渐渐的我们便不常联系了。

不想半年后我与一个酒吧歌手相恋的事被他知道了，他深夜在路边堵住我们，二话不说揪住歌手的领子就打，我怎么都拉不住。第二天歌手就与我分手了。我忿恨地给陆北打电话：我与你断绝关系了！

他向我解释，那小子不正经，他只会伤你的心，丫头。

我根本不想听，我不接他的电话，不见他。我觉得他是那样的恶俗，市侩。这样又过了一年，我们完全断了联系，我会在某个不眠的夜里想起他，但是却怎么也提不起主动打电话给他的勇气。

天有不测风云，大三那年，我在一次长跑中崴了左脚，先天的畸形突然暴露了出来，我瘸了。医生说除非手术植入支架，否则我的脚无法复原。

连手术费带后期的恢复治疗，一共需要20万元。家里拿不出，我只好就那样瘸着穿梭在校园里。有一阵子，我想到了死。

一次回家，竟又看见陆北，他坐在那张熟悉的沙发上，笑着看我。

“丫头，别怕，哥就要去阿拉伯了，给你挣钱，很快就可以做手术了。

我睁大了眼睛，“阿拉伯？”

后来才知道，陆北是跟着一个建筑单位去阿拉伯搞基建了。

我常常想起，若是我的生命里从来没有出现过陆北这个人，会怎样？

没人知道，宇宙间从来就没有如果的事。陆北走了之后，我非常挂念他，这种感情与小时候的想念不同，我开始真正意识到，他是我的亲人，就好像我身体的一部分。原来自从我们一起分享一支冰棍的那个夏天开始，他就与我拴在一起了，纵然他打了我的男朋友，纵然我声称与他断绝关系，我们的血却早已相融，心早已相通。即使到了世界末日，他还是能够把最后一丝力气用来扶我。有了他，我再也不会倒下。

有了这个精神支柱，我顽强地念完了大学，并且拖着一只跛脚找到了工作。我省吃俭用，过了一年后一算，只存到了1万块钱，看着存折上的数字，我哭了，还要20年，我才能像一个正常人那样走路，生活。

就在这时，仿佛是陆北感受到了我遥远的眼泪，我竟然收到了陆北寄来的钱。不多不少，正好20万。

我很奇怪，算起来他的工资没有这么高，怎么一下子挣到了这么多钱？

父母催我快做手术，以后再还钱给陆北。陆北也在电话里劝我，先做手术，钱是正经钱，你放心。于是，一个月后，我换上了人工支架。

恢复期虽然漫长，但还算顺利，我终于能像正常人一样走路了。但年终时，陆北却拒绝像往常一样回来看我。我觉得出了事，却怎么也问不出结果，于是3月份时，我拿着之前攒下的1万块钱，办旅游签证登上了去阿拉伯的飞机。

陆北来接我，装得像什么事都没有的样子，但我还是一眼就看出了端倪。

他的右手很不灵活，像假的一样。我再三逼问，他才说，工地上干活时受了伤，有三根指头不能动了。那20万是工地赔的钱。

我再也驮不动你啦，丫头。他搓着手说。

我哭了，一直都是你驮着我的。

他却只是笑，傻丫头，哭什么，明天哥带你去骑真正的阿拉伯骏马。

我拼命摇头，对我来说，这世上永远只有一匹最快、最稳、最强壮的阿拉伯骏马，那就是你。

陆北不肯和我回国，送我上飞机时，他说，丫头，你要好好的，我也好好的，咱们都要幸福。

陆北不知道，那个童话故事的结尾，女孩到了幸福国，阿拉伯骏马就和她道别了，因为它要去草原上寻找它的幸福。目送着小女孩走远，它流下了一行浅浅的眼泪。

其实，小女孩早就找到了幸福，幸福就在阿拉伯骏马的背上，温暖的，安全的，从女孩骑上它的那一瞬间，她就是世界上最幸福的人了。

文/良宸

一个看似不近人情，满不在乎，实则口硬心软，外冷内热；一个看似不良少年，不求上进，实则心地善良，情重义重。生活的残酷，使两人走上了截然不同的人生道路，但不是亲兄妹胜似亲兄妹的情谊，将两人紧紧地连结在了一起，感人至深。

安尼娅的白手帕

1880年6月6日，莫斯科，普希金纪念碑的揭幕典礼上，陀思妥耶夫斯基在一阵热烈的掌声中走上讲台。但他刚翻开演讲稿，便停下了，眼睛里现出焦急的神情，开始在台下黑压压的听众中寻找着什么。

这时，一个女人举起一块白手帕，在脸前晃了晃。陀思妥耶夫斯基眼睛一亮，脸上随即恢复了自信，开始滔滔不绝地演讲起来……这位举着白手帕的女人，便是陀思妥耶夫斯基的妻子安娜，也就是他眼中的安尼娅。

安尼娅是陀思妥耶夫斯基向安娜求婚时虚构的小说中的女主角，后来一直作为他婚后对安娜的昵称。他们的相识、相恋，一直为后世津津乐道：

1866年，贫困交加的陀思妥耶夫斯基被迫与一位出版商签订了一份约稿“合同”，合同规定，他必须在月底前交出一部长篇小说，也就是说，他只有26天时间。如果逾期，出版商有权无偿出版他9年中的所有作品。

为了能如期完成书稿，陀思妥耶夫斯基决定聘用一名速记员，这位速记员便是安娜。两人协力完成这项“不可能的任务”后，一个爱情传奇也诞生了：20岁的安娜答应了45岁的陀思妥耶夫斯基的求婚，并于次年举行了婚礼。

其实，从答应陀思妥耶夫斯基求婚的那一刻起，年轻而美丽的安娜就清楚地知道，自己面对的不仅仅是一位伟大的作家，同时也是一位世界上最复杂、最痛苦、最孤僻的男人。但她相信，她可以改变这一切。

众所周知，陀思妥耶夫斯基是世界文学史上著名的赌徒，早在和安娜结婚前，他便沉迷于轮盘赌不能自拔，且每赌必输，屡输屡赌。按理说安娜应该劝丈夫戒赌才是，但她并没有这样做，相反一直鼓励他去赌博，甚至把自己的嫁妆卖掉给他做赌资。

面对妻子的宽容，陀思妥耶夫斯基先是感激，随即是醒悟、忏悔，他开始跪在妻子面前痛哭、自责，并发誓痛改前非。可没过多久，他又变得萎靡不振，两眼发直，安娜知道丈夫的赌瘾又犯了，于是再一次鼓励他去赌。

4年后，奇迹出现了，“一件了不起的事发生在我身上”。1871年，陀思妥耶夫斯基在给安娜的一封信中写道，“眼前一切都结束了！这是真正的最后一次。你能相信吗？安尼娅，现在我的身心都解放了，被赌博迷住了的意志重新获得了自由……”

在帮助丈夫戒赌的同时，安娜还积极为他治病。陀思妥耶夫斯基从小就有癫痫病，在婚后的庆祝酒宴后，安娜便第一次见识了丈夫癫痫发作时的可怕情景：“他一连几个小时不断地叫喊和呻吟……我几乎真以为我最亲爱的人，我无比崇敬的丈夫已经疯了！”

安娜知道，这种病无药可医，惟有精神上的治疗，因此她对丈夫极为体贴、照顾、顺从，面对丈夫那反复无常的暴怒，她有时甚至是屈从。奇迹再一次出现：和安娜结婚后，陀思妥耶夫斯基癫痫发作的频率变得越来越少了，最后竟完全痊愈。

安娜彻底地“征服”了陀思妥耶夫斯基，让这位狂躁的天才变成了一个温柔、平静的“正常人”，但同时却让他患上了另一种“病症”：他几乎一刻都离不开妻子，每次参加社交活动都必须有安娜同行；而在发表演讲时，则必须看到台下的安娜才肯说话，于是就出现了本文开头的那一幕……

面对那块洁白的手帕，这位善于“剥去了表面的洁白，拷问出藏在底下的罪恶”的“残酷的拷问官”（鲁迅语），还能拷问出什么样的“罪恶”？或许，他惟有遗憾，遗憾他们只在一起生活了短短的14年。

1881年1月28日，陀思妥耶夫斯基逝世。弥留之际，他凝视着依然年轻美丽的妻子，深情地说：“记住，安尼娅，我一直是那样狂热地爱着你！”然后，这位“只有莎士比亚堪与媲美”（高尔基语）的伟大作家，在安尼娅的怀抱中安详地闭上了眼睛。

文/李浅予

人们常说，每个成功的男人背后，都有一个女人。可以说，陀思妥耶夫斯基的作品里凝结着安娜的劳动和心血，甚至可以说，如果没有安娜，便不会有这些作品。我们今天能够读到大师这些伟大的作品，应该感谢这么一位伟大无私地奉献着自己的女性。她的所作所为甚至让托尔斯泰都嫉妒得要死，托尔斯泰曾对别人说过，如果每个俄国作家都能娶到安娜这样的妻子，他们的名声会比他们现在所获得更响亮。

浮云旧事温柔

我记得你离开的那个夜晚。20多年的经历精简在几件行李中，这时候，你的护照比你更能说明和代表你自己。飞机停在跑道上，它将飞越地图上的一片蓝色，把你带到另一方国土——就像童年的红蜻蜓，飞过小溪，落到对面的草叶上，让我只能眺望。

机场的阳台很大，好像必须如此，才能盛得住那些挥别的姿态。站在机场的阳台上，我眺望着这个夜晚明明灭灭的灯火。谁说的，一盏灯下罩着一个情感的故事。风里望去，那些灯都有些颤抖，像游走的灯笼被莽撞的孩童提着。小时候，一阵突然的风，常让孩子失手烧了手里的灯笼——情感如此不堪吹拂。

那个晚上，我一直执著地在想：在这个世界上，你是我最不能失手的亲人。

时间湍流过去，空间端居下来。因为离你远了，远到一个近似客观的距离，昨天才可能被岁月逐句推敲。认识你的时候，我17岁。

也许人是不必太敏锐的，情感不应是过量的，像一个圆，它的面积越大，对立和冲突也越大。有些人清简如一枚句号，在微小的占有里却充满自足。17岁的我还缺乏足够的生活技巧，我的愿望总是径直指向它想抵达的目的；我并且格外敏感，对那些纤细的美好过目不忘，一片树叶的阴影似乎也能覆盖我的整个春天。

那时候，你卓越的想象力和领悟力也正开放到极处。你是个易于伤感的人，站在真理的南极上，你望着那些颠簸的友谊和冰冷的正义。你的思想总是从事物最脆弱的部分去袭击它的核心，没有人知道，在冷冷的眼神后面，你是个爱情的天才。

我们在一个班里上课。那些被知识和教诲严密包围的日子里，我们却常想着一些遥远的事情。你有时谈笑风生，但更多的时候沉默寡言。印象最深的是你深蓝的背影，走在满是灰尘的阳光里。我常习惯地认为，你也是这样背对生活的。

我们居住的城市里有一条河，它窄小、细长却享有盛名。我们常坐在河畔聊天，夜晚像一只温柔的蝙蝠扇动着翅膀。有时我喜欢站在水边，街灯的影子漂浮在水波上，一圈一圈金黄的光波，杂乱而无意义，却让人炫目。看着看着，就真想纵身跃入。身后总传来你的声音：别晕水啊。总是这样。

水波、星月以及宁静，使你不断地推进你的思考。鸟在枪声中折羽，花在清晨香消玉殒，人们能够忍受平庸并且心安理得……因为苛求完美，我们就显得愤世嫉俗，同时也格外挑剔自己——人总要携带着某些黯淡的品质，也包括我们自己。

其实这世界本来就交响着乐音和噪音。如果你想倾听生命的旋律，也必须爱屋及乌地吸收光阴的噪音，就像亲吻美人的红唇，必须忽略去想她齿缝间生长的细菌。而我们年轻还不懂得容忍，丑陋微小的颗粒让我们负重累累。

曾有很长一段时间我们热衷于交谈。一个简单的问题被不断演绎，变得繁复而不可企及，我们从中得到源源不断的巨大的快乐。

奇怪的是我们的交往常常充斥着争执。这种争执是以平静的语速进行的，并佐以长久的沉默。因为熟知对方，我们可以轻而易举地找到精确的词汇，使对方一语中的地受到伤害。事后我们极为懊悔，然后又和好如初，似乎是以对伤口的忍受程度，来为我们的情感加重等级的。

其实，我们年轻的灵魂是孪生的，它们酷似对方，一起发育，又在母体里抢夺着营养。在犬牙交错的矛盾中，你我扶持对方的手臂成长。

就像牙齿咬碎物质的外壳，带给身体的是营养和热量——我深信，我们彼此都再也找不到比你我之间更像牙齿的感情。

从一开始，我就明白这是我一生最隆重的感情，我却无法为它命名。我们之间的距离太近了，以至于普通意义上的爱情已经不可能。它具有很高的纯度，比友情浓烈，比爱情清澈，比亲情深入。抛却功名和意图，任由生命的率性和本真，我愿以终生来保持这种悠长而动人的情谊。想念你的时候，我觉得真好，没有人知道我能以怎样的疼痛来承受着爱，一个名字能以怎样的方式感动我至灵魂深处。我挚信我们永不分离。

生活被驳杂的事物充斥着，我们必须透明如婴孩，有些美感才能穿越重重尘埃，到达我们心灵的顶端。就是为了这个目的，上帝才派有些人来接近我们的轨迹，帮助我们扫除岁月的尘沙，让我们在明净如水的眼光里，再次感激生活。"偶尔的厌世反倒是一种救赎"——你感伤而干净的思想是我的尘拂。只要我还在欣赏如你这样的人，就代表着我依然无限遥望着完美的方向。

我知道在形容词的竞技场上，完美的奔跑速度最快，任何人永远也追不上——但是这有什么关系呢？我举手向苍穹，并非一定要摘取到星月，我只需要这个向上的、永不臣服的姿态。

终于你远走异乡，去追寻一种精致而高尚的生活。我回到那条河边，躺在草坡上，看着一颗颗流星闪过，想着谁就这样轻易地摘走天堂的花朵。

我知道你是我身上一片坚硬的鳞，失去你我会受伤，但我不知道会像失鳍一样失去方向。那是在夏季，一个可供热情挥霍的机会，而我静静地合起我的花。当你翻起回忆的书册，也许会有几片干燥的花瓣，一朵轻盈如此的纪念，我深知你必忽略。

几年的时间过去了。你在那边，我在这边，我们在友谊的两岸隔河而居，你有时写信来，有时不写，很长的时间里没有什么音讯。而我也习惯了安详地想你。在此起彼伏的颂歌中，祝福更像一个静悄悄的休止符。

我一直以为这份感情带给我的无论是快乐还是苦痛，都会是强烈的，我不曾设想它会有一张平静的面容。你离开的那个夜晚曾像一枚钉子敲进我的生命，现在我已经脱落了伤口。时空是一件可怕的事情，它决定了一切，也许它才是上帝真正的名字。时空不参照我们的心愿，它总是凭着自己的习惯、兴趣和力量，一点一滴地修改着我们。

我想我开始承认现实的锋利了，不再用一片玫瑰花瓣遮住眼睛。当理想从我身上剥离的时候，我想说成长是以疼痛为代价的。我们活着，与周遭人的关系或亲或疏。上帝终会把一些人从我们身边带走，也许是那些至亲至爱的名字。我现在安宁地想着这些貌似温和实则冷酷的真理，想着你。

我不知道你是不是还能没有删节地想念我，在你的关怀与关怀之间，我是否还能容身进来。但我对你的情感永远也不会发芽，也不会腐烂，你将是我今生最好的储藏。

我已学会随遇而安地生活。上班、下班。读我真正想读的书，想我愿意想起的事。被沉重的事情所打击，也被袖珍的烦恼所困惑。生活中遍布的细刺将把我磨得粗糙而平静。

但我深知，我是一只迟迟不忍飞去的蝉，留在树上的是我的蝉蜕，我金黄而脆弱的过去依然在阳光里，温柔无比。

文/周晓枫

作者感情如此的真挚、细腻、真切而浓烈，却平静地娓娓道来。当我们的心还可以因旧事而温柔时，说明我们还年轻。浮云旧事温柔，曾经的山河岁月，曾经的恩爱相欢，曾经相守的朝朝暮暮，都在眼前一一呈现。青春时如果经历过这样的心情，纵然失去又如何，总好过从未发生的空白，毕竟青春只有一次，况且短暂如此……

哈库纳嘛塔塔

第一次看见东方时，我正腻在男友大陆的身边看一群男子附庸风雅。这群文学社里的才子们但凡碰到一起，总要相互出些难题，找些不被大众所熟知的诗词来相互考问。也是了，谁让他们是汉语言文学系的才子呢！

可是，学计算机的东方偏在这时闯进来。原是想看看热闹吧，却不料没有人同意放过他。大陆作为这群才子的小头头，自然亲自出马。他说：“你只需接我一个对子。接上了，我一口喝。”大陆很聪明，下面的话他没说，但那意思很明显，接不上，你东方就要一口喝下一瓶酒。轮不到东方考虑，大陆已经出了上句：花月不曾闲。

太风情太偏的一句了，难怪东方在那里发愣地看我。

管是不管呢？我和东方虽不同系，但同样是理科生，我不想看着理科生输掉这一局。可若管，男友大陆的面子哪里放呢？我靠着大陆的半个身子说：“你们是学文的，东方是学理的，为示公平，你们应该给东方一个机会。”

这群才子不甘心被人抓住话柄，立刻回问我：“什么机会？”

我说：“可以让东方快速清晰地把自己的手机号码说一遍，如果大陆重复有误，东方就可以不接大陆的对子。”大陆很聪明，果真一字不差地将东方的手机号码说了出来。

我当然也一字不差地将这些数字输在我的手机上，将答案发给了东方。

皆大欢喜的结局总是人人乐见的。东方也很机灵，看了短信后，立刻起身喝光杯子里的酒，说：“不瞒众位兄弟，我暗恋的一个女孩子对我说过这句词，‘花月不曾闲’的下句是‘莫放相思醒’。但作者何许人我也是不知的，所以还是输了一半。我现在要去约会，就不打扰各位才子了。”言罢，看我一眼，干净利落地脱了身。大家都觉得东方还算会做事，说话也客气，就放下了整治一番的心思，继续喝起酒来。

只是一场酒桌小欢，只是一帮大二学子的小玩兴而已，所以，酒尽人散时，心下将这事也一并放下了。却不想，很快收到东方发来的短信，大意是谢我帮他解围，还调侃说因我一直缠在男友身边，他没法当面致谢，不得已才用短信的形式谢我。我给他回了3个字：不客气。

之后的日子里，隔些时候就能收到东方发来的短信，与生活无关，与情感无关，与学业无关，都是些网上带些情色但又不失智慧的笑话。我统统笑后删除。学计算机的男子，他只需将我的手机号码输入他的程序，而后轻轻一点，这些笑话就像批发一样涌向众多女孩的手机。这是他的拿手游戏。我有些后悔自己当初多事，使得手机号码落入陌生人之手。说他是陌生人也不为过，私下里热火朝天地发来短信，但若在学校里遇见，他并不同我说话，最多只是点下头而已。也好，他在女生之中已经恶名远扬，但凡跟他扯上关系，总会有绯闻传出。绯闻我是不怕的，我只怕不好收场。心底非常明白，他是一个爱玩的人，而我又何尝不爱玩？只是，有了男友大陆，有了一段恋情，心下便静了许多，看得也比他远许多，只等着他玩腻了，自动放手离去。

却不想，他发来短信，说：我已渐渐认真，不能自拔。这一次，应该只发给我一个人的吧。犹豫再三，我回短信给他：也许对方已渐生无奈，只盼清静。很快地，他回了3个字：够聪明。果真就是贪玩，他以为我会用第一人称“我”回他，这样，他就可以回短信说他暗恋的是别的女孩子，连带着嘲弄我一番，却不想，我以局外人的身份回了他。看着“够聪明”3个字，我不由得私下暗笑，这样的小把戏就想在我眼前混天混地，真是小看了我。

我后来常想，也许我不该打这个赌。

东方展开了全新的进攻。他不再给我发那些小儿科的笑话，而是改成了电影对白。最先发来的是一句话：哈库纳嘛塔塔。我知道的，这是动画片《狮子王》中，小辛巴流落他乡，丁满为激起他的快乐教他说的一句话。这句话，代表着一切喜悦与鼓励。一遍遍读着这句话，我不由得笑起来，回他：演戏就是自绝生命。他很快回话说：老大，这是哪里的台词。我回他：是《路易十四的情妇》里的一句话，电影里有没有我不知道，但书里有。他发消息来，你总是认为我在演戏，我在玩。我回：难道不是吗？他发来3个字：罢，罢，罢。

2003年，他发过这句话：谁先爱上谁，谁便先输了一仗。竟是那样软弱的爱。我回他：噢！是《青蛇传》。

2004年，他发过这句话：把回忆像香水一样装在瓶子里，只要想到了，就可以掀开瓶子，回忆就会再度出来。我回他：噢！是《蝴蝶梦》。

2005年，他发过这句话：我们去过风一样的生活吧。我回他：噢！是《十面埋伏》。

2005年3月，我们都已是大四的学生，我在外地实习。东方发来短信：你所谓的理智相较于我的多情，越发显得无情无义。我不知这是哪部电影或哪部小说中的对白。我回个问号给他，他却发来两字：专利。恰巧，男友大陆就在这时也发来短信：乖乖，吃好睡好照顾好自己，爱你。我立刻给大陆回短信：一切都好，勿念。

转身，我关了机。

如何回东方都是不对的。那句话是他的专利，而我没有申请使用，也不知道如何使用。

3年了，这个游戏他和我玩了3年。我很想告诉他，他真真假假的多情，相较于我真真假假的理智，越发显出的只是我的痛。但这话，我不能说。

关了3天机，男友大陆坐火车赶到我实习的城市。他说："你为什么不开机，吓坏我了，我以为你出了什么事！"

我说："傻瓜，只要我自己不搞出什么事，谁都没办法让我出事。"

大陆买来一大堆零食放到我的床头，对我说："你没事就好，我只请了一天的假，还要赶回去呢。乖乖的，我给你交了200元的话费，再不可关机了，知道吗？"

我连连点头。大陆拍拍我的脑袋，又连夜坐火车赶回他实习的城市。

这样的爱才是我要的，也才是适合我的吧。

实习结束回到学校的时候，东方最先发来短信：可以去看你吗？我犹豫再三，回他3个字：罢，罢，罢。他也不纠缠，发短信来：那么，请你回答我一个问题，我哪里不如大陆？这个问题我已问了自己很多次。我回他：爱情和计算机一样，懂得的，可以随意玩，可以在玩中越来越优化升级。但我是不懂的那一类，一台机子习惯了，若有人好心给我优化升级，我反倒不知如何应用。所以，不敢有变动，只求能守得一生平安。他不无嘲讽地回我：你真是守城高手。我问他：不是高手，只是适合守。他回：一个痴心的人强悍如军队，你单枪匹马能守多久？

是啊，我单枪匹马能守多久？一个游戏，玩了3年还没有玩腻，再不动感情，也会日久生情吧。而我与他，实在没有多少胜算在握。他是真的高手，在我这里不是没有赢，只是没有得到结局。我避开他的锋芒，只回一句：噢！是《胭脂扣》。他回：恨只恨，我看高了自己，最终落得个玩火自焚。

我和大陆是一同离开学校的。毕业那天，每个人的眼中都有泪。在泪水中，他向我挥了挥手，我也冲他挥了挥手。送行的人太多，没有人知道，我和东方隔着层层学子，隔着或真或假的泪水就这样简单道了再见。

坐在火车上的时候，收到东方发来的短信：在不动声色中，我们已爱过。这一次，我没敢回，我怕我回答“是”。

在新的城市，换新的手机号码之前，我给东方发了最后一条短信：哈库纳嘛塔塔。

文/细腰

人的一生往往会遇到三种人，自己最爱的人、最爱自己的人和最适合自己的人。你最爱的人不一定最爱你，最适合你的人不一定是你最爱的人。但今生，能陪你到老的人，一定是最适合你的人。与最适合的人在一起，会很舒适，很自在，就像家人一样；与最适合的人在一起，一切一切用着平常心，一切都可以不在乎。所以，只有学会选择适合你的爱情，才能拥有完美的人生。

忽　然

写作当静心

蒋子龙说："在一个浮躁的社会，那些静下心来的作家最终能胜出。"十分赞同。今天的社会是一个逼人浮躁的社会。在这个社会里，功利已远远大于文化。如此发展下去，还会有多少真诚的作者和读者？写作分经历写作和经验写作。前者挤血，后者挤汗。无论前者还是后者，如果没有一定时间的沉淀，没有充分的准备，就草草把作品搬上舞台以赚取功利，那么，这样的写作者终将被"长江后浪"掩盖，被历史淹没。写作，要无愧于这两个字，为什么写？为谁而写？在创作路上，如果付诸感情劳动，就定当静心而为。

忽然想起了肖冬妹。

生活中许多事情就这样，忽然就被想起了。

原因有三：第一，北京下雪了，我想起了老家——雪村；第二，想起雪村，就想起了苏媒婆，想起她女儿肖冬妹。我们小学同过学，并且，同过桌；第三，据说肖冬妹后来居然对我还有那么一点点喜欢。

能得到肖冬妹的喜欢，可不得了。

那是我们班乃至雪村至高无上的事情。

做梦都想娶肖冬妹，说白了，想成为苏媒婆的女婿。在雪村，苏媒婆堪称一个重量级人物，连罗书记都惧她三分。苏媒婆做媒成功率高，抛开邻村，仅雪村就成功了一个连。她看得准，摸得清，加上她那张嘴，借村民的话说：天上的麻雀都哄得下来。再就是，苏媒婆做媒讲究门当户对，保证婚后不出现大问题。罗书记的三个儿子眼看着成人了，急。苏媒婆不急，慢慢寻着门当户对的，罗书记还得把她当菩萨供着。三天两头，只见雪村大路上，衣着光鲜的苏菩萨驾着彩云来驾着彩云去。都口水直流，说，收的媒钱，几辈人花不完。偏偏苏媒婆就肖冬妹一个宝贝女儿，还不是亲生的，抱养她哥的，肖冬妹算是掉进福窝子了。都想跟着肖冬妹掉进福窝子。

丫头片子就此生活在众目窥视下，看谁家小子有那福分？

不愧是苏媒婆的女儿，肖冬妹成天打扮得花枝招展，论起五官长相，不敢恭维，可女大十八变嘛，都瞪大眼睛看着她变。

眼睛瞪得最大的当属我们了，同班同学嘛。人小鬼大，已然悄悄明白“近水楼台先得月”了。

得屁月！肖冬妹是降级到班上的。高年级几十双眼睛还瞪着。肖冬妹上学走马观花，老师反倒以礼相待。很简单，苏媒婆扬言上了大学又咋个？有目共睹，雪村游家那个大学生硬是在她的冷漠中变成了光棍儿。这曾让我们动摇，是肖冬妹的到来重燃希望，害怕她再降级。

好像肖冬妹并不在乎，索性把读书当玩了，一天一身新衣，气死大多一周换身旧的，甚至翻过来接着穿的女生，骂她“马屎皮面光，里面一包糠”，拒绝跟她同桌。半个学期，她被迫换了十多次座。

跟我同桌时，我决定帮她。作为班长，我想我有这个义务。

坐在身边，才发现肖冬妹很白，刺眼，不仅如此，还香味扑鼻。雪花膏香。那年头雪花膏象征着财富。我的脸首先被呛红了，接着周边男生的鼻孔也被空气挤压得忽大忽小。

肖冬妹不以为然，照样上课该睡觉睡，下课该抄作业抄，该旷课旷。

我反感她不以为然。那天，我把作业本压在课本下，故意不让她抄，她伸长脖子，竟旁若无人地伸手拉出来，继续抄。瞪她。她脸都不红一下。我咬牙切齿，被同学看见，下课起哄，八字没一撇就开始怕了。肖冬妹伏桌哭了一节课。当天下午，苏媒婆闯进教室狠狠瞪了我一眼。狠狠，至今想来都心有余悸。继而大闹课堂，末了放出狠话，雪村的癞蛤蟆，谁都别想！

得罪了菩萨，触犯了神灵，梦，终于破灭。再看肖冬妹，宛如"水中月"，失落的猴子们只想钻入地缝。的确是我错了，都错了，人家还是在升初中前降级了，人家本身就是个长不大的妖精。苏媒婆宠爱有加，时而背她上学，时而领着她满世界地搜刮"战利品"……

高中后，听说肖冬妹已辍学，花钱进了丝厂。偶尔相遇，见她真的摇身变成一个大美女了。又听说，苏媒婆领着她满世界相亲。

嗯，条件蛮高，弟兄少，工人……有人提到我，没料当即被苏媒婆否决，说，冬妹就是砍了喂猪也不要他，没有原因。

后背发凉！苏媒婆何许人，一言九鼎，兴许人家当初放出的狠话牢记着。不久听说肖冬妹到百里之外的华蓥煤矿找了个工人。一来二往，矿工连彩礼都舍了，说是养不起，退了。

不如矿工！丢不起人的雪村小伙纷纷离乡背井。

听说肖冬妹连续退了几次婚，都幸灾乐祸。苏媒婆做媒数载，真正碰到了人生难题。女儿的婚姻，让她束手无策，拒不做媒了，随后就得了一种怪病，卧床不起了。管她呢，我也参军上老山前线了。

在猫耳洞收到一封家书，说是肖冬妹许给了何村长的儿子何小胖，彻底懵了。苏媒婆不是说雪村的癞蛤蟆谁都别想吗？何小胖，低我们一个年级的小笨猪，比肖冬妹小三岁，原来这就是肖冬妹降级的目的？说她提出的唯一条件是，何小胖必须参军。

肖冬妹为何提出这个条件？

几年后回乡探亲，村民见我就意会地笑了。还说，何村长为儿子参军费了很大劲。儿子入伍那天，他一高兴，喝鹿茸酒死了。他夫人怕肖冬妹变卦，硬逼着把婚礼办了……后面的故事，有些模糊。

总之，忽然想起肖冬妹，想起她以后的行为，想起有一阵子恨过她，恨她不敢喜欢我，害得我满世界折腾，便苦笑了。

看见满地雪花裹着秋天的落叶，忽然，我理解肖冬妹了。

生活有时就这样，理解一个人，忽然就理解了。

文/蒋寒

你有没有忽然之间想起那么一个人，如同你生命中的过客，在你心里荡起过一些波澜，之后又重归于平静。于是，就在每一个孤独或者失望的时候，记起那些来过生命中的人。毕竟在同一片天空下，共同走过了人生的一段路程。或许有遗憾，或许还有伤感，或许还不能接受一些事实，还不能从某些阴影里走出来，但是我们会慢慢地体会，也会慢慢地理解，也去尊重选择，自己的和别人的选择！

绝　吻

今天没有飞行任务，只是在练习台上训练。他按照指定命令在上面操作了几次，就冲了淋浴，准备回家。天色昏暗，空中飘落的雨水中夹杂着雪花，道路上一片泥泞。他的汽车前灯几乎无法照亮前方。通常来说，他开车速度很快，有时甚至会超速行驶，但今天开得很慢，他感觉有些疲惫。离家还有不到几百米，他突然看到车窗外有一个女人的身影。她手中的雨伞被风刮得翻转成喇叭筒，她怀里还紧紧抱着一大束鲜花。

他停下车，半开了车门，邀请她上车："请坐上来吧！这样的天气尽管路不好走，但总比站在这里强。"

"谢谢！我想去市中心，'阿芙乐尔'影剧院。"

年轻女人把雨伞和花束放在车的后座上，自己坐到了司机身旁的座位上。

"冻坏了吧？"

"是呀。这大风简直太可怕了，都要把我吹透了。"

"没关系，现在就让您暖和暖和！"他把驾驶室内的空调开到了最大。

"谢谢，"她把双手伸到了暖风前，"哦，简直太棒了！"

他立刻注意到了她的那双手，那是一双他从来没有看到过的漂亮的双手，白皙纤柔，修剪整齐的指甲涂了玫瑰色的指甲油。他怦然心动，突然想伸手去抚摸一下它们，想用自己的哈气捂暖它们，想用自己的双唇亲吻一下它们。

“妄想！怎么会产生这种可笑的念头！她可是和自己的女儿差不多大呀。”他心里暗暗想道，便转过身去。

“今天是我的生日，同事们送了我一大束鲜花，我还担心拿不回家去，风把包装纸都撕破了。”

“您真幸运，出生在冬季来临的第一天！”

汽车开到了她家楼下。他慢慢靠近人行道，停了车，开口请求道：“可以把您的手给我吗？”

“为什么？”姑娘有些惊讶。

“哦，我想……”

“我，真的，这不太好吧……”她有些难为情。

他握住她小巧美丽的手掌，举到自己的唇边，给它哈气，捂暖，吻了一下，但几乎没有碰到它。那只手散发着雨水的气息，还有淡淡的医院中的味道。她十分尴尬，但并没有把手抽回。他吻着她的手心，温柔，亲昵，用双唇轻轻触及她的手指肚。他低垂了头，唇吻似触非触地亲着她的手指，每一根手指都亲几次。姑娘看着他，不明白到底发生了什么事。她抬起另一只手，抚摸着他的头发，那些发丝灰白而硬直，完全不像她丈夫的头发。汽车的驾驶室里变得异常闷热，她的面颊开始绯红。他握住她的另一只手，把两只手掌合在一起，轻吻起她的指尖。那几乎不是亲吻，只是自己的双唇一张一翕。在这轻轻地亲吻里饱含着多少温柔、温暖和温情啊，让她觉得，他不是在亲吻她的手，而是在亲吻她的心。那每一下轻吻都抵达了她的灵魂深处，镌刻在那里，直至永恒。

“我的上帝！”她的头仿佛突然被什么猛烈地击中，“我这是在干什么？要知道他比我大很多，也许是我发疯了。为什么我会允许他这样做？”

“我不行了，”她低声地说道，“我该走了，对不起。”

她抽出双手，稍稍提高了些声音，表达谢意：“谢谢您！”“应该感谢您才是，生日快乐，亲爱的！”

她顾不得取走汽车内的雨伞和花束，几乎是小跑着冲向了自己家的楼门。

整个冬天她都从那个站台绕行而过，在那里，她曾坐上他的汽车。她怕再遇见他，更怕自己，怕自己纷乱的思绪，和莫名的期盼。

春天到来时，她终于忍不住走过那里。她站在远处，久久地观望着飞驰而过的汽车。可是，无论是春天、夏天，过了一年两年，甚至五年，她都没有看到他的汽车，以及他的身影。女人被思念折磨着。这些年来，他已经成为她最亲最近的人，成了她生命的一部分。寂静的深夜，当她从睡梦中醒来，她便用他亲吻过的指尖轻轻划过自己的每一寸肌肤。她抚摸着自己。她感到那是他的双唇在亲吻着自己。她已经习惯了他，他的温柔，他的吻，他那灰白的发丝。每天她都等待着黑夜的来临，那时候，她便可以与他飞向理想的国度，那里生长着永恒的爱情，被安宁和幸福所主宰。难以置信的是，她竟然一年比一年清楚地看到他的身影，黑色的眼睛，灰色的鬓发，越来越清晰地感到他温柔的亲吻触及她的手掌。

有一段时间，她觉得自己好像丧失了理智。她常常做梦，梦见他得了心肌梗塞，或者是遭遇了车祸，甚至梦见他滑倒在地，摔断了胳膊。在梦中，他被送到了她所在的医院，她用自己的温柔、关切和爱情拯救了他的生命。可事实上，他并没有被送到医院里来，不管是心肌梗塞，还是骨折。

许多年过去了，她救治了许多人。她的头发日渐稀疏，皱纹覆盖了她的面庞。儿女们渐渐长大，孙子们也渐渐长大，很快她的第一个重孙就要降临人世。但她依旧等待着他的出现，而命运或许为她的痴情所打动，露出仁慈的一面，让他们有一天终于相遇！

她的孙儿，昨天仿佛还是个调皮的小男孩，今天却邀请她参加自己军校的毕业典礼，他正式成为了一名空军！优美的音乐在大厅里回荡，青年军官们与美丽的姑娘们在翩翩起舞，而此时她与自己梦中的他相遇了！她没有因惊喜叫出声来，而是缓缓地走到他跟前，说道：“哦，你好！”稍事沉默，她轻声地补充道，“我亲爱的！”

她立刻认出了他。依然是那灰白的头发，那黑色的眼睛，那亲切的笑容，那令她梦牵魂萦的双唇。她抬起手抚摸着他的鬓发，用手指轻轻抚摸着他的双唇，他的面颊。

“亲爱的，这么长时间你到哪里去了？”她轻声问，“为什么你不来找我？知道吗，我甚至不知道你的姓名……”

他用沉默、用自己画像下的文字回答了她的所有问题：“……本校毕业生，空军中校，优秀空军试飞员，飞行实验中为使飞机免于在叶拉沃耶居民点坠毁而英勇牺牲……”

她凝视着他牺牲的日期，12月2日，那正是他们相遇那一年的12月2日，正好是他们见面的第二天。她昏花的眼睛盯着那个日期，轻声地哭了。

从此，那逝去的一切便成为了永恒。

文/（俄）尼古·奥特利什科

只是无意中的一次邂逅，面对那圣洁不可亵渎的美，他献上了温柔的一吻，而这轻轻的一吻，却让她用了一生来怀念他。如果他没有牺牲，他们还会不会有后来？没有人能知道，她自己也不知道，只知道，那逝去的一切都成了永恒，将永远埋藏在她的心底。

天涯之远

1999年以前，我一直穿着布袋裤在校园里默默行走，耳朵塞着耳机，背着灰色帆布背包，里面装着甜得发腻的零食，还有我最喜欢的漫画《凡尔赛的玫瑰》。就这样一个孤单而执拗的女孩，齐着碎碎的刘海，木偶娃娃一样，走在校园里。阿吉常会从我身后飞来，喊我背包考拉。我回头，总能看到她异常明媚的笑脸，千越港上的向日葵一样。

1999年，我像所有青春期叛逆的孩子一样，有那么多固执的念头。固执地只吃香草口味的冰淇凌，固执地只用五月花纸巾，固执地喜欢一个叫梁天的男子。

那时，琼瑶剧风靡了大陆。我和阿吉似懂非懂地看着，然后第二天到课堂上再悄声讨论一番。我以为自己某天也会站在思念的尽头，然后痛苦得像某个言情小说中的女主角一样崩溃，发疯，然后选择跳崖或沉水，来结束这段痛苦的思念。好长一段时间，我都为自己跳崖自杀好一些还是沉水自杀好一些踌躇不已。最后阿吉一句话点醒了我，她说，别胡思乱想了，你这样的跳到水里去，水神也会将你抱上岸！他怎么会容忍自己整天在水底面对着你这张脸呢？

母亲一直说，我们的小涯像玫瑰花一样漂亮。小涯是我，我叫方涯。

玫瑰花永远比向日葵漂亮，所以，很显然，阿吉嫉妒我，才这样说。

可我不会生阿吉的气。因为她是唯一陪我哭过的女子，我们一同用五月花纸巾擦拭眼泪。纸巾清香淡淡，莹亮的泪挂满她向日葵一样明艳的脸。那时，阿吉说，我们哭起来都好难看。小涯，以后我们再也不哭了好吗？

那天起，我和阿吉再也没抱在一起哭。当然，独自时，我依旧哭过，譬如，看琼瑶剧，哭得稀里哗啦，用了很多五月花纸巾。我相信，阿吉独自看琼瑶剧时肯定也像我一样，特没出息地哭过。

谁又能恪守自己的诺言呢？

就像我的父亲。我相信，他一定也对母亲许下了白头偕老的诺言，可他终究辜负了诺言，离开了母亲，离开了他疼爱过的方涯。这也就是那天，我抱着阿吉哭的原因。当时，我才11岁，以为整个世界遗弃了自己。

我在高中时，一直有一个极坏的习惯，就是逃课。这仿佛是一种不可克制的心理病症。母亲不止一次地安慰我，说，小涯，爸爸离开了我们，不是因为他不爱你了，而是因为妈妈不够好。可我依旧逃课，我总觉得逃课时，我推卸了自己作为学生应尽的责任，这样，就是我遗弃了学业！没人知道，父亲到底留给了我多大的伤痕，让我非要遗弃某些东西，才能获得微薄的心理平衡和些许的安全感。

每次逃课，我都会躲进旧城仄仄的巷子中，一遍遍沿着灰旧的沾满绿苔的墙壁走下去，随身听里的音乐总能让时光停滞在某个时刻。半空中，太阳遮在云彩后，不像往常那样刺眼。

梁天就在旧城的某个小巷里开着一家音像店。

我漫无目的地走着，经过他的店门，随身听没电了。他店里恰好飘着一首很好听的音乐，古典，婉转。

我本无意停留，音乐却将我带到那个店里；我本是想为自己选一盘磁带的，却见到了梁天。他坐在店门前一个向阳的地方，那时，太阳恰好晃出云层，阳光划过树影，明明暗暗，映在他脸上，他嘴角上翘，眼神清澈。听到脚步声后，脸轻轻侧移，唇角荡开一个美好的弧，他说，你好，小姑娘，进来看看吧。

这个情景一直埋藏在我心底，从1999年那个下午，直到现在。那时的梁天，就像《薰衣草》中金城武扮演的坠入凡间的天使，坠入我的视线中，然后生了根。

那天，我选了一盒王菲的磁带。我喜欢这个女子的声音，干净，清澈，略微的慵懒，如不甚强烈的阳光一样。付钱时，我才知道，他那双异常明亮清澈的眼睛竟然是看不到东西的。

他微笑着，坐在阳光里，说，18，你给我整数最好。

这个叫梁天的男子成了我心底的秘密，这是阿吉都无法知晓的。

中午，我们在食堂里吃饭，水里捞出来一样的青菜。阿吉的嘴紧紧抿着，很没胃口的样子。我塞着耳机听王菲的音乐。时间仿佛倒退到那天下午，天使一样的男子，纯净的模样，令我胃口无比的好。

后来，我常去梁天的店，听那种很缠绵很缠绵的音乐，看那个很美好很美好的梁天。梁天说，你怎么天天都来啊？

我很奇怪为什么他看不见，都能猜出我是女孩，而且能知道是我来到他这里，而不是赵钱孙李，或者其他路人。

梁天说，因为只有女孩子的脚步才能那么轻，而只有你，身上才有玫瑰花瓣一样的香气。他的话，让我脸红了很长一段时间，可是梁天看不见。

这种香是母亲给的。在她心里，我是玫瑰一样的女孩，所以我的衣服她都用玫瑰精油香薰过。我明白，她想让我知道，这个世界总是有玫瑰和阳光的。

阿吉身上也有这种香，因为，她很喜欢我身上的这种味道，我便向妈妈索要了这种玫瑰精油。阿吉捧着精致的小瓶子笑，小涯，有个做香水师的妈妈真幸福！

可是，每当我从阿吉身上嗅到这种香，总会痴痴地笑。你想啊，一个大脑袋向日葵，飘着一股玫瑰花香，难道，不好笑吗？

千越港上的向日葵在每个夏末都会成熟，那么大的一片，香气飘荡。这时，阿吉总会在我的不懈诱惑下，同我一起逃课到千越港，摘向日葵。有时候，阿吉掩埋在花丛中，只露一张大脸，对着天空抽筋似的笑，我都分不清哪棵是向日葵，哪棵是阿吉明媚的大脸。

下午，我从千越港回来，就去找梁天。手里拿着一棵大大的向日葵。我放在他眼前。他就很认真地嗅，怎么一股青草的味道呢？

那时，我和梁天已经很熟了。

当然，我不敢告诉他，我是一个喜欢逃课的女孩。因为逃课，我才天天来他这里。从梁天的眉眼中，可以看出，他是那种有些许刻板的男子。我怕他听到我逃课，会吓傻，以为我是那种染着七彩头发的问题女生。我一直都骗他，我说，我是对面某书店里的女孩。是不是书店二字，可以让我比较斯文一些？可以让他对我多一些好感呢？

千越港是这个城市海岸唯一没有城市化的小渔村。靠近海边的是山石嶙峋，百米后边是沙土地，就在这片沙土地上长着大片野生的向日葵，生机勃勃。

第一次带梁天到这里时，我才知道，梁天不是这个城市的人。

海风吹着梁天的短发，让他的脸看起来特别清爽。梁天问我，这里是不是特别的美?

我说，这里有很大一片向日葵，太阳一样的颜色。

梁天说，在海那边，也有一片美丽的花海，至于是什么花，他不清楚。不过，也很像太阳，很久以前，他在那里写生，画下他看过的每一件东西。

然后，他问我，小涯，你是什么模样?

我笑，我说，梁天，我说了，你可别喜欢上我啊。我说，我是一个像玫瑰花瓣一样芬芳的女孩子。

梁天就笑，他的手突然触碰过我的眉际，脸上荡起淡淡的红晕，很小心地说了一声对不起，然后说，我只是想触碰一下，那个陪了我这么久的姑娘。

关于梁天的点点滴滴，我后来才完全清楚。那时，我已经整整光顾了他的音像店一年。我讨厌铺天盖地的试卷，那让我有种窒息感。所以，我就躲到梁天的小屋里，听听音乐，看看自己喜欢看的书。呃，还有池田理代子的那本《凡尔赛的玫瑰》，一年多来，我不曾完整地看完。我总惧怕美好的故事，我怕看到最后，总免不了一个伤心的结局。但它依旧是我背包里唯一的漫画册，因为只有这本书里的玛丽，才担当得起“玫瑰花瓣”四字。

我给梁天读报纸，给他读一些自己见过的很美丽却很零散的文字，那一整年时间，我几乎变得不食人间烟火。很矫情，是不是?

每次考试临近，我也会附在梁天的桌上刷刷地抄笔记做习题，梁天问我在做什么，我就睁着眼睛说瞎话：我说我在给书店做结算，快累死了。

梁天就笑，他说，小涯，你真是一个小地主婆。

我不理睬他，继续考虑着那些令人头疼的物理题，到底该用左手法则还是右手法则，该是动量守恒定律还是动能守恒定理。学习的痛苦，梁天绝对是体会不到的，他从小就随父母在那个自由的国度中生活，绝对不必如同我一样，为考试而愁肠百结。当然最令我不能理解的是，为什么老师还要声情并茂地宣扬学习是快乐的。学习是快乐的话，为什么高中校园里关着那么多不快乐的丫头和小子呢？

有很多时候，我是妒忌梁天的，这个在美利坚合众国长大的男孩，似乎永远不懂忧郁。他说他之所以回来，是因为父亲说，只有中国的大好河山才是世界上最壮丽的画卷，只有这个地方才能成就一个伟大的作家。

梁天的想法让我哂笑不已，他根本就不知道，那些大好河山多半已经被污染得不堪入目了，当然，如果人造美景可以弥补的话，我的话基本属于自说自话。

梁天的眼睛是去华山写生的时候出现事故造成的。那确实是一场事故，重重地从后山上跌落，躺在血泊之中。后来因为淤血压迫视神经，眼睛暂时失明了，母亲一直陪伴在他身边，等待治疗的最好时机，转回美国。所以，不难想象，梁天的生活之所以如此从容，还是因为家世良好，而且，他的双眼是可以治愈的。

那些可以治愈的伤，本来就不需要伤痛。会让人伤痛的，是那些永远不能得以痊愈的伤口，因为时间，辗转成痕，不能磨灭。

譬如，父亲遗弃了方涯。

圣诞节的时候，天空开始飘雪，因为我的逃课，新班主任已歇斯底里。我不喜欢这个新来的女人，她太嫩，太不爱接受现实。她不能容忍我是不乖的，所以开始向母亲控诉，字字句句民族血泪。

我觉得阿吉的命真好，她已去了美国，不需要为高考惆怅，不需要面对着新班主任那张脸。我在QQ上对阿吉说，中华民族五千年的哀愁全写在这个女人脸上了。阿吉说，你要挺住。你当你是小日本，几挺机关枪摧毁她皇皇五千年！

这女人真不爱国。

母亲跟踪我来到梁天这里。

那时，梁天正在磨咖啡豆，他说要给我煮最纯正的咖啡。炉火映着他年轻的脸庞，我安静地看着他，他漂亮的眉毛和漂亮的眼。他说，以前，圣诞节时见过一个非常可爱的姑娘，到现在还不知道她的姓名。

我皱着眉头，他的话让我心里不痛快。

他说，小涯，你的眉毛似乎是皱着的。

他的话让我心惊，慌忙低下头，紧紧低着，我说，你怎么知道？你眼睛好了？梁天笑，你怎么这么爱紧张啊。说完，他很认真地“看”着我，说真的，我本来以为这一年，我会很寂寞。可是，我却遇见了你。

他说，小涯，你到底是什么样子？

我拉着他的手，轻轻地划过左面颊，微笑地看着他。他的手指真漂亮，不知道是不是所有拿画笔的男子，都有一双如此漂亮的手。

母亲就是在这个时候进来的，她看着我，一脸不可思议的忧伤。

那个圣诞真是风大雨狂，咖啡壶跌落在乳白色的地板上，音乐突然杂乱。母亲将我从梁天的房子里拽走，漫天的雪花冲过布帘卷进了门，梁天紧张地呼喊，方涯方涯！

我回头时，雪花飘在他的眉毛上，白白一片。

母亲说，你怎么可以这样？说这话的时候，她流着眼泪，仿佛我是一个无知的失足少女。

我沉默，我不喜欢面对着她，面对着她的时候，我总像面对着伤口一样忧伤。我会想起很多年前，那个男人执意离开时绝情的模样。

我曾是他膝下最亲爱的小女儿。常常，面对着太阳下长长的投影，我会想，他现在是不是又有了新家，怀抱中是不是有了新的小孩，他哄她睡逗她笑，纵容她宠爱她，给她买最甜蜜的糖果，给她穿最漂亮的衣裳。

而这些，都是他曾经给予我的。

再次找梁天，半个月后。当我踏进他房门时，我看到有眼泪从他漂亮的眼睛里掉落，他对着阳光下我细长的影子笑，嘴角抖动，他说，是你吗？

他说，你怎么会欺骗我呢？你说你是书店里的小姑娘，结果，你是一个读书的小丫头。你说，你还有什么是骗我的？

我说，骗你的多着呢，千越港根本没有什么向日葵，而是一个乱坟岗！你相信吗？

梁天笑，他笑的时候眉毛都舞动着。这种笑那么清澈，清澈得让人眼睛发疼。很多年后，我都记得他当时的模样。

那年春天，梁天回了美国。走时，他说，等我回来，一起去千越港看葵花！说完这话，他飞快地在我左面颊一吻。

那天，梁天送给我一枚尾戒。我同他勾手指，说要在一个叫千越港的地方等他。

离1999年已经7年，《凡尔赛的玫瑰》依旧在我的背包中，而这个城市却已经不是我的家。

最近，阿吉在QQ上说，她恋爱了，那个男子喜欢她玫瑰花一样的芬芳。我笑，玫瑰总会给人带来好运的。

哦，阿吉在QQ上还说，他经常画大片的疯狂的向日葵，像极了千越港那里。她说，方涯，他叫梁天。

坐环城车，经千越港，漂亮的导游小姐总会用甜美异常的声音告诉大家，在这里一起看过向日葵的男女都会白头偕老的。

我心里偷笑，骗人。

可是有那么多男女都会双手紧握，虔诚地看着窗外那片明黄色的花海。这时，导游还会说，曾经有一个很漂亮的男子，在这个花海前挂过一条非常大的条幅，上面写着：寻找方涯！

我的手指上依旧戴着梁天送给我的尾戒，我一直没机会亲口告诉他，我最近有些变胖，戒指变得好紧，常常会让我在梦中哭泣。

梦里父亲怒吼，这个丑八怪会毁掉我们的生活的！

他要母亲抛弃我，要再生养一个。可是母亲拒绝了他，就这样，他离开了母亲和我。

是的，我好难看，因为母亲一时疏忽，在我5岁时，沸水在我的右脸颊上烫出玫瑰色的伤，毁掉了我的容颜。

我是多么自卑的一个女子，从哪里借勇气来爱一个恍如天神的男子？

所以，那年春天，我没有去千越港等他回来。

无人知，1999年，初见便成天涯。

文/乐小米

爱是一种感受，即使痛苦也会觉得幸福；爱是一种体会，即使心碎也会觉得甜蜜；爱是一种经历，即使破碎也会觉得美丽。爱上你只是一时，忘掉你却需要一生。爱你不敢靠近你，就算让你知道都不可以；想你却不能去见你，是想让你永远幸福。爱既然不能说出口，那就放开你。原来，尘世间有这么一种爱，初见便成天涯。

田野上空，爱情的风悄悄掠过

墙角青苔总是绿得太快
回忆慢慢慢慢爬起来
我们一直到最后才学会
哭泣时候谁安慰
而成长让人觉得累
却已没有办法后退

容小易第一次见到何晓，是在他租住屋子的楼下。

何晓把大包小包搁在地上，用纸细细擦去额上的汗。刚好容小易路过，她就问："能不能帮忙抬东西？"他点点头。

她新租的房子还没打扫，地上一片狼藉，他把行李放下，挽起衣袖要帮忙。她不肯，一个劲地道谢。他生性腼腆，所以对她的推脱，难于坚持。

他记住了这个叫何晓的女子，长长的头发、微笑的脸庞。他想，两个人住得这么近，一定还会再见面，然后成为很好的朋友。

他不是一个有很多朋友的人，所以他很高兴自己有这样的期待。他没看出来，何晓比他大五六岁。他以为她跟自己一样，毕业不久，刚来这个城市。

他在山里长大，那是个很小的村庄，不过三四十户人家。他是村里唯一的大学生，为此付出的代价是毕业后几年都在为还债头疼。不过母亲高兴，他便觉得值。母亲到40岁才有他，且是他唯一的亲人。

他四五岁时，有些懂事了。夜里母亲点灯织斗笠，他就安静地坐在旁边，两只小手捧住脸，认真看着。隔一会儿，他站起身，小心地把瓷杯端过来，说："妈妈，喝水。"母亲总会放下活计，喝上一小口，然后紧紧抱他一会儿。这种感觉很温暖，烙在他年幼的心里，深刻而真实，直到现在。

何晓和容小易渐渐熟悉，听他很多次说起母亲。一天，她突然说："有机会，就去看看你妈。"他说："好啊，可是我们那儿很偏僻，下了车，还要走十多里山路。"她沉默下来，也不看他。他无措了，欲言又止。

几乎每个周末，他都会给她发短信，说一起做饭吃好吗？她每次都推托有事。她，多少能看穿他的一些心思，好像在回避什么。简单的交往、微颤的心思，彼此都掩藏住了。

一年之后，在北京的总公司点名要容小易过去。离家远了，但薪水高许多，所以他决定过去。

晚上，他打电话给何晓，告诉她调职的消息，然后怯怯地问："我明天想回趟老家，你要一起去看我妈吗？"她很干脆地说："好。"

一起去买东西，她很细致地挑了两双棉鞋、一件羽绒服。他抢着要付钱，她却不肯："第一次去见妈妈，应该我来。"她直接叫妈妈，这让他既高兴又紧张。

去车站的路上，她突然开口，说："其实……我离过一次婚……”这算是一种犹豫不决的试探吧，他愣了会儿，然后，伸出手来，牵住了她。

在10多里的山路上颠簸着，她突然大口地喘着气问他：“你不介意吗？”他明白她的意思，微笑着摇头。她又问，“妈妈也不介意吗？”他很小心地说：“我们可以不告诉妈妈。”

母亲坐在屋前，正专注地给一顶斗笠收边。听见容小易叫妈妈，她抬起头来，注意到儿子身旁的女子，灿烂地笑了，皱纹堆满眼角。

晚上，母亲忙着去铺床。何晓拦住了：“妈，我可不可以跟你睡？”母亲高兴得眼泪都出来了，不住点头。半夜，何晓正迷迷糊糊，突然听到躺在另一头的母亲哭。她赶忙起身：“妈，你怎么了？”母亲说：“妈高兴的。”她笑了笑：“妈，你高兴就不该哭啊。”母亲说：“妈是想着，没趁你们回来之前把被单洗干净了，心里难过……”

离开这个城市去北京时，容小易对何晓说，他在那边工作两年，攒些钱就回来。他让她等他。

她能等得起，只是不敢去等。她不只是有过一次不幸的婚姻，她还有一个孩子，那时已满三岁，一直由她父母带着。

他在辗转难眠的深夜给她打电话。他问：“你说的是不是真的？你以前为什么不告诉我？”她只能说：“对不起。”他不是真的要责怪她，只是停不住猝不及防的悲伤。他猜想母亲是不能接受的。他爱她，可是更爱母亲。

两个人没有断掉联系，却渐渐疏远，各自承担着各自的疼痛，不肯让对方知道。不久，他遇见了一个漂亮的北京姑娘，她疯狂地追求他。他像一个被骄傲公主宠爱的布衣，诚惶诚恐地接受了这段让他目眩的爱情。

此后，他还和何晓联系过一次。那回，他知道母亲发烧了，咳嗽得厉害。自己离家太远，又没假期，他硬着头皮给何晓打电话，问她能不能去看看。像第一次那样，他的提议很突然，而她仍旧答应得干脆。

在北京的第一年，快到年关，他被公司派往德国学习，为期两个月，刚好错过了春节休假。直到第二年过年前两天，他才能回趟家。女友不肯和他回去，说那么远，还要走坑坑洼洼的山路。

孤零零地坐着火车，一路上，他想的竟然全是何晓。想她兴高采烈地跟母亲说话，想她晚上跟母亲挤一个铺睡觉，心里酸涩难受。

他根本无从知道，这一年多时间里，何晓几乎每个月都会抽空去看他母亲。一个人坐车，一个人走10多里山路，然后在屋前那个小坡上大声地叫妈妈。晚上，她依然跟母亲睡，在冬天里，把老人冰冷的脚，抱在怀里。

每次她要走，母亲都坚持要送。中途有个很长很陡的坡，母亲常常把她送到那儿，然后站着，看她把长长的一个坡走完。当她的身影越来越远，母亲都会把手拢到嘴边，冲着她喊："天晴了，妈就坐在屋门口等你回来……"

每次听到，她都会站住，转过头去，应一声好，然后是怎么也抑制不住的泪水。

听见容小易在屋外叫妈妈，母亲慌忙跑出来。她探头往后看了看，冷不丁问："晓晓呢，怎么没一起回来？"容小易不知所措地笑，撒谎说："她……她刚好过年要加班。"

连续几天都是难得的好天气。午饭后，在一堆高高的柴垛旁，暖暖的阳光下，母亲双手绕膝，很满足的样子。抓着容小易的手，告诉他，何晓一个月前还回来过，给她买了新的棉鞋、棉衣。转瞬，母亲又指了指身旁的柴垛，"她还陪我到对面山上捡柴了，一天就捡了这么多。”

他觉得自己快要崩溃了，抬起头，看着母亲：“妈，她结过一次婚，还有一个孩子。”母亲和蔼地笑着：“妈知道呢。我生病那次，她过来，就跟我说了。我让她一定带孩子过来给我看看，她真带来了。是个女孩，像你小时候一样乖，甜甜地叫奶奶。”他把头扭到一旁：“妈，这么好的天气，我们出去走走吧。”母亲摇头：“妈就习惯了坐在这里，习惯了这样望着这条路，盼着望见你，望见晓晓啊。”

第二天，容小易沿着那条熟悉的山路跑出老远，他想找个手机有信号的地方。可是，直到跑到那个长长的陡坡上面，依然打不通一个电话。

他跟母亲那样，把手拢到嘴边，用力地喊：“天晴了，妈就坐在屋门口等你回来……”当悠长的回音从两旁的山峦传过来的时候，容小易泪雨滂沱。

文/朝南

不要说你会无条件地爱一个人，爱总是有条件的。你可以什么都不要，但是你要他爱你，这难道不是条件吗？我们每个人都是有条件地被爱着，也是有条件地爱着别人，不必心灰意冷，既然知道这世上没有无条件的爱，你应该努力使自己更具备条件去被爱，同时也应该学会忘记一些条件去爱一个人。爱情必须要经得起现实的风吹雨打，才能算是真正的爱情！

我到远方去

你有没有过这样的时候，明明才20多岁可是你觉得自己很老了，就像那些喜欢晒着太阳打瞌睡的老太太，偶尔回想以前的事情，脑海里会放空，比如我。我记不起乔臣熙19岁时的模样，他永远安静地坐在教室的某个角落，印象中是个相貌普通的少年，偶尔教授们提问遭遇冷场，乔臣熙总是他们缓解冷场的救星。如果我没有看到他的笔记本，我怀疑我会不会喜欢上外表平凡的他。很久以后我到美国读书，几次搬家我都保留着当年复印下来的那本高等数学的笔记，因为在某一页的角落，清清楚楚地用很小的字体写着我的名字，外面圈了一颗心。

我第一次出名是在大一，一学期4门专业课，我一科没挂。其实我的意思是，其他3科都挂了。平时太贪玩了，游泳社团里有我，辩论社我也要跟着掺和，甚至有师兄在宿舍楼前摆地摊卖蚊帐我也自告奋勇地体验一把。我欲哭无泪地求助好友安琳，她也不是系主任，我只好乖乖地坐在教室里看书准备补考。天知道学经济的怎么可能在短时间消化那么多的东西，我彻底绝望了。

晚上安琳兴冲冲地塞给我很厚的笔记本，打开看是清秀的蓝色字迹，安琳神秘地眨眨眼睛，这可是咱们班乔臣熙精华版的笔记，我费了半天劲才弄来，考不了人家的第一名你考及格总应该没问题吧。我激动得直跺脚，谁不知道乔臣熙有多牛，上课时总是一副心不在焉的样子，可是无论什么考试，第一名绝对是他，据说秘籍就是他那些从来不外传的笔记。我对着安琳拍胸保证一定会补考成功。

当我看到“柯悦琪”这3个字和一行行的公式、向量、数字一起出现时，仿佛我的名字获得了某种特殊的意义，那么突兀那么醒目，却又那么天真得让人心动。我无数次地猜想他是在什么样的情景下写下我的名字，我得到答案的时候，3门补考顺利通过，笔记物归原主。另外，乔臣熙成了我的男朋友。

乔臣熙的手，修长，不算白，但是这双手会做很多事情，上课的时候偶尔会转笔，也会飞快地记下某个题目，参加全市高校大学生演讲比赛的时候那双手仿佛有了灵魂，简洁有力地配合着他表达的东西。不知谁说过，20岁以前不要恋爱，因为那个人会是你此生最爱的人。我已经27岁了，在很多人眼里我的人生刚刚开始，可是我不晓得我还会不会遇到比乔臣熙更值得我深爱的男生，这个世界上让我迷恋的男生很多，但是能够使我为了和他相衬而努力的，不会再出现了。

乔臣熙永远气定神闲地接受各方的瞩目，甚至在食堂，都有女生会在旁边不害臊地大叫，哎，快看，那个就是学生会主席，超优秀！我只能狠狠地瞪她们，然后紧紧挽住乔臣熙的手来宣战，这个男人是我的！安琳说我很幼稚，你见过哪个万人迷的女朋友像考拉抱大树一样黏人，你应该自强自立明白吗？我点点头，还是似懂非懂的样子，安琳觉得我就是个呆瓜，大吼，你这学期要是再挂科乔臣熙肯定会甩了你！

我惊醒，我不晓得哪来的勇气，一下冲到了自习室，乔臣熙还是坐在后面的位子，有个女生跟他讨论题目，直到我靠着他坐下才发觉，他抬起头冲我笑笑，笑脸在日光灯下竟然有洁白的颜色。我想，豁出去了，我也要带着水杯，拎着暖壶和坐垫扎根自习室，谁怕谁！

回想起来其实那段时光很幸福，自习室地上留着不规则多边形的阳光，阳光之间的阴影打在乔臣熙年轻的脸上，像是撒了橘黄色的荧粉。我也渐渐能沉下心来看书做题，也开始觉得这样的日子很充足。期末考试后，乔臣熙帮我查到成绩，在电话里都能听到他在微笑，他说，你全班第5呢！

拿到三等奖学金的晚上，系里在小礼堂放电影，《肖申克的救赎》，里德这样形容安迪，“我得经常对自己讲，有些鸟儿是关不住的，他们的羽毛太鲜亮了”。我望向乔臣熙，当时的我认为这句话说的是他，从未有勇气想过，有朝一日这句话会应验在我的身上。

大三的时候学校举办了一个营销策划大赛，乔臣熙自己忙不过来，让我帮他弄一下资料、统计一下数据，我第一次觉得自己可以和他并肩作战，兴奋得恨不能把所有力气投进去。我们一起去企业调研，一起熬夜想点子，也曾为了某个细节大吵，但我们看着做完的PPT和用尽心思的解说词，所有努力都没有白费，我望向他，仿佛和他挽手踏上漫漫长路，前面的一切都会是我们的。

比赛前一天，乔臣熙的奶奶去世了，他赶回家奔丧，他把一切的细节交代给我。他说，你替我上台，千万别紧张。那一天我的手心攥出了汗，底下坐着学院领导和公司高级主管。我深吸一口气，想象着乔臣熙会怎样做，他会微笑，会自信地挥洒自如，我想和他一样，我也能做到。

当我把金奖奖杯和证书交还返校的乔臣熙时，他的笑容一下子就凝固了，他指着上面的名字问我，为什么写的是你的名字，整个策划都是我做的，你付出什么了？他的表情十分愤怒，我说，我问过主办方，他们弄错了，过两天会把更正后的证书换过来。乔臣熙还是不甘心，奖杯上的名字他们改不改。我突然很烦躁，我想问他为什么我也是参与者，可PPT还有文字方案上面却没有我的名字。这句话梗在喉头，咽不下吐不出，我只好把委屈自己吞下。

我们小心翼翼地不再谈起这件事，还像以前一样一起吃饭、散步，但我们不会坐在一起上自习了，我坐在教室前边他在最后一排，有时候回头能发觉他在注视我，这种注视不是给自己女友的，更像是在打量一个对手。

学院里每年都有去美国的交换生名额，系里贴出考试选拔的通知时，乔臣熙和我在橱窗前看了良久。他问，你会参加吗？我不说话。这一年我进步了很多，在班里的成绩仅次于他。我没有说话，也不知道该说什么，但是我明白，一个人的郁闷和卑微是有限度的，运气到来时，我必须全力以赴地上前拥抱它。

最后的结果让所有人跌破了眼镜，我比乔臣熙高出五分。我想，乔臣熙肯定会抓狂。

我还是低估了他。成绩出来的第二天，我被系主任叫到办公室，她指着桌面上的一封信，说，有人举报你偷窃考试题，还说你一周前问过他里面的一题目，这个事情你怎么解释？我愣住了。

最后的解释是不用解释，保存考卷的办公室的监视录像里没有任何人出入，密封的考卷发到学生手里前保存完好。整个过程无懈可击，匿名信风波只是个小插曲，我顺利地拿到了那所大学的邀请函。

这一切我都没有告诉乔臣熙，没有必要了。在办公室那封信只在我眼前一晃，我已经认出那笔迹是谁的，太熟悉了，像刀刻斧凿一样烙印在我的心上。而且我明白，所谓那道被泄露的考题，只不过是习题集里某道题目的变体，我只问过他一个人。

我努力让自己更忙碌，办护照，上英语班苦练口语，和安琳逛街大包小包地买要带出国的东西。我告诫自己，你现在很充实、很上进，你是个有大好前途的姑娘。可是我不开心。乔臣熙，世界上相爱的人有各种稀奇古怪的方法可以伤害对方，但是我没有想到你的手段最凶狠，你把我的尊严放在地上，狠狠地一脚踩下去。

我再也没有和他说过话，在我飞往宾夕法尼亚的前一天晚上，我收到一条短信，对不起，一路平安。没有署名，可是我知道是谁。我没有那么大度，我回复，听说那里的秋天很美，可惜你没资格看到。

在美国的时候，我一如既往地努力，仿佛成了习惯。我喜欢在图书馆里打发时间，写作业写报告写日记，这里的图书馆像我曾经的自习室，也有日光缓缓地划过桌椅，划过一张张面孔。没有一张脸和他长得相似，这样很好。我的交换生生涯结束的时候，我考上某个教授的研究生，接着读硕士。日子仿佛就这么波澜不惊地流动下去。

回国之后，我成了一个热爱同学聚会的人，经常下了班补个妆冒着堵车的危险奔赴盛宴。我喜欢很多熟悉的人围在自己身边的感觉，那几年孤独的异国苦读似乎可以被弥补回来。

我安静地坐在角落听以前的同学们喧哗，偶尔应和几句。安琳说我这种闷骚表现只能说明一个问题，我希望看到某个人，又怕见到某个人。我冷笑怎么可能，可是当乔臣熙真的推门进来的时候，我的心倏地一下就紧了。

乔臣熙腰身粗壮了许多，像是徐娘半老之后的社会精英，他熟络地和大家打招呼，然后在我旁边找个位子坐下来。开始我们都没有说话，我以为他会说些什么，那些过往冻结在经年累月的沉默里，好像藏着一个疼痛的伤口，总得由某个人来亲手包扎。

他点起一支烟，没有看我的眼睛，我等待着他开口，他嚅动着嘴唇，终于告诉我，他现在搞房地产，他们公司的楼盘25号开始起售，有套小户型还蛮适合我这种单身女海归的。我也笑着礼貌回答，有时间一定去，要给够折扣啊。

只在这一刻，我才真正地感觉到，曾经那个喜欢坐在角落的少年，那个在本子上郑重地写下我名字的少年，彻底地被时光吞没，再也不会回来了，只剩下我一个人，独自上路。

是不是正因为有最终的失望，曾经的爱才如此珍贵，你说呢？

《女报》2011 年第 7 期

文/碧碧佳

时间还来不及了解我们，就已经离开。而我们还没来得及了解时间，就匆匆前行。时间，让曾经的爱成为了历史，一段埋藏在心中的历史，一段充当回忆的历史，一段黯然失色的历史。曾经的美好，都已过去。时间也让回忆渐渐淡忘，距离越来越远。曾经也只是曾经，不再拥有那不可泯灭的的心，不再停留那份遥不可及的爱。面对曾经的爱，今天再也没有心动的感觉，因为它已然成为了过往，被丢弃，被遗忘……原来，我们的爱情败给了岁月。

卧倒！为了爱情

莫斯刚二十出头，应聘到一家保险公司做保险员。他是一个英俊善良的男孩，可是因为生性怯弱，大家常常叫他“胆小鬼”。为此，莫斯感到万分苦恼，他连做梦都想成为一个勇敢并受人尊敬的人。

保险公司为新来的30名员工安排了为期3个月的培训，目的是锻炼他们的各种能力。莫斯非常希望这个全新的环境能使自己脱胎换骨。其实，他这么做还有另一个原因，因为他心里藏着一个秘密：他所在的这一组有个叫苏菲的女孩，苏菲有着一双绿宝石般的眼睛，显得那么俏皮可爱。莫斯渴望用出色的表现吸引姑娘的目光。

然而，莫斯很快便陷入了新的苦恼之中。原来，因为他软弱的个性，他再度沦为其他人嬉闹、戏谑的对象。每当别人捉弄莫斯时，好心的苏菲总会站出来制止。可是这使莫斯心中更加痛苦，他觉得同情永远也不可能变成爱情。更何况，另一个叫马克的男孩也对苏菲颇有好感。马克也爱对莫斯耍恶作剧，不过他是这个培训组中最有胆识的人。平时，他总是一马当先，每当教官提问时，他第一个举手，然后侃侃而谈。在这样一个情敌面前，莫斯自惭形秽。可是，他心中对苏菲的爱慕之情却无法抑制，他决心鼓起勇气来向她表白。

这天，莫斯把苏菲叫到一个安静的地方。苏菲面带微笑，用她那美丽而善解人意的眼睛注视着他，无声地鼓励他开口。可是此时此刻，莫斯想了整整一晚的话语竟一句也说不出来，僵在那里好半天，终于期期艾艾地说："你知……知道吗，马克很喜欢你，我……我觉得你们是很般配的一对。"苏菲的神情顿时黯淡了下来，她头也不回地走了，留下莫斯独自一人呆呆地站在那里，心中充满了无限羞愧和懊悔。他绝望地想：我真的无可救药了，竟然连向心爱的姑娘表达爱意的勇气都没有！

离培训结束的日子越来越近了，莫斯知道一旦培训结束，他和苏菲可能就要分开，那样他就再也没有机会了。他知道没有哪个姑娘会喜欢懦夫。现在，能够挽救爱情的唯一途径就是在苏菲面前表现得像个真正的男子汉。

可是，还没等莫斯拿出"男子汉"的行动来，他就因感冒发烧病倒了，只好请假一天。这天，培训组来了一位新教官，说要对大家进行体能素质的训练。然后，他把大家拉到一个空旷的地方。众人一丝不苟地按照教官的指令做动作。就在这时，教官突然把一枚手榴弹朝队列扔了过去。所有人都大惊失色，连滚带爬地纷纷溃逃。马克仍然"一马当先"，冲在逃跑队伍的最前面，而苏菲却在混乱中被人绊倒在地。

"都回来！"教官怒气冲冲地大喝一声，众人回头一看，那枚手榴弹根本就没有爆炸。教官的脸色很难看，他愤愤地说："这只是一枚不会爆炸的手榴弹，我这样做只是想测试一下你们的心理素质，看你们在突发事件面前是否能真正做到勇敢和镇定。你们的逃生反应都很快，不过很遗憾，你们身上缺少一种东西。到底是什么呢？回去想想吧。"

第二天，病愈后的莫斯回到训练场上。因为只有他一人没有进行"特别检测"，所以教官事先已经暗示其他学员不要声张，而平时以嘲讽莫斯为乐的那些人也都在等着看好戏。于是，在训练的过程中，教官故伎重施，将那枚手榴弹再次掷向队伍。除了莫斯以外，所有的人都纹丝不动，很多人期待着看到莫斯吓得魂飞魄散的滑稽模样。而苏菲则有些紧张地将眼光投向了莫斯。

同他们前一天的反应一样，莫斯并不知道那只是一枚不会爆炸的手榴弹，他愣了两秒钟，脸上充满了恐惧。然而就在那一瞬，他做出了一个惊人的举动：这个一直被视做“胆小鬼”的男孩奋不顾身地扑了上去，用自己的身体把手榴弹死死地压在身下，并伴以紧张而短暂的一声大吼：“快，快闪开！”

所有的人都目瞪口呆，接着他们面面相觑。谁也没想到，莫斯竟试图用自己的生命为代价，来换取大家的平安。

过了好一会儿，莫斯终于明白手榴弹是假的，他抬头一看，所有的人都用异样的眼神看着自己。他缓缓地从地上爬了起来，等待着同伴们的奚落。然而，周围却一片寂静。这时，教官问莫斯：“你为什么不逃跑，而是选择卧倒在手榴弹上？”莫斯鼓起勇气回答：“因为我想救所有的人，而我深爱的姑娘也在其中。”教官愣了：“那姑娘是谁？”莫斯又愣住了，他的脸涨红了。这时，人群爆发出震耳欲聋的呼声：“苏菲，苏菲！”

此时此刻，苏菲的眼里噙着幸福的泪花，她含情脉脉地看着莫斯说：“在我的心目中，你是最勇敢的男子汉！”莫斯哭了，为他平生第一次受到人们如此厚重的礼遇而流泪，为自己终于用勇气赢得了宝贵的爱情而流泪。在为爱情卧倒后的这一刻，他明白了一个刻骨铭心的道理：“忘掉自己，才能变得勇敢，才能赢得尊重和爱。”

文/若芷

爱情，可以是成全，可以是霸道，可以是占有，每个人爱情的形态都是不一样的。爱情可以让人变得懦弱，也可以让人变得无比坚强，保护爱人变得勇敢，害怕失去则会变得懦弱。

谁接了那些深夜的电话

最是温柔女儿心

南方的冬天总是特别冷，尤其是读书的那几年。宿舍是年深日久的红砖房，背阴的那一面，墙角似乎会长出青苔。

没有暖气供应，冷，是真冷。难得出一次太阳，那阳光也只有个淡淡的意思。被子几乎拧得出水来，这种时候，唯一可以取暖的，大概也只有一个情谊绵绵的电话吧。

女生宿舍的电话一向是热线，到了深夜两三点，还会有人拨进来。六个人中，丹颐的电话最多。她是江苏太仓人，普通话说得又软又糯。最初听她给外地男友打电话，都觉得新鲜，学着她讲苏州话。闹得凶了，丹颐就捂住话筒骂我们，纵然是骂，那声音还是像一口甜糯米。

有时两个人吵架，丹颐就在这边细声地哭。同屋住的女生听不下去的，就故意咳两声。丹颐有点难为情，事后会找个理由请大家吃饭。几个女生围着火锅七嘴八舌给她出主意，她听得频频点头，但是隔一阵又会听见她提高声线和男友争执，我惊异苏州话也可以说得炮似连珠。

大三的时候，丹颐和那男生终究是分开了。分手前两人打了无数电话，那时正是年末，丹颐的深夜电话夹杂在大大小小的考试中间，真是给众人造成了不小的困扰。

平安夜的前一天，气温陡降，竟然下了雪。晚上十二点多，各自都睡下了，忽然电话响了，是丹颐的。有人从梦中惊醒，有人本来就失眠，还有在背书的。这下都发出声音，咳嗽、叹气，脾气急躁的干脆就嘀咕起来。

丹颐说了两句，忽然小声对我们说：对不起，是我妈妈的电话。屋子里一下安静了。没人咳嗽，没人说话，甚至连呼吸声都隐去了，仿佛所有人在侧耳听那个电话，那个千里之外的母亲打来的电话。不知道是不是错觉，我听见电话那头有非常和缓的妇人的声音，唤着，囡囡，囡囡。这边是丹颐用家乡话在回答，大概是说，不冷，被子很厚，很暖和。没有下雪，天气预报弄错了。宿舍里有取暖器，我一点也不冷。

我从窗子望出去，外面的地上白皑皑一片，耳边听着丹颐那小女儿的谎言，只觉得这天地间有什么东西，正将我们温柔地包裹着……

跨越太平洋的温暖诉说

曾经认识一个女孩子，家世很好，又难得不骄矜。每次文艺晚会上她都会弹琵琶，雪白的手指在琵琶上一抹一挑，长发披垂在面颊上，只露出一个尖尖的下颌。

爱慕她的人自然是不计其数，其中有一个老实的男生。别人都会些小伎俩，他只勤勤恳恳地替她抄笔记。有时她去学琵琶，他就远远地跟着。送她到了楼下，就靠在一棵树上，看一本《围棋》杂志，从头看到尾，再从尾看到头，一等就是三四个小时。

那时她也不在意，青春太姣好了，有人肯跑遍整个城市只为她买一张CD，也有人肯为她抄完厚厚一本乐谱。我们都以为，这男生的心意，不过就是春天的第一片树叶，很快会有新的枝叶生长出来，代替它的位置。

弹琵琶的女孩子后来留学去了美国，写信回来，总是说彼处如何苦寒，如何枯燥，如何艰难。偶尔会想起那个等在楼下看一本《围棋》杂志的男生，不知道他后来是否找到了一棵新的树。

去年冬天接到女孩的电话，说准备回国完婚，一问之下，新郎竟然是那看《围棋》的小子。

隔着整个太平洋的国度，连昼夜都是颠倒的。她每日里上课、打工，能闲下来接一个越洋电话，只有下午四五点那一段空暇。十二个小时的时差，就成为一条分水岭，昔日那些热情的追逐者纷纷流向了别处。距离太遥远，美色和吸引也都成了虚空。唯独他，每回都是凌晨四点，站在街边的电话亭里，一次一次拨她的电话……

只是到了告别的时刻

和他分开很久，也许再不会见面。

我们曾结伴去旅行，从成都出发，到了一个叫康定的小地方。那里有一个小湖，叫做木格措。我在湖边脱下鞋袜，把脚伸进冰凉的湖水里。草都黄了，但是阳光打在他的脸上，轮廓有一层金边。据说到了春天，杜鹃峡的花都会开，有珊瑚红、珍珠白，白云一朵朵，系在山腰。他望着我说，明年我们再来。

但是，我们在返回的途中走散了。我骑在一匹灰白色的马上，山路很颠簸，胃像是会从嘴里跳出来。中国人都说缘分，我猜想我们的缘分尽了。一路上我捂着脸痛哭，幼稚得像八岁小孩。牵马的老人回过头来看我，又别过脸去，不紧不慢地说，姑娘，你有什么伤心事？灰白色的马甩着尾巴，老人自顾自地说，没有什么过不去的坎，没有什么忘不了的人……

杜鹃花开的时候，我曾打过电话给他，他仿佛正坐在一辆车上，一边和我说话，一边给司机指着路。我想象着他说话的样子，忽然觉得很模糊，他的声音也难以辨认。后来那辆车也许开进了隧道里，电话断掉，我们就这么失去了联系。

我有时会想起小城康定，想起牵马的老人，我想那位老人说的对，这世界上没有什么过不去的坎，没有什么忘不了的人。

又一年的平安夜，我和朋友们一起去唱歌。房间里很闹，喝了点酒，每个人都脸颊绯红。在点一首歌的空隙里，我的手机忽然响了，是一个陌生的号码。我走到走廊上，按了接听键。那边说，是我。我诧异我竟然能记得他的声音。

长久的沉默，双方似乎都无话可说。外面的月亮只有半个，挂在树梢，像一幅奇异的画……

走得最急的都是最美的时光

我听过这样一个故事，刚进大学时，同系的男女生彼此都还不熟悉。在深夜里，女生们把电话打进男生寝室，她们在电话那头念了席慕蓉的诗，然后让男孩一个个来听，等待他们的反应。她们通过这样的方式，来揣测每一个人的模样和脾气。

讲故事的人只有三言两语，最后很怀念地叹道：那是我大学期间印象最深刻的事情。

在我的想象里，那应该是一个初春的夜晚，有昆虫在草丛里鸣叫。女孩们的声音很清脆，像黄鹂，也有读得又快又急的，就像一只鹦哥。电话这头的男孩们屏住了呼吸，小心翼翼地听着那头的诗句。她们都读了席慕蓉的哪些诗呢？应该有那首《一棵开花的树》吧。憧憬的心情，就是一棵树，慎重地开满了花朵，长在你必经的路旁。

那么后来又有些什么故事发生？是否有人相遇？是否有人别离？是否有一些诺言再也来不及实现，多年后想起时，在那条小路上，已经没有了一个年轻的男孩在等待，在急切地向来处张望？

我此刻猜想着那深夜里打电话和听电话的少年们，我想把席慕蓉的一句诗再念给他们听，那句诗被无数人读过，诗里说，“走得最急的，都是最美的时光”。

文/阮小渔

在还年轻鲜活的时期，最接近爱情的时候，恋人们总爱电话打个不停，场景不断在变换，有家里，车上，教室里，说不尽的话，道不尽的甜蜜。也许没有山珍海味的烛光晚餐，也没有别墅跑车，但是我们也都曾经享受深夜电话粥的小温存。爱情，正如深夜的电话粥那样温暖而安静。

第四辑　时光的沙砾（岁月如歌）

岁月静好，许多一闪而过的美好感觉常给我们留下难以忘怀的回忆，在这些美好的感觉随着岁月的流水逝去的时候，我们深深怀念，深深向往着，感叹时光似箭，岁月如歌。谁都想在记忆里给已逝的往事写下永不褪色的色彩，谁都想在憧憬里给未来留有美丽而浪漫的遐想。然而，往事忧伤几许，记忆美丽几分？

保底好朋友

始终想不起来，陈皮是什么时候荣登“我的好朋友”排行榜榜首的。

陈皮当然不是她的真名，你猜对了，是我为她取的绰号之一，因为在我眼中，她“皮”得跟猴子没两样。当然，这么形容一个细皮嫩肉的姑娘确实有些恶毒，可是你很快就能理解我。在我最美好的花季岁月里，她坚持不懈地叫我“老绵羊”——因为她觉得我太过温顺、蔫巴——并总能将此绰号在第一时间迅速普及给每一个哪怕跟我只有一面之缘的人，在那些帅哥美女惊讶的眼神中，我总是羞赧地低下头，默然地想象，我的拇指和食指正紧紧地捏住陈皮大腿上最厚的那块肉，然后使出全身的力气，顺时针转上180度……

话说，第一次在大学宿舍见到这个大眼睛白皮肤戴着眼镜的姑娘时，我对她还是挺有好感的，虽然很快发现她“生猛”得让我想撞墙——每当我精心地“对镜贴花黄”，她总会“好心提醒”：树大招风险，脸大被人扁。我美滋滋地穿着高跟鞋出门，她就在背后大叫：你这种人出门就是放心啊，目标那么小，车就是想撞也撞不到你。而我回到宿舍一脱鞋，她就捏着鼻子，做嫌弃状：怪不得北京最近空气质量那么差，原来你这儿有一生化武器。大马路上碰到，她大老远就开始叫：瘦了，瘦了。等我走近，她“恍然大悟”：老绵羊，你裤子瘦了……

我从小就被教育要做个“笑不露齿、行不摆裙”的淑女，并照此标准努力“伪装”了18年。在自尊被严重打压、智力被无限侮辱的恶劣环境下，我撕去“面具”向“剽悍女”进化的过程虽然痛苦而艰辛，进度却突飞猛进，全得益于陈皮这个“劲敌”。我的功力从最初的“你好讨厌”、“马上走开，不要回来”，迅速提升至“陈皮，你一定是仙女下凡！不过，是脸先着地……”、“你弹棉花的姿势太优美了，跟弹吉他似的！”到后来简直开始出神入化天马行空——“陈皮，这么长期徘徊在一和三之间，你是不是二得有点累呢”、“你不要笑得这么国际化了，你那曲折绵延的牙齿让万里长城都羞倒250米了”、“陈皮，刮风的时候，你千万别出门，不然你的双下巴飞起来，容易误伤前后左右的路人”……我们就这么一边掐一边闹，一起逃课一起在宿舍违章煮火锅，一起喝可乐喝到撑，一起穷到去大食堂喝白菜汤……直到有一天，“吐槽”这个词风靡网络，看完长长的百度百科解释之后，我蓦然发现，早在吐槽还未漂洋过海来之前，我和陈皮已经相互吐槽了很多年。她第一次见我的男朋友，就“警告”他：老绵羊特容易失眠，整夜穿着白裙子散着头发飘来飘去吓人。可是，后来我知道，她背着我警告他：她是一个很单纯的人，你可不要辜负她。她加班累出黑眼圈，我“幸灾乐祸”：这样下去，你一定会过劳死的，明天赶紧买份保险，受益人写我的名字。可是我从没告诉她，当朋友对我说，陈皮说自己心脏先天不好，可能活不到很大岁数时，我在深夜的二环路边放声大哭。

如果没有记错，我从未对她说过“你是我的好朋友”之类的肉麻话，煽情大概是吐槽爱好者最为不齿的行径之一。毕业后，大家各自忙于工作，没有条件时时相聚。在职场上，当我不再像年少时那么羞于与陌生人讲话；在聚会时，当我能够敞开心扉谈笑风生活跃气氛，我会想念陈皮。

不知道从什么时候开始，我把她当做我的保底——就算有很多朋友因为疏于联络慢慢走失，我依然坚持我的慢热型，不会因为寂寞随便结交好友。因为笃定，打个电话，她就会在转身就能看见的地方出现，时刻准备着对我露出参差不齐的牙齿傻笑。

然后，一句："陈皮，你是往发型师家门上泼狗血了吗，让他对你如此深恶痛绝！"一句"老绵羊，脸上少涂点粉，不然出门风一吹，你黑了，你身后的人全白了……"

我们又回到18岁。

文/凉凉

有一个幽默而调皮的"损友"，可说是人生一大快事吧。两人唇枪舌剑，你来我往，斗得不亦乐乎，一起疯一起闹，而友情也随着时间的流逝日愈加深，即使日后各奔东西，疏于见面，然而，这份真挚的友谊却深藏在了心底。突然想起这么一句话：这个世界上总是看你二的人很多，陪你二的人很少。珍惜那个愿意陪你一起二的人吧。

浮 躁

那年的夏天特别的热。我陪着顾亮或者说顾亮陪着我，我们整天地东游西逛，无所事事，神情恍惚。我们光着上身，将T恤系在腰间，游走于大街小巷，一些迎面走来的女生都对我们绕道而行。我俩成了十足的小流氓，顾亮常常这么说。

我叫李小天，高二，有两个死党，一个叫王力，一个叫顾亮。但高二的第一个学期一过，其中一位便不能称之为死党了。那家伙不再与其他的两人走在一起，很少见面，主动回避。直到快上高三了才知道，那家伙在考托福，准备去美国。这人便是王力。顾亮常常问我，兄弟是不是在国内混不下去了，便逃往美国。我说，我怎么知道，再说人家才不是混不下去，人家是牛人。然后，我俩谁都没有说话。

我和顾亮常在一起做的事便是——上厕所，挨骂，打架，闹事，逃学，喝啤酒，抽烟，作弊，讲黄色笑话，嘲弄老师，揍人或挨揍。以前是三个人，现在变成了两个。顾亮说，管他呢。

当我告诉顾亮我想当个作家时，他花了十分钟来大笑，然后花了一秒钟来判断，最后说，你丫有病。我很认真地对他说了我的计划，我决定先在一些小有名气的杂志上发表文章，发到5篇以上后，我便参加一项在全国很权威的作文大赛，我打算投20篇去，抱着20篇中有一篇一等奖的希望，这样不但有机会被一些大学免试录取，还会让更多的人知道我。然后写小说，然后大卖，然后名利双收。

你丫神经病啊！顾亮大笑。

不然干吗？像我们这样的，考大学是没什么希望了，还是找找适合自己的出路吧。

你以为作家谁都能当啊。

说完，我们谁也没理谁。顾亮自顾自地说了一声，哥们啊！我知道他指的是王力。看来王力是我们三个中最先出头的了。

星期六上午补课，我俩谁也没去，都在网吧里打传奇。这是我常来的一个网吧。

网吧老板是个年轻的女孩，不论谁和她说话，她都习惯性地捂着一只眼睛，也不知是什么意思。顾亮说她是故意的，而我则认为她有心理障碍。

网吧一直都很吵。几乎所有的人都在玩传奇，整个室内乌烟瘴气的，不时地冒出一两句脏话。玩传奇的人一般都很闹。坐在右边那个满脸长着青春痘的家伙不停地骂，我操你妈的，我操你妈的。又回头不知在跟哪个说，妈的，你丫会玩吗，PK啊。我终于忍不住了，说道，你他妈的小声点。我操，关你什么事，小丫挺的啊你，那人哗地站起来，椅子应声倒地。你他妈的再说一次，顾亮也站起来。网吧老板见状立马跑过来，站在3个男生中间，然后捂着一只眼睛，说道，大家有话慢慢说啊，咱无聊才来上网的不是，既然来了就好好玩，何必闹得不开心。再说了，咱们都是老熟人了不是，给我个面子。那人看了我们一眼，向躺在地上的椅子踢了一脚，椅子发出了一阵沉闷的声响。那家伙便走了。跑了，顾亮小声地对我说。跑你个头，那家伙叫人去了，咱们也闪吧，我低声对顾亮说。我走到老板面前问道，多少钱？老板一边在电脑上查一边说，他肯定去叫人了，他的一些朋友都在这儿，他不会走多远，你们还是快点走，一共12元。我付了钱，便和顾亮仓皇逃出，出来没多久就看见青春痘带着一大帮人气势汹汹地赶往网吧。

我和顾亮虽然爱打架，但我俩从不参与摆明就要挨揍的事情。

下午两节课考试，考英语，教室很安静，只有头顶上的吊扇在呼呼地转。即使如此还是有人不停地在擦汗。我看看站在讲台上目光呆滞的老师，回头瞧坐我斜后面的顾亮。这次英语再考不及格就得请家长了，挨打倒无所谓，怕就怕我爸他不准我再外出，然后请一家教在家侍候我，那就麻烦了，再加上我还私自打了几个病假条，这事凑一块就更麻烦了。这时外面不知哪个傻B在唱，卖大米，卖大米。全班哄堂大笑，然后讨好地看着老师。老师朝门口望了望，我赶紧地左顾右盼。其实我这人特烦作弊，倒不是我人品有多好，我只是不喜欢作弊的那种感觉，偷偷摸摸，心惊胆战，跟装孙子似的。不是憋急了我是不会出此下策的。正当我左顾右盼的时候，老师又将脸转过来，我只得将身子扶正。看看表还有20分钟，有些家伙已经起身交卷了。我绝望地望着卷子上大片大片的空白，心想完了。这时王力也起身交卷，经过我的座位时扔给我一张纸条，我一打开正是我要的答案，于是我花了15分钟把答案写好（全是选择题），再花5分钟把答案检查了一遍，确信无漏抄错抄后交卷，然后大功告成。

班上几个女生在一旁议论着什么。顾亮走过来拍我肩膀，他望了望旁边那几个情绪高涨的女生，便问我，她们在说什么啊？谁知道啊，我头也没抬。这时，其中一个女孩说，只有马勇这样的有钱人才有本事去美国。什么，马勇去美国了？我和顾亮同时转过头去。赵倩从女生堆里探出头来，脸上挂着满足的表情，好像这正是她要达到的效果。她喜欢顾亮两年了，总找机会跟他套近乎，或是做些让人吃惊的事来引顾亮的注意。顾亮倒没什么，对她不咸不淡的。

赵倩说，你们还不知道啊，马勇去美国读预科了。

什么，我吃惊地说道，他的英语比我还烂啊。

这有什么，人家有钱呗，去美国玩几年，谁都会说英语，绝对比国内的英语本科生还说得溜。赵倩边说边偷偷地瞟顾亮。

对啊，一个女生接嘴道，现在行情不同了，成绩不好的反而出国了，成绩好的还在国内瞎混。

我和顾亮同时回头看坐在后排的王力。王力也在往这边看，发现我们在看他，便埋下头。我看见他的嘴角抽动了一下，显然听见了我们的谈话。我赶紧把头转回来。

放学时，我拦住王力。后来才发现这是一个极大的错误。我根本不知道该对他说些什么。他一言不发地看着我的脸，然后恼怒地推着自行车向前走，我这才意识到自己表错了情，他一定以为我是在可怜他。我走上前去拉他，被他粗鲁地推开，他回头望了望我，张了张嘴没发出声音。

顾亮对我说，知道哈佛大学里有句名言吗，机会已经来了，你准备好了吗?

顾亮，你还不明白吗，机会多得是，机会有很多，但都不是为我们准备的。有出国的机会，有考入名校的机会，有发财的机会，但都不是为我们准备的。

这话你还对谁说过?

我妈。

她怎么说?

她说，“怪谁啊。”

那王力呢，他有机会吗?

我怎么知道？也许有吧。

我打算在没有投出一篇稿的情况下参加那项全国性的作文大赛，王力也参加了托福考试。

暑假很快就来了，其标志便是一塌糊涂的成绩单，家长怒气冲冲的脸，游泳池的开放，墨镜、防晒霜的大卖，吊带、肚兜的流行。顾亮开始热衷于玩滑板、跳街舞，三天两头地到市中心和他那帮才认识的哥们瞎混，其目的是为了摆酷，吸引女生注意。

暑假的第二个星期，顾亮打电话给我叫我出来一下，说王力出事了。

和顾亮碰头后，他什么也没说，自顾自地走。我什么也没问，跟在他后面。我已做好了最坏的打算。顾亮把我带到四医院门口，然后说，王力在里面。

这是一家精神病院。

这是什么时候的事？我问。

一个星期前，托福考砸了，顾亮走到一座灰楼前说，王力在5楼。

楼道里的灯忽暗忽明，坐电梯上了5楼，顾亮朝着阴森森的走廊尽头一指，最后一间。

我心情复杂地跟着顾亮，猜想王力现在什么样子，整个楼层空荡荡的，不时回响起我俩的脚步声。顾亮因为穿着肥大的滑板裤，走路时发出沙沙的摩擦声。

推开门，看见一个穿病号衣服的人背对我们坐在病床上，顾亮故意将门弄出声响。那人转过头来。一股冷气从我脚底直冲上来。

我和顾亮走出医院，外面太阳大得要命，顾亮在太阳下眯着眼睛望着我，汗水不停地流。

干嘛？我问。

心里不好受吧，顾亮捞起身上的T恤擦了擦脸上的汗。

屁话，你好受吗？我有些厌恶顾亮满不在乎的样子。

关我屁事，顾亮说，我们自己还活得人模狗样的，没有精力也没有资格去同情别人。

在肯德基，我告诉顾亮我得写点东西。

写什么？顾亮问。

什么都成。我说道。

我告诉顾亮我准备参加作文大赛。那又怎么样，顾亮笑道。如果得了奖，就距出书成名跨进了一大步，我说。

肯德基里开始热闹起来，周围闹哄哄的。一个小孩拿着店里送的气球兴高采烈地向她妈妈跑去，结果一不小心摔倒在地，哇哇大哭起来，气球也飞向天花板，她妈妈见状马上过去抱她，哄她。顾亮说，你就那熊样。

作文大赛的获奖名单下来了，我连一个入围奖都没捞着。得到消息的那天，外面下着很大的雨。顾亮陪着我，我心里没什么感觉。顾亮倒是哭得挺厉害。他坐在墙角，将脸埋在双膝之间，没有发出任何声音，牛仔裤湿了一大片。

在游泳池里，我和顾亮比憋气，我潜入水底。水底很安静，我开始在里面思考一些问题，一些我一直闹不明白的事，比如说王力那事，比如说网吧的女老板，比如顾亮莫名其妙地哭，还有作文大赛……

当我被顾亮他们捞上来的时候正处于一种半昏迷的状态，我看见很多人影在眼前晃，呈现出一种温暖的黄色，耳边响起一阵奇异的海啸声。我的肚子不知被谁一下一下地按着，水从喉咙里冒出来时，将我呛醒了。顾亮说，你小子真不要命啊。我开始将自己关在家里写东西，然后寄出去。夏天的气温一浪高过一浪，又加之三天两头的停电，东西没写多少，人被折腾得不行。我开始烦躁不安。有时晚上停电，我便一人到阳台上抽烟，思考诸如以后的出路之类的问题。这时有人打电话过来，我去接，是顾亮的声音，李小天，你最大的失败就是把当作家看成是你的出路。我愤怒地挂掉电话。我将前面遮住眼睛的头发向后梳了梳。顾亮有时对我来说很可怕，他永远都猜得透你心里想的是什么。

我点了根蜡烛在写字台上，望着蜡烛上的火焰发呆。我把手放在稿纸上，摁出了一个汗津津的手指印。

我决定洗个澡，结果没洗到一半就熄火了。我满身泡沫地站在浴室里，摸着黑找打火机，结果一头撞在浴缸上。

在约好的地方和顾亮碰头。顾亮看见我头上的创可贴，没说话。我看见他拿着一把吉他。我俩谁也没说话。我俩一前一后，走到一个人烟稀少的角落，顾亮将他的吉他用力地向地面砸去，吉他发出“嗡”的声音，弦断了好几根，再一砸，吉他断成了两截。顾亮将吉他甩在一边，自己坐在街边将套头衫脱下，系在腰间。我站在顾亮身旁，安静地看着他抽完一根烟。他将头埋得很低。过了一会儿他对我说，我们走吧。那吉他呢。不要了。

那把吉他陪了他3年。

顾亮从兜里掏出一支粉笔，在一堵废墙上写“那一年你正年轻，总觉得明天肯定会很美，那理想世界就像一道光芒……”是许巍的《那一年》。

很久以后我才知道，顾亮一直都在给唱片公司写歌，只是一首也没被采纳。

我突然想起顾亮那天莫名其妙地哭。

顾亮说，我们本该一开始就不抱任何希望的。

很久以后我才知道王力变成那样并不是因为托福，而是为别的事。很久以后我才知道网吧的女老板捂着一只眼睛并不是神经质，而是因为她一只眼睛是单眼皮，一只眼睛是双眼皮，她认为不好看。很久以后我才知道顾亮和我一样，把自己的爱好看成了自己的出路。很久以后我才知道不管怎样，结果还是一样。

暑假结束了，其标志便是整天整天地赶暑假作业，感叹暑假过得太快，惊见整个暑假一事无成，成天念叨的高三也来势汹汹。

回到学校，没见到顾亮，过了一个月也不见他出现。3个月过去了，赵倩忍不住问我，我说，我哪知道啊，打电话，他家又没人。一个月后消息很快传来，有好几个版本。有的说顾亮考电影学院去了，有的说他们全家去了上海，有的说顾亮出国了，最离谱的一个便是说顾亮在吸毒。难以置信的是，更多的人相信顾亮吸毒，其表现是集体孤立曾经跟顾亮是哥们的我。

上自习课的时候，赵倩跑来问我顾亮是不是吸毒，我非常失态地朝她大叫，滚蛋。

后来全班都准备高考了，这事才算完。

我一直都闹不明白顾亮为什么平白无故地消失，那不是他的作风。但我知道很久以后我会明白的。

高三过得平淡无味，一点感觉也没有，也许是少了顾亮，发展到后来我连课都懒得逃了。高三过后，我不出意料地上了一所非常差劲的大学。在复读一年和进三流大学之间，我选择了后者。

我时常在想，如果顾亮在就好了。

顾亮会不会突然打电话，你小子别想我了，自己混吧。或者说点别的，都成。

我想顾亮死了都行，就是不能说没就没了。

我现在总是有个错觉，老认为自己还是17岁。当我开始学会沉默，当我开始懂得讨好，当我开始嫌平克的歌有些吵，当我开始安静不再胡闹时，我不禁悲从中来。我知道我永远都回不去了。

在某个暑假，天气特别的热，我和顾亮将套头衫脱下来系在腰间。顾亮来到一堵废墙边，用白色的粉笔写道，那一年，你正年轻……

我叫李小天，大二，曾经有两个死党，他们都以不同的形式离我远去。

深夜，在很冷的街头，我吻了赵倩，并将她紧紧地搂住，一如抱着我的青春岁月。

文/蒋蕊子

青春散场，陌路天涯。此时此景，物是人非。此情此忆，只为曾经的绽放。青春里，我们是群孩子，在青春里成长，我们肆无忌惮的张扬，遍体鳞伤的美丽，那些年教会我们的是成长，有爱，有伤，有落寞，有张扬……那些故事过了就忘记了，那些人走了就祝福着，祝福那些失去的，珍惜现在拥有的！

花，不曾开过

静静地看着窗外，看着天空中的那一抹忧蓝，那洁白的云朵如同透明的回忆一般。一首首动听的音乐在耳边响起，一阵阵清脆的笑声依旧响亮。

旧城的那一次生日，你送了我一颗精致包装过的种子。我把玩着那颗种子，忽然发现种子上刻着字——友谊万岁。你笑了，我也笑了，你的心思总是那么细腻，连送的礼物都是这样特殊。处女座的你总是那么爱完美，叮嘱我一定要好好照顾它直到它开出美丽的花朵。我知道，我会的，它是我们友谊的见证，我懂。

我每天给那颗可爱的种子浇水，那颗小东西终于在某一天发芽了，小小的，嫩嫩的，让我满心欢喜。我告诉了你，你嚷嚷着要去我家看那小东西。从六年级你说这话的那一天起，我就期待着，期待着你的到来，也期待着它的成长，期待着它开花，想象着你看到我把这小东西养得这样好而灿烂的笑容，我会心地笑了，因为隐隐看见你的笑容。

这小东西陪我度过了一学期，你始终未能来到我家看这个小东西，我却依旧抱有希望，依旧好好地照顾着这个小东西。我告诉你，它就在书房的窗台上，一直缠绕着我的栏杆往上爬，可就是不肯开花。

你正做着作业，随意敷衍我："好了好了，我知道了，我找个时间再去看它，这段时间要好好学习。"我继续地等待着、期待着，我在这份礼物上注入了太多的心血和精力，只是你还是没能来看，我能做的只有等待，等待这小东西开花，等待着你来看。

在离考试还有几周的时间里，教室里少了些欢声，那些笑语都被繁重的学习掩盖，没有多余的时间留给我们去悲伤，每晚都会接听或者拨出许多关于学习的电话。你从来不打给我，我也从来不过问你，因为我们一聊就没完没了，我们始终保持着这个默契。

就在考试完的那天下午，班上的同学开了个毕业聚会，难得去了一次歌厅，我们合唱着林俊杰和金沙的《被风吹过的夏天》，你的声音悦耳动听，我记得。你还说，这首歌是我们的歌，我们是一辈子的好朋友，无论怎么样，我们都不会欺骗或隐瞒对方。可是，你似乎已经骗了我，你依然没有看到那颗成长迅速的小东西，它已经长得好高好高了，比你，比我都要高了，我苦笑了一下，说，对！一辈子的好朋友，无论对方做了什么，都要原谅。你认真地点了点头，眼里满是坚定，却没有留意我眼底的哀伤。

就在领通知书的那天，我们都如释重负地笑了，笑得那么清脆，没有悲伤，也来不及悲伤，就这样，散场了。我还有些措手不及。我甚至忘了告诉你，那个小东西我不能带走了，它缠绕着栏杆一圈一圈，一直到栏杆的最顶部，只是，它依然没有开花，因为，它从来不会开花。

我轻轻闭上眼睛，想起那份特殊的礼物，我带不走它，它太过依赖栏杆，我不能带走栏杆。所以，它留在了那里，永远。我想找回它，却发现自己是多么的自不量力。耳机里传来熟悉的音乐："蓝色的思念，突然演变成了阳光的夏天，空气中的温暖不会更遥远，冬天已仿佛不再留恋……”

文/张玉铭

常言道：“纯真的友谊，绽放出五彩的花。”的确，只有真正的友谊才能开出最美丽的花。友谊并非甜言蜜语，而是彼此的心心相印，同甘共苦，同舟共济，它要靠行动来见证，需要相互之间来精心培养，细心浇灌，共同呵护这棵友谊大树。然而，花不曾开，你不曾来。我们的友谊也和青春一样，终于散场。

少年事

最终我们是会长大的，疼痛会过去的。而那些爱过的人，也就消失了。

12岁的时候，我有过少年的友情，是和学校里的一个同龄女孩。她的家和我的家隔了城市中央的一条河流。夏天下着暴雨的午后，我记得她撑伞等在楼梯的下端，来接我去她家里吃冰淇淩。潮湿的阴影里，她的面容像一朵皎洁的山茶花。我们在大雨中光着脚踩水。在她宽敞的家里一边吃冰淇淩一边看诗集。然后疲倦之后拥抱着睡在一起。她的浓密的长发散发出清香，在睡意蒙眬的时候兜了我一头一脸。我用手去拨，窗外是滂沱的雨声。

那时候我是一个不常和父母在一起的女孩。喜欢写诗，晚上睡觉的时候会面无表情地流下眼泪。她的家庭不幸福，父母感情不和，时有争执。然后有一天，父亲突然失踪。我们有彼此隐秘而艰涩的疼痛。都还没有长大，是肿胀的纯洁的花苞。想在彼此的灵魂里寻找一条通往世界的途径。而这个进入的切口，只能是给予彼此的爱。虽然这种爱，因为某种绝望，显得盲目而决绝，充满纠缠。我记得我们每天写信。即使在同一个班级里，每天都在见面。时间在剧烈的感情里，总是不够用。我们在信里写，我爱你。就像对这个尚未展开旅途的世界说，我要出发。

这种感情，现在看来，其实已如同一场初恋。

这段往事，使我对女性之间的友情，一直保持着某种信仰。在它里面，没有性，没有好奇，也没有激素的作用。只是因为彼此共同的愿望而靠近。我们就像两个敏感的贫乏的孩子，彼此拥抱取暖。这样纯洁静好的陪伴。

彼此之间，发生了许多的事情。有悲喜，有失落。很多记忆因为被埋葬，变得深不可测。

现在想起来，17岁之前的生活，也许是一生中最为残酷而凄艳的岁月。青春像一段黑暗的火车隧道，呼啸着奔驰。后来，我们很快就各自恋爱了。那时候总是以为恋爱能够彻底地拯救自己的孤独。在付出很多代价，耗费掉很多时间之后，才知道，这个想法是错误的。

十多年以后，我早已离开那个在市区中心有一条河流的南方城市。从南到北，一路在不同的城市里迁徙，寻找能够停留的地方。我开始写书，出版小说。我的生活，日益地桀骜和颠簸。但是少年时，我曾对她说过，我以后会写书，因为我要让别人知道我的疼痛，我们的疼痛，所有人的疼痛。

她最终嫁给了一个淳朴沉默的男子。结婚生子，平淡地工作，过着安稳的生活。

有很长一段时间，彼此失去了音讯。

然后，有一年夏天，我回家。偶然联系到了她，于是去见她。我还记得她最喜欢吃香蕉，在附近的水果店里买了一大串香蕉，还有一捧打着花苞的深红石竹。依然是暴雨的夏日午后，窗外有滂沱的雨声。她的长发已经不见，扎着粗糙的髻。憨稚的1岁幼儿在她的怀里酣睡。在彼此经历过了那么多繁华至极的恋爱之后，她已做了母亲。而我，依然孤身一人。我们没什么话说，一直地微笑，沉默。她让我看房间里一大缸的热带鱼。空气中有寻常生活的奶粉和灰尘的气味。我看到墙壁上她16岁时的照片，我也一直把自己一张少年时候的黑白照片带在身边。照片这样陈旧，而少女时候的笑容，却明亮得耀眼，明眸皓齿，让人伤怀。我们还是有着一模一样的喜好，和过去一样。

告别的时候，她送我。我把她的孩子抱在怀里。那小小的男婴，粉白可爱。生命的延续让人惘然。我们凭借着曾经给予对方的温暖和激情，已经长大。那段少年时的感情，就如同彼此寄居的蛹。当灵魂长出翅膀，各奔东西，蛹就成了透明的空壳。

十多年以后，我们各自成为虽然心怀感伤但甘心承担的女子，没有什么怨悔。在大雨中，平静地挥手告别。

当然，成年以后，也会继续拥有友情及对待友情的方式。心有愉悦，偶尔彼此相约，相处洁净并且节制。在上海，我曾遇见数个美丽而个性独特的女子，她们做自由撰稿，做唱片，做网络……我们在台风的夜里行走于大街上，用手护着打火机给彼此点燃一根烟。偶尔去酒吧买醉，聊起男人和点滴的往事，已然云淡风轻的口吻。从不把彼此带入自己的生活和工作。我们成为朋友，隔着一段距离，小心而轻柔，触摸对方的手指，却已经不需要皮肤的温度。

成年的友情，只能是给对方一些时间。我们都如此清醒，看到了时光的界限。

少年时那潮水汹涌般的友情，已经不见。经历过诸多人性的苍凉和命运的多舛，已不再需要倾心的付出去探知未来的结局。我们知道，最终我们是会长大的，疼痛会过去的。

而那些爱过的人，也就消失了。

文/安妮宝贝

友谊是每个人都期待的，而少年时代的友谊也非常珍贵，彼此真心而毫无保留地付出，然而，长大后生活是那么的仓促，少年时代的友情似乎突然间就消失得无影无踪。彼此间都充满了对彼此的爱，但又免不了世俗的影响，那些爱只能沉在心的最深处。也许以后不会再见，道一声珍重！人生若只如初见，何事秋风悲画扇？

树会记住许多事

如果我们忘了在这地方生活了多少年，只要锯开一棵树（院墙角上或房后面那几棵都行），数数上面的圈就大致清楚了。树会记住许多事。

其他东西也记事，却不可靠。譬如路，会丢掉（埋掉）人的脚印，会分岔，把人引向歧途。人本身又会遗忘许多人和事，当人真的遗忘了那些人和事，人能去问谁呢。

问风。

风从不记得那年秋天顺风走远的那个人，也不会在意它刮到天上飘远的一块红头巾，最后落到哪里。风在哪停住，哪就会落下一堆东西。我们丢掉找不见的东西，大都让风挪移了位置。有些多少年后被另一场相反的风刮回来，面目全非躺在墙根，像做了一场梦。有些在昏天暗地的大风中飘过村子，越走越远，再也回不到村里。

树从不胡乱走动。几十年，上百年前的那棵榆树，还在老地方站着。我们走了又回来，担心墙会倒塌，房顶被风掀翻卷走，人和牲畜四散迷失，我们把家安在大树底下，房前屋后栽许多树让它快快长大。

树是一场朝天刮的风。刮得慢极了。能看见那些枝叶挨挨挤挤向天上涌，都踏出了路，走出了各种声音。在人的一辈子里，人能看见一场风刮到头，停住。像一辆奔跑的马车，摔掉轮子，车体散架，货物附落一地，最后马扑倒在尘土里，伸脖子喘几口粗气，然后死去。谁也看不见马车夫在哪里。

风刮到头是一场风的空。

树在天地间丢了东西。

哥，你到地下去找，我向天上找。

树的根和干朝相反方向走了，它们分手的地方坐着我们一家人。父亲背靠树干，母亲坐在小板凳上，儿女们蹲在地上或木头上。刚吃过饭，还要喝一碗水，水喝完还要再坐一阵。院门半开着，能看见路上过来过去的几个人、几头牛。也不知树根在地下找到什么。我们天天往树上看，似乎看见那些忙碌的枝枝叶叶没找见什么。

找到了它或许会喊，把走远的树根喊回来。

爹，你到土里去找，我们在地上找。

我们家要是一棵树，先父下葬时我就可以说这句话了。我们也会像一棵树干一样，伸出所有的枝枝叶叶去找，伸到空中一把一把抓那些多得没人要的阳光和雨，捉那些闲得打盹的云，还有鸟叫和虫鸣，抓回来再一把一把扔掉。（不是我要找的，不是的。）

我们找到天空就喊你，父亲。找到一滴水一束阳光就叫你，父亲。我们要找什么。

多少年之后我才知道，我们真正要找的，再也找不回来的，是此时此刻的全部生活，它消失了，又正在被遗忘。

那根躺在墙根的干木头是否已将它昔年的繁枝茂叶全部遗忘。我走了，我会记起一生中更加细微的生活情景。我会找到早要落到地上没看见的一根针，记起早年贪玩没留意的半句话、一个眼神。当我回过头去，我对生存便有了更加细微的热爱与耐心。

如果我忘了些什么，匆忙中疏忽了曾经落在头顶的一滴雨、掠过耳畔的一缕风，院子里的那棵老榆树就会提醒我。有一棵大榆树靠在背上（就像父亲那时靠着它一样），天地间还有哪些事情想不清楚呢。

我8岁那年，母亲随手挂在树枝上的一个筐，已经随树长得够不着。我11岁那年秋天，父亲从地里捡回一捆麦子，放在地上怕鸡叼吃，就顺手夹在树杈上，这个树杈也已将那捆麦子举过房顶，举到了半空中。这期间我们似乎远离了生活，再没顾上拿下那个筐，取下那捆麦子。它一年一年缓缓升向天空的时候，我们似乎从没看见。

现在那捆原本金黄的麦子已经发灰，麦穗早已被鸡啄空。那个筐里或许盛着半筐干红辣皮，一直举过房顶，举到半空喂鸟吃。

“我们早就富裕得把好东西往天上扔了。”

许多年后的一个早春。午后，树还没长出叶子。我们一家人坐在树下喝苞谷糊糊。白面在一个月前就吃完了。苞谷面也余下不多，下午饭后只能喝点糊糊。喝完了碗还端着，要愣愣地坐好一会儿，似乎饭没吃完，还应该再吃点什么，却什么都没有了。一家人像在想着什么，又像啥都不想，脑子空空地呆坐着。

大哥仰着头，说了一句话。

我们全仰起头，这才看见夹在树杈上的一捆麦子和挂在树干上的那个筐。

如果树也忘了那些事，它便早早地变成了一根干木头。

“回来吧，别找了，啥都没有。”

树根在地下喊那些树和叶子。它们听见了，就往回走。先是叶子，一年一年地往回赶。叶子全走光了，枝干便枯站在那里，像一截没有走的路。枝干也站不了多久。人不会让一棵死树长时间站在那里。它早站累了，把它放倒。（可它已经躺不平，身躯弯扭得只适合立在空气中。）我们怕它滚动，一头垫半截土块，中间也用土块堰住。等过段时间，消闲了再把树根挖出来，和躯干放在一起，如果它们有话要说，日子长着呢，一根木头随便往哪一扔就是几十年光景。这期间我们会看见木头张开许多口子，离近了能听见木头开口的声音。木头开一次口，说一句话，等到全身开满口子，木头就基本没话可说了，我们过去踢一脚，敲两下，声音空空的。根也好，干也罢，里面都没啥东西了。即便无话可说，也得面对面呆着。一个榆木疙瘩，一截歪扭树干，除非修整院子时会动一动。也许还会绕过去。谁会管它呢。在它身下是厚厚的这个秋天，很多个秋天的叶子。在它旁边是我们一家人、牲畜。或许已经是另一户人。

那时候我的记忆是多么孤独。我将一个人沿着荒远的回忆之路，一直走去。我知道它们全在那里，一个布条一个头发丝都不会少；树、鸟、鸡、麻袋、米、筐和绳子、锨、农具、开门声和狗叫，连傍晚洒在落叶和锨刃上的细碎阳光，都一点没有流逝。

但我知道有些东西已永远地不在世间。

我走的时候，我是多么希望那些曾经的旧东西相伴身边。至少，能有一棵老榆树活在身边，与我共享全部昔年。

文/刘亮程

在作者笔下，所有的事物都具有了生命丰富深刻的内涵，它们和人融为一体，难解难分，共同阐释着世间的哲理和人生的奥秘。从全文看，树之所以“会记住许多事”是因为树从不胡乱走动，见证着人的生活。直至生命的最后一刻，树都会对人们生活中的遗忘或疏忽适时提醒。作者在满怀挚情的描述中，自然地寄寓着人生的况味。如结尾段中那片厚厚的秋天的叶子，衬托出树心中的孤寂和悲凉以及作者对人生的无奈与迷茫。

我也是个乡巴佬

一个朋友邀我参加他的生日Party，碰巧我的车坏了，想到时间还早，又好久没挤公车，想体验一下久违的感觉。那是一辆只标两头终点站的普通公车。快到终点站了，车上只剩三五个人，我留意到站在最后一排的一位女孩，17岁左右，枯黄的短发，肩背一个鼓鼓囊囊的布包，左手拎两个红塑料袋，眼睛慌乱地向外瞟，一副很担心、很恐惧的表情，不用问，是一个初到大城市的打工妹。

终点站到了，我下来，站在路旁等朋友的车。那个女孩眼巴巴望着经过的车辆，偶尔偷瞟我一眼，整了整快要滑落的袋子，横穿过马路，瘦弱的身子微微摇晃。东张西望了一会儿，又回头扫我一眼，想求助而又怕别人知道自己的困窘，几分钟后，她又提着东西，慌忙横穿回来。在离我约10米远的地方，她跟一个中年妇女比画什么，只听见那个女人骂了一句："乡巴佬！"我的心一紧，连忙走到她跟前，这一幕让我回想起我初到这个城市的情景。

我出生在一个山旮旯，那里几年前才通电，父母砸锅卖铁供我读书。10年前，我终于考上这个城市的一所重点大学。开学了，父母也要到广东打工，顺道送我到学校。那天原本让在这里打工的表哥来车站接我们，可他正在工作，老板不让出来。我们被困在车站大半天，情急之下，我打电话给表哥，决定自己搭车去他那里，他用方言告诉我坐哪路车，怎样看车号。等那号车过来时，我们慌慌忙忙搬东西，我拎着一床妈妈自缝的棉被，爸爸连扛带拎装有我的书、衣物的袋子，妈妈则抱着他们去广东带的蚊帐等生活用品。因为东西太多，人又挤，妈妈的衣角被车门夹住，我只好用普通话请求司机开门，他投来厌恶的一瞥。

车一路报站，我紧盯着车头的字幕，一个又一个站名，却没有我们所下的站。乘客一个一个下了，天也快黑了，我的心咚咚跳，偌大的一个地方，人生地不熟的，棉被里缝着父母辛苦攒着、亲戚们凑着的几千元学费。我瞅瞅父母，他们投以更加担心、迷茫的眼光。我从心底里恨他们，为什么不像别的父母那样，走南闯北打天下呢？可又有什么办法。在担心与怨恨交织中，车到终点站了，只剩我们三个人。司机是一个年轻的小伙子，他回头瞟我们一眼，问："你们去哪里？"我怯生生地从座位上站起来，朝他走去，用普通话跟他说要去的站名，他想了好久，又重复了一下那个站名，"没有这个站吧？不过我刚刚来，也不太清楚。"我紧盯他的脸，用颤抖的声音说："这样吧，我打电话给我表哥，你问问他，好吗？"带着乞求的神情，我屏住呼吸等他的答复，父母也眼睁睁望着。他跟表哥聊了一下，便说："我送你们到电视局旁边，等你们亲戚来接就是了。小姑娘，第一次来吧？你的普通话真标准。"

我几乎流泪了。那晚我们住在表哥宿舍。

经过自己的努力，我在这个城市拥有了自己的一个小公司，有了幸福的家，配了自己的车。而眼前的这个女孩，又把我带回10年前的那一幕。我小心翼翼地问她："你是不是第一次来？"她警惕地盯着我，脸涨得通红，我又用鼓励、真诚的眼神注视她，并脱下墨镜，"是吗？喔，10年前我也是个乡巴佬，现在也是。"她一听"乡巴佬"便放松了一点，我又问："你想去哪呢？"

她操着蹩脚的普通话，告诉我是来跟同村的姐妹打工的，她们说好在A车站接她，可现在找不到。原来她坐反方向了。

我的心隐隐颤抖，眼前浮现10年前那个司机的脸，于是打电话叫附近一个下属开车过来，打通那个女孩她姐妹的电话，直接把她送到那里。一路上，她偷偷盯着我们的后背，脸干干的。终于见到她的姐妹时，她才低低啜泣。

我10年前是个乡巴佬，和这个姑娘一样，是来这个城市追求某些东西的，如今也是，未来也会是，我始终努力着，一直不敢放松。

文/木本

不同的出身，必定会有不同的人生经历。在你看来非常容易得到的一样东西，在另一个人，可能要费九牛二虎之力，甚至付出沉重的代价。看完文章，忽然想起了一句话："我奋斗了20年，才能和你坐在一起喝咖啡。"一个农家子弟经过20年的奋斗，才取得和大都会里的同龄人平起平坐的权利，这是一代人的真实写照。面对城里人的目光，乡下人曾经是那么的自卑与无奈，曾经也为着摆脱"农门"而费尽心血，曾经千方百计试图将身上所有的乡土痕迹荡涤干净……但一切都是徒劳，因为他们身上的血液里就流动着"乡下人"的基因。但是，无论是乡下人还是城里人，如果失去追求的过程，即使结果再美丽，人生也将大为逊色。而勤奋或许便是追求之母，时代是追求的舞台。

我们的一生都在邂逅自己

那天，和几个友人围炉吃茶，其中一个友人说，其实，我们的一生都在邂逅自己。

邂逅自己，多么鲜妙的词语。

想想看，我们所找的所寻的人，大抵是我们类似的，或者灵魂最相近，最起码，某方面的感觉很相近。

不是吗？

小的时候读孙梨先生《铁木前传》，一下子喜欢上了，再读他的散文，更喜欢，后来一日，和朋友一起拜访过孙梨先生，他，果然是那种素淡之人。

再大一点，邂逅三毛，看肖全为她拍的一组照片，是在成都的茶馆门前，她寂寞的表情让我找到自己，我想，我也应该是点燃一支烟，赤着脚，长发披肩，然后万水千山走遍。

再后来，我邂逅小画大爱的丰子恺，喜欢他那“人散后，一钩新月天如水”的意境，理解了那颗护心之心。

……

还有那些朋友，与我一样有一颗脆弱而敏感的心，她们喜欢人间的烟火，等待着一个痴情人，知道桂花开了，细细碎碎的，空气里到处飘着花香，懂得享受白切鸡，艇仔粥，鱼肠粉的味道……

我们如此美妙地邂逅，其实是与另一个自己邂逅。

偶尔的一个机会，认识了一个女孩子，她喜欢旅行，一个人发呆，喜欢唱信天游，在她流着眼泪唱“白天我想你，拿不动针，到黑夜我想你，吹不灭灯，白天我想你，盼黄昏，到黑夜我想你，盼天明，白天我想你，墙头上爬，到黑夜我想你，没办法”时，我看到她眼里闪着动人的光。

就为那眼泪，我们彻夜长谈。

我们谈到那些微风中的晨光、卖菜的小贩、扫院子的老太太、路边的榆树、地上的枯叶子、好吃的羊蝎子、落叶和青苔之美，还有那种旷野的寂静，好像都是那么可爱，她说，“你在这里啊。”

我说，“原来你也在这里。”

一次长谈，我们成了朋友。

之后，我们常常一起去旅行，到西藏看落日，去丽江品苦丁茶。有时，也去一些极偏僻的小镇，我们喜欢边走边唱，喜欢搜集整理听那些快要绝种的戏曲，有一次，听到一个男人唱那种要饭调调的歌——妹妹，我想你想得肠子青，想你想得没缝缝……我们泪眼朦胧，她是我的另一个自己，我不过是与我邂逅。

当然，与一个城市的邂逅也是这样。

有的城市，去过很多次，可是，没有感觉，它不是你的，它与你隔着衣服，隔着温度，始终在云端。

有的城市，你刚一落地，就有了温热的地气，它与你，如影随形，贴心贴肺。

这，是另一种形式的邂逅。

有时候，与一段戏曲的邂逅，或者与一首歌的邂逅也是如此。

我记得飞机上听过一段戏，我根本听不清是什么曲种，反正它不是我听过的任何一个曲种，但那个旦角声音婀娜，以至于我来回听，两个小时，我一直在听那段曲子。

后来我看梅艳芳和张国荣演的《胭脂扣》，当他们对唱时，我终于知道，我为什么如此迷恋偶尔邂逅的那段曲子，因为它们如此之像——烟花散尽，无语泪双流，惟清音在耳，笑语盈盈处，是她和他情与爱的纠缠，旧戏台上的一幕，倒似我的前生与今世，这苍凉又妖娆的声音，与我偶然的邂逅，让我魂断。

这还是与自己的邂逅。

有一天，我看到了一张照片。

是一个女孩子，她穿了深色的长裙，中分的长发，半侧着脸，她的背后，是陈逸飞的画，她坐在一张木椅子上，呆呆地看着前面，眼里，充满了泪水，但是，那眼泪没有落下来。

而她的手里，有一支燃着的烟。

她的另一只手里，端着一只烟缸。

她就那样绝望而凄凉的看着远方，想必她在思念远方，或者，她失恋了？或者，她十分的孤单？

就在那一刻，我和另一个自己邂逅。

那应该是我，寂寞的、形销骨立的寂寞，眼里有眼泪，饱满的、生动的眼泪，可是，没有掉下来。

我的手里，应该有一支烟，正燃着，我吸，或者我不吸。

在那张照片前，我久久地无语，到后来，终于哽咽。

这，也是一场邂逅。

而最心疼的，应该是爱情的邂逅。

他与她，人生初相识，刹那间惊艳。一起去吃老北京前门的卤煮，看天津的杨柳青年画，一起去郊外看千树万树梨花开，她陪着他，看他写诗画画，他伴着她，夜听风雨，欣赏人间的烟火。

即使吃一碗面，他也嘱咐伙计，少放辣椒，他知道她怕辣。

他的画，她这样懂，那里面的苍凉与喜悦，只有她懂得，因为，他是画的她啊，她的细密心思和薄凉，只有他懂得。

这是最美丽的邂逅，如同危地马拉作家奥古斯蒙德罗索的短篇小说《恐龙》，整个小说只有一句话，当他醒来时，恐龙仍然在那里。就像每次她醒来，他仍然在这里。

一直在这里。

此刻，我站在阳台上，穿着藏蓝色布裙和红色的麻的上衣，手里缝着一个靠垫，这是给女友缝的，她喜欢一个软软的红色的靠垫，是我亲自去市场上选来的布，她在远方，我要缝给她。

我告诉她，我一直在这里，等待你。

她回了我的短信——你尽有苍绿。这是一首短诗，张爱玲评这首短诗时这样说，在苍绿中有安详的创楚，她不是树上拗下缺乏水分褪了色的花，倒是古绸缎上的折枝花朵，断是断了，可是非常的美。

她说我，你尽有苍绿，可是非常的美。

为她这句话，我知道，这场邂逅，是人生至美。

我也知道，人生如此之长，我还会不停地邂逅，但最美的，应该是邂逅自己，因为，只有自己最懂得自己，要什么，不要什么。

文/雪小禅

人生是一场旅行，我们一直都在前进的途中！仔细想想，我们一生忙碌，大抵是在追寻着与自己志趣相投的朋友，与自己配合默契、惺惺相惜的伴侣。我们在一次又一次的迷惘中逐渐长大，逐渐完善自己，逐渐明白自己需要的是什么。前行的路上，只有自己慢慢摸索，踏实坚韧，保持清醒，才能在万物众生中，感受美好，然后气定神闲地走下去。

下雨天，真好

我问你，你喜欢下雨吗？你会回答说："喜欢。下雨天富有诗意，叫人的心宁静，尤其是夏天，雨天里睡个长长的午觉该多舒服。"可是你也许会补充说："但别下得太久，像那种黄梅天，到处湿漉漉的，闷得叫人喘不过气来。"

告诉你，我却不然。我从来没有抱怨过雨天，雨下了十天、半月，甚至一个月，屋子里挂满万国旗似的湿衣服，墙壁地板都冒着湿气，我也不抱怨。我爱雨天不是为了可以撑把伞兜雨、听伞背滴答的雨声，就只是为了喜欢那下不完雨的雨天。为什么，我说不明白，好像雨天总是把我带到另一个处所，离这纷纷扰扰的世界很远很远。在那儿，我可以重享童年的欢乐，会到亲人和朋友，游遍魂牵梦萦的好地方，悠游、自在。那些有趣的好时光啊，我要用雨珠的链子把它们串起来，绕在手腕上。

今天一清早，掀开帘子看看，玻璃上已洒满了水珠。啊，真好，又是个下雨天。

守着窗儿，让我慢慢回味吧。我那时才六岁呢，睡在母亲暖和的手臂里，天亮了，听到瓦背上哗哗哗的雨声，我就放心了。因为下雨天长工不下田，母亲不用老早起来做饭，可以在热被窝里多躺会儿。这一会儿工夫，就是我最幸福的时刻，我舍不得再睡，也不让母亲睡，吵着要她讲故事。母亲闭着眼睛，给我讲雨天的故事。

雨下得愈大愈好，檐前马口铁落水沟丁丁地响，我就和着节拍唱起山歌来。母亲一起床，我也就跟着起来，顾不得吃早饭，就套上叔叔的旧皮靴，顶着雨在院子里玩。阴沟里水满了，白绣球花瓣飘落在烂泥地和水沟里。我把阿荣伯给我雕的小木船漂在水沟里，中间坐着母亲给我缝的大红“布姑娘”。白绣球花瓣绕着小木船打转，一起向前流。我跟着小木船在烂泥地里踩水，吱嗒吱嗒地响，直到老师来了才被捉进书房。可是下雨天老师就来得晚，他有脚气病，像大黄瓜的肿腿，穿钉鞋走田埂路不方便。我巴不得他摔个大筋斗掉在水田里，这样就不会来逼我认方块字了。

天下雨，长工们就不下田，都蹲在大谷仓后面推牌九。我把小花猫抱在怀里，自己再坐在阿荣伯怀里，等着阿荣伯把一粒粒又香又脆的炒胡豆剥了壳送到我嘴里。胡豆吃够了再吃芝麻糖，嘴巴干了吃柑子，肚子鼓得跟蜜蜂似的。一双眼睛盯着牌九，黑黑的四方块上白点点，红点点。大把的铜子儿一会儿推到东边，一会儿推到西边。谁赢谁输都一样有趣。我只要雨下得大就好，雨下大了他们没法下田，就一直这样推牌九推下去。老师喊我去习大字，阿荣伯就会去告诉他：“小春肚子痛，喝了午时茶睡觉了。”老师不会撑着伞来谷仓边找我的。母亲只要我不缠她就好，也不知我是否上学了，我就这么一整天逃学。下雨天真好，有吃有玩，长工们个个疼我，家里人多，我就不寂寞了。

潮湿的下雨天，是打麻线的好天气，麻线软而不会断。母亲熟练的双手搓着细细的麻丝，套上机器，轮轴呼呼地转起来，雨也跟着下得更大了。五叔婆和我帮着剪线头，她是老花眼，母亲是近视眼，只有我一双亮晶晶的眼睛最管事。为了帮忙，我又可以不写大小字。懒惰的四姑一点忙不帮，只伏在茶几上，唏呼唏呼抽着鼻子，给姑父写情书。我瞄到了两句：“下雨天讨厌死了，我的伤风老不好。”其实她的鼻子一年到头伤风的，怨不了下雨天。

到了杭州念中学，下雨天就可以坐包车上学。一直拉进校门，拉到慎思堂门口。下雨天可以不在大操场上体育课，改在健身房玩球，也不必换操衣操裤。我最讨厌灯笼似的黑操裤了。从教室到健身房有一段长长的水泥路，两边碧绿的冬青，碧绿的草坪，一直延伸到健身房后面。同学们起劲地打球，我撑把伞悄悄地溜到这儿来，好隐蔽，好清静。我站在法国梧桐树下，叶子尖滴下的水珠，纷纷落在伞背上，我心里有一股凄凉寂寞之感，因为我想念远在故乡的母亲。下雨天，我格外想她。因为在幼年时，只有雨天里，我才有更多的时间缠着她，雨给我一份靠近母亲的感觉。

星期天下雨真好，因为“下雨天是打牌天”，姨娘讲的。一打上牌，父亲和她都不再管我了。我可以溜出去看电影，邀同学到家里，爬上三层楼“造反”，进储藏室偷吃金丝蜜枣和巧克力糖，在厨房里守着胖子老刘炒香喷喷的菜，炒好了一定是我吃第一筷。晚上，我可以丢开功课，一心一意看《红楼梦》，父亲不会衔着旱烟管进来逼我背《古文观止》。稀里哗啦的洗牌声，夹在洋洋洒洒的雨声里，给我一万分的安全感。

如果我一直不长大，就可一直沉浸在雨的欢乐中。然而谁能不长大呢？人事的变迁，尤使我于雨中俯仰低回。那一年回到故乡，坐在父亲的书斋中，墙壁上“听雨楼”三个字是我用松树皮的碎片拼成的。书桌上的紫铜香炉里，燃起了檀香。院子里风竹萧疏，雨丝纷纷洒落在琉璃瓦上，发出丁冬之音，玻璃窗也砰砰作响。我在书橱中抽一本白香山诗，学着父亲的音调放声吟诵，父亲的音容，浮现在摇曳的豆油灯光里。记得我曾打着手电筒，穿过黑黑的长廊，给父亲温药。他提高声音吟诗，使我一路听着他的声音，不会感到冷清。可是他的病一天天沉重了，在淅沥的风雨中，他吟诗的声音愈来愈低，我终于听不见了，永远听不见了。

杭州的西子湖，风雨阴晴，风光不同，然而我总喜欢在雨中徘徊湖畔。从平湖秋月穿林阴道走向孤山，打着伞慢慢散步，心沉静得像进入神仙世界。这位宋朝的进士林和靖，梅妻鹤子，终老是乡，范仲淹曾赞美他："片心高与月徘徊，岂为千钟下钓台。犹笑白云多自在，等闲因雨出山来。"想见这位大文豪和林处士徜徉林泉之间流连忘返的情趣。我凝望着碧蓝如玉的湖面上低斜的梅花，却听得放鹤亭中，响起了悠扬的笛声。弄笛的人向我慢慢走来，他低声对我说："一生知己是梅花。"

二十年了，那笛声低沉而遥远，然而我，仍然依稀听见，在雨中……

文/琦君

作者回忆叙写了自己童年、少年、青年不同时期的下雨天的"好时光"。下雨天真好，因为多情的小雨滴，总爱在窗前轻轻唱着熟悉的旋律；下雨天真好，因为可以一整天逃学，有吃有玩；下雨天真好，因为可以坐包车上学，不必换操衣操裤；下雨天真好，因为可以溜出去看电影，邀同学到家里爬上三楼"造反"，偷吃金丝蜜枣和巧克力糖……下雨天真好，因为雨中流淌着欢乐年华的追忆，因为雨中涤荡着对至爱亲情的重温，因为雨中寄托着对传统文化的怀恋。这雨敲打的是怀旧的心音，思乡的温情。

光阴里开出蓝莲花

一直很喜欢旅行，特别是一个人旅行。一个人去过很多地方。其实去过的那些地方往往是前世之旅，比如当年去翡冷翠，完全是因为这几个字读起来活色生香。一意孤行的人在任何时候都会有奇怪的灵异之感，岁月和光阴在那些旅行的日子中生出青苔，而这些青苔带着另类的怀旧气息，无限迷离，又无限的美，虽然颓败，但直指人心。

还一直以为自己不是花，一定是一株田野里的草，在风雨中享受人生悲喜。但越活居然越倒回去，更喜欢从容地做一枝花。如果做，就是做一枝幽蓝的蓝莲花，有禅意的美。积尘缠绵的岁月，学会了欣赏与包容，虽然有风尘，但仍然有残香。

我每每喜欢上世纪30年代留下来的老房子，门把手反复磨出亮光，无奈的颓唐里，有我醉心醉意的缠绵吧？

记得小时候，早春，去放风筝，穿了外婆的家做棉袄，不喜欢穿，一定要那时流行的羽绒服，哭红了眼睛。现在想起来，连那棉袄上绣的小花，全是一针一线的温暖。那手工棉服，我后来在燕莎看过，贵得惊人，一针一线全是钱。如果外婆活着，把压在樟木箱子里的苏绣拿出来，一定艳惊四方。

当然，也记得喜欢一个人，拼命地喜欢，跑到人家窗下数那些铁艺栏杆上有多少花纹，完全的自我陶醉。少年的恋，充满了王尔德式的唯美，不允许那些坏染指。

每个人都向往一段伤感而浪漫的爱情，不，不过分。那样的单恋把自己的心冻成了一条鱼，在内心里，透明而冰凉，多年后惊醒，看到那条鱼睡着了，有好多爱情，不过是自己与自己的独角戏。

这么多年，轻易地就过来了，不，一点也不山高水远，其实就是白驹过隙——院子里拉着灯泡，父亲修着一台二手电视机。录音机是卡座的，放着邓丽君的《甜蜜蜜》，“啊，在哪里见过你？甜蜜笑得多甜蜜……”

母亲在院子里剥着花生，正是五月的黄昏，空气中有槐花香。我穿一双塑料凉鞋，抄写着老师留的10遍课文，仿佛永远也抄不完似的……

后来看到电视剧《甜蜜蜜》，邓超和孙俪演的少年恋人，在冰冰的河床上，她拉着他飞跑。真是喜欢，我也曾经那样疯跑过。冬天，在小城，在河床上，风把辫子吹散了，我母亲喊我回家的声音那么长。

我偷偷地点蜡看《红楼梦》，里面句句惊艳，简直是我的春风牡丹，遍地是可人可心的句子，让我垂手如明玉一般，十二三岁的少年，为宝黛发了疯。

上大学的时候，一年级住一楼，6个女生习惯跳窗去谈恋爱。楼门锁了，于是跳窗也去，犹如罗密欧与朱丽叶，美到不着边际。大雪天，清凉彻骨的气息钻进来，仍然要跳窗去谈恋爱。在星光下走，一人半瓶酒下去——那样的疯，只有青春能承受。当时想想是痴和疯，现在想起来，是不可复制的绝望的美。

爱吃母亲做的红烧肉，只放酱油和糖。那么重的糖，两三个小时在砂锅里，不停地炖啊炖，我简直等不及，闻着红烧肉的香味写作业，时光慢得要死掉一样。终于吃上，才觉得不枉等待的那阵美，有一种奢侈和浪费的美。这一点，和人生多么相似，盼望和等待的过程中，总比结束要美很多。

为了怀念少年时光，我无数次做红烧肉，用老抽和精选白糖，但没有一次做出那种味道来。给母亲打电话，母亲呵呵笑着，那是因为你长大了，小时候多穷呀。

有家土耳其烤肉店，大铁棍子上串上一圈烤肉，早晨的时候又厚又密，到了晚上，只剩下薄薄的一层——多像人生，总以为很厚很多，转眼就薄了淡了没了，转眼！就这么快！

高大的悬铃木伸出了新枝条，那些树上的毛毛飘落下来。最美的时候是在十一月，黄成一片风景，简直颓美到让人有自杀的想法。我步步为营，每天用数码相机去拍，直到拍光了最后一片叶子。冬天真得逼将过来，一步步，很凛冽，但著名诗人说过：冬天来了，春天不会远了。

光阴里开出的蓝莲花，是一种看上去温婉，其实却很放肆的美。因为更纯洁，更坚定，更知道要什么，不要什么。

它是一种强悍的风情，无人能抵。

不，不再轻易掉眼泪；不，不再轻易去爱一个人；不，不再蛮横地向生活索要。一切终会过去，喜欢的终归会喜欢。比如依旧偏爱红烧肉，虽然听上去不小资。迷恋苏打水，迷恋那双白色细帆布凉鞋，背着那个自己制作的草编包，神情旖旎地行走在一棵又一棵悬铃木之间。

我喝掉一瓶子苏打水。

又喝掉一瓶。

文/雪小禅

读雪小禅的文字，是心灵的一种修行。她的作品文风清丽唯美，字里行间演绎着爱情的真谛、生活的智慧，能触及读者敏感而深邃的内心世界。人有生有死，但只要活着，就要以最好的方式活下去。一树合欢，隔着旧光阴。青春年少，美艳妖娆，那是最好的时光。开是热烈地开，落是壮烈地落，人生若能做到如此，亦是完美。

人生多么好，你在歌唱

大概是1995年前后吧，我小学尚未毕业。没看过古天乐演的《神雕侠侣》，也没看过风靡一时的《莲花争霸》，原因很简单——家教太严，不允许。于是我只能听听音乐。所幸学校门口有一家正版音像制品店，我常去逛，辛苦攒下零花钱买磁带。那时的我并不知道，在那些磁带里，原来藏着对我最早的音乐启蒙。

那时，我听的是陈淑桦、潘越云、林忆莲、陈昇、齐秦、李宗盛、张艾嘉、张信哲、罗大佑、辛晓琪、万芳、周华健、苏慧伦、彭羚……直到今天，我仍觉庆幸，庆幸自己在最初接触流行音乐的时候，接触的是这些人。那些认真听歌的日子，对现在的我来说，已不仅仅是一段往事，而是一种情怀。

后来，随着互联网的飞速发展，各种音乐纷至沓来，很多制作人忽然间乱了阵脚。虽是“叠鼓新歌百样娇”，却仍令我忍不住有“人世已成非”的感觉。回望少年时代的那个音乐世界，但见浮光霭霭，皎月溶溶，那才是真正的难舍难忘。

当然，长大后的我仍旧一直在听歌，偶尔也会有惊喜的发现。正如2013年的早春，便是在一个歌声的娓娓娇啭中到来的，诗情画意，韵致嫣然。这位歌手，名叫曹芙嘉。

微微惊艳。像少年时初听潘越云，像大学时初听王若琳，心情分外雷同。不同的是她们各自的风格：潘越云性感雍容，王若琳慵懒自在，而曹芙嘉，却是素洁灵秀的。

清音低回，带着拈花微笑的从容。意象里有风吹浪卷的金色麦田，有朝露莹润的春草叶，以及心灵深处的憧憬。仿佛人间便是一道阳光铺洒的小路，人人悠然走过，无处忧伤，无暇落寞，只因那份希冀早就藏在了每个人的心里，只待一触即发。

曹芙嘉的歌声就具有唤起你内心希冀的能量。

经常地，为营造清涧垂溪般明媚的氛围，会在午后寂静的阳光中特意去放那类清婉悠然的歌，不像听摇滚那么亢奋，也不像听感悟类的歌那么费脑子，就在烂漫的旋律中忙东忙西，洗衣拖地，偶尔跟着哼唱两句，心情便能明媚起来。

曹芙嘉就是能让人心情明媚的歌手。

那些歌，往往清逸隽永，流畅而不恶俗，从头听到尾，你会觉得一直很舒服，一直很安静。

在不断的诠释与扮演中，久而久之，曲风会成为一个歌手的习惯。清逸，就是曹芙嘉的习惯。她有一副纯雅而多变的好嗓子，依赖于她过人的天赋与灵性，在别的歌手或卖弄嘶吼或哼哼唧唧或批量生产等各种不知所云的奋勇拼杀中，曹芙嘉微步凌波，一笑而过。

大概是先天条件太好，在追求音乐梦想的道路上，曹芙嘉一路举重若轻，水到渠成。一个女歌手具有动人的歌喉，本已难得，偏巧她的成长历程又很顺，现时处境又太好，而且姿容潇洒明丽，外带一份气质上的超然。这就不免会引起我等对于“造化钟神秀”之偏私的默默艳羡。

她虽不是那种动辄大制作的大牌歌手，也没有站在歌坛风口浪尖的华丽危机，但她单纯本真，灵秀健康的音质和与生俱来的天赋才是她拥有的全部资源。即便是翻唱红歌，同样是高洁壮阔的气魄，她以隽雅清逸的方式娓娓唱出，温柔处则愈显辽远，如异花初胎，似晨露新聚。

“在那青青的春草叶上，轻盈的露珠在摇晃。”当我再次审视意象里那片风吹浪卷的金色麦田和那朝露莹润的春草叶，以及我对音乐的挚爱，我忽然间领悟到——曹芙嘉的这种扑面而来的灵秀明慧，原是歌曲最本真的意义啊。在别的歌手尽意模仿前辈以求突破的时候，在别的歌手后期大量修饰堆砌以求白璧无瑕的时候，曹芙嘉施施然走来，一路坚持着本真的自己。平心而论，她的音质有瑕疵，不够纯净剔透，但这种纯出于自然的歌声，因为少了刻意的效仿与过分的拿捏，所以有着最原始的意义和美感，这才是歌曲诞生的初衷——为了表达本真的东西。

所幸曹芙嘉早早便知晓了这个秘密，如此早慧。难怪造化偏要钟神秀，那是因为她年纪轻轻便碰触到了音乐的灵魂呀。

遥想在1995年的音像店里，我小心翼翼地从口袋里掏出毛票凑够9.8元递给柜台里的人，然后郑重地接过一盘塑封的新磁带，那一刻，心中的满足与欢愉，难以言喻。及至磁带变成CD再变成MP3格式的文件，我的耐心大不如前，经常在挑歌与删歌中费尽时间，就在惊喜越来越少甚至完全失望的时候，一首欢愉烂漫的《佛跳墙》使我注视到了在金色麦田中舒展双臂仰望天空的曹芙嘉，那样优柔美丽。正如她那首名曰《美丽》的歌中所唱的那样：

美丽呀　花儿吐芬芳
美丽呀　你让我慌张
人生多么好　心在歌唱

是啊，人生多么好，你在歌唱。歌声的意象里幻化了一帧美景：

彼时，清歌缭绕，纸鸢飘飞，娇花浅草，马蹄自在，一切的一切，熏人欲醉……

文/也荻

“……美丽呀，倒影在心房；美丽呀，泪珠挂腮上；美丽呀，花儿吐芬芳；美丽呀，你让我慌张，人生多么好，心在歌唱。”人原本都是美丽的，活着原本也是美丽的，周遭所有的事即使是不舒服的事也是美丽的，因为人构成的社会就是一幅生动的美丽图景。唱吧！不管今天是大风起兮，还是天气晴朗；不管是游园惊梦，还是游龙戏凤，其实，如果心在歌唱，那么，人就是美丽的，人生便也丰盈。

一个孩子的星星梦

从前有一个小男孩，漫步山间田野，四处游荡闲逛，脑子里想着各种各样的事情。他有个姐姐，也是个小孩子，是他形影相随的亲密伙伴。他们常常终日神思遐想，对一切充满好奇。他们惊叹花的美丽，惊叹天空的高远和蔚蓝，惊叹明媚河水的幽深，惊叹上帝——这个可爱世界的缔造者——的仁慈和力量。

他们常常互相问询："如果有那么一天，假使世界上的孩子都死了，花和水还有天空，它们会感到难过吗？"他们坚信，它们会感到难过的。因为他们认为，"蓓蕾是花的孩子，山谷里奔腾的欢快的小溪是河水的孩子；通宵在天空中玩捉迷藏的那些最小的光点，想必是星星的孩子；当它们再也找不到自己的伙伴——人类的孩子，它们肯定都会伤心的"。

每天晚上，在教堂尖顶附近，墓地的上空，就会有一颗闪亮的星星先于其他星星，出现在夜空。在他们的眼里，它比其他所有的星星都更大更美。每天夜晚，他们都手拉手站在窗前守候着它。无论谁先看到那颗星星，都会大喊道："我看见星星啦！"而通常的情形是，他们会齐声喊起来，因为他们太熟悉它升起的时间和地方了。渐渐地，他们和那颗星星成了极其要好的朋友；每天就寝之前，他们都要向窗外再张望一眼，向星星道晚安；当他们转身准备入睡时，就会念上一句："上帝保佑星星！"

可是，在那样幼小的年纪，哦，非常非常小的年纪，他的姐姐就枯萎憔悴了。她变得太虚弱了，已经不可能在夜里站在窗前，于是那个男孩忧伤地独自望着窗外。每当他看到了那颗星星，他会转过身来对着床上那张苍白的面孔说道："我看见星星啦！"这时，一丝微笑会浮现在她的脸上，一个微弱的声音答道："上帝保佑我的弟弟和星星！"

不久，不幸的时刻来临了，一切都来得那么突然！从此男孩独自一人望着窗外；从此床上不再有任何面庞；从此墓地中多了一个从前没有的小小的坟墓，每当他泪眼婆娑地望着那颗星星，星星无垠的光芒照耀在他的身上。

如今，这些光芒是那样的明亮，似乎铺就了一条从人间通往天堂的金光大道，当男孩孤独地睡在自己的床上，他梦见了那颗星星，他梦见自己躺在床上，看见一队人在天使的引领下走上了那条金光大道。那颗星星四敞大开着，一个光明神圣的世界展现在他的面前，许多这样的天使在那里迎候他们。

所有这些在此等候的天使，用他们愉快的目光注视着那些被带到星星上来的人们。有些天使从他们站着的长长队列中出来，落到人们的脖子上，温柔地亲吻着，然后和他们一起沿着星光大道离开，他们在一起无比开心，小男孩躺在床上，高兴得哭了。

但有许多天使并没有和他们一起离开，其中有一张小男孩非常熟悉的面孔，那张曾经病恹恹地躺在床上的面孔，如今已变得容光焕发、光彩照人，然而他的确能够在天国所有的主人中找出他的姐姐。

他的天使姐姐在星星的入口处徘徊不前，逗留不去，问那位把人们带到彼岸来的天使长："我的弟弟来了吗？"

天使长答道："没有。"

她满怀希望地转身，准备离去，小男孩连忙伸出手臂喊道："噢，姐姐，我在这儿呢！带我走吧！"于是她转头朝小男孩看去，含笑的目光落在他的身上，然后，一切便陷入黑暗。星光在房间里闪耀，当他泪眼婆娑地望着那颗星星，星星无垠的光芒照耀在他身上。

从那次后，小男孩每次看到那颗星星，犹如看到自己大限来临时要回的家。他认为，自己不但属于尘世，也属于那颗星星，因为他的天使姐姐已经去了那里。

一个婴儿诞生了，小男孩添了一个弟弟。他是那么小，还从未说过一句话，在床上伸展着小胳膊小腿儿，死了。

小男孩又一次梦到了敞开的星星、成群的天使和一长列的人，天使用充满喜悦的目光注视着人们的面庞。

他的天使姐姐向天使长问道："我的弟弟来了吗？"

天使长答道："来了，但不是那个弟弟，而是另一个。"

当小男孩看到天使弟弟在天使姐姐的怀抱里，便喊道："噢，姐姐，我在这儿呢！带我走吧！"

于是她回过身来微笑着注视他。那颗星星在闪耀。

他渐渐长大，成了一个年轻人。一天，他正忙着伏案读书，一位老仆人走了进来，对他说道："您的母亲去世了。我带来了她对自己心爱的儿子的祝福！"

夜里他再一次梦到了星星，以及从前梦里的天使和人群。他的天使姐姐向天使长问道：

"我的弟弟来了吗？"

天使长答道："没有，你的妈妈来了！"

一声喜悦的惊呼响彻了星星的各个角落，因为妈妈又和自己的两个孩子重新团聚了。小男孩伸出双臂喊道："哎，妈妈，姐姐，弟弟，我在这儿呢！带我走吧！"

他们答道："现在还不行。"那颗星星在闪耀。

渐渐地，他步入中年，点点灰白慢慢爬上他的发际。一天，他心情沉重地坐在炉边的安乐椅上，涟涟泪水濡湿了他哀伤的面庞，这时，星星再一次打开了它的大门。

他的天使姐姐向天使长问道："我的弟弟来了吗？"

天使长答道："没有，但是他那没有出嫁的女儿来了。"

于是，这个曾经是小男孩的中年人看到了自己刚刚失去的女儿，一个天国中的生灵，在三位亲人中间。他说道："我女儿的头依偎在我姐姐的胸前，她的胳膊环在我妈妈的脖子上，她的脚旁是那位婴儿前辈。我能够忍受和她的别离，赞美上帝！"

那颗星星在闪耀。

就这样小男孩成了一位年迈的老人，他那曾经光滑的面庞如今布满了皱纹，步履迟缓而无力，背也驼了。一天晚上，他躺在床上，四周围站着他的孩子，他大喊了一声，就像他很久很久以前那样大声喊道："我看见星星了！"

孩子们互相低语道："他快不行了。"

他说道："是的。我的寿数就要到了，就像一件滑落的外衣马上就要离我而去了，我就要作为一个孩子走向那颗星星。哦，我的主啊，现在我要感谢您，感谢那颗星星常常开放，收留了那些等待我的亲人！"

那颗星星在闪耀；直到今天，它仍然闪耀在他的坟墓上方。

文/（英）狄更斯

这是一则关于生命与爱的寓言，更是抚慰受伤心灵的一剂良药。狄更斯写这篇小说之前，他的姐姐刚刚逝世，他把自己的情感融入到文字中，用丰富的想象向我们说明了他对姐姐的思念，说明了生与死之间的无奈。在慰藉自己的同时，狄更斯也告诉了我们一个道理：人与人之间的心灵是互通的，即便是隔阂在生死之间。所以，我们要加倍爱惜人间的真情，珍惜与每个人在一起的每段时光。人生苦短，每天都要好好地活过。只要有一颗向善与爱的心，就可以得到永恒的生命！

第五辑 转个弯便是幸福

不是每一个都市，都是喧嚣聒噪，转个弯拐个角，便是幽静恬淡、惬意自在！不是每天的心情，都是阴雨霏霏；转个弯拐个角，便是海阔天空、风轻云淡！不是所有的爱情，都是纠结心碎，转个弯拐个角，便是下一站，幸福在等你！

绊倒你的也许就是个金块儿

19世纪中叶，美国的淘金者日渐增多，清贫的霍斯也怀揣着发财梦。当得知许多人都奔向一个蕴藏金矿的峡谷时，霍斯毅然放弃了给别人在农场干活的工作，加入到淘金者的队伍中。就在通往那个山谷的路上，由于月黑风高，又下着小雨，狭窄的弯道十分湿滑，霍斯在匆忙赶路中，不慎被一块大石头绊倒，顺着山坡滚落下去，醒来后他发现自己被一位好心的老人救起。因为伤势严重，霍斯足足在老人的小屋里躺了好几个月，才能跛着脚下地慢慢地活动一下。

腿摔骨折了，拖着一条残腿，霍斯无法再去淘金了，想着自己成了一个不能养活自己的废人，霍斯偷偷哭了起来。这一举动被老人发现了，老人想帮助霍斯，于是带着霍斯来到他跌倒的那个山谷。老人指着前方一块块淤泥堆积的土地，满脸自信地告诉霍斯："孩子你看，当日我就是从这块土地上把你救起来的，这可是上帝送给你的肥沃的宝地啊。"

踩着松软的淤泥，霍斯露出了笑容。熟知农活的他知道只要勤加开垦，就会在这块土地上收获颇丰。他知道自己该在哪里淘金了，于是立刻向老人借来种子和农具，在那个被人遗忘的山谷里忙碌起来。

在霍斯辛勤地劳作下，土地上的农作物长势良好。秋天来临，霍斯获得了大丰收。那片被无数淘金者忽略的不起眼的土地，果然变成了老人预言中的神奇聚宝盆。霍斯的腰包马上鼓了起来。接着，他又断断续续地开垦了一些土地。几年后，霍斯还雇用了许多菜农、果农和种植工，开开心心地当上了富裕的庄园主。与之相比，那些淘金者把整个峡谷掘得满目疮痍，却只有极少数人发了财，绝大多数的人花光了本钱，流尽了汗水，只赚得失望而归，有人甚至还为之付出了生命的代价。回忆起当年自己被那块石头绊下山谷的情景，已是腰缠万贯的霍斯心中暗自说道：当年绊倒我的那块石头，如今已经变成了金块，它让我懂得了该到哪里才能掘到自己的金子。

在成长的过程中，跌倒是常有的事，人生要得到欢乐就必须能承受跌倒带来的伤痛，这是对人的磨炼，也是一个人成长的必经过程。有的人跌倒一次便意志消沉，一蹶不振，甚至痛不欲生；有的人经历了无数次跌倒，仍然能够坚韧不拔，百折不挠。他们懂得收集好每一次把自己绊倒的石头，激励自己，鼓舞自己，最终获得了成功。以前的跌倒是必须经历的东西，而那些石头，此刻在他们眼里已经成为了金块。

1924年，一场大火把美国家具商尼科尔斯的家烧了个精光，其中包括他准备出售的家具。尼科尔斯面对满地狼藉，一片废墟，痛心不已。

不甘心的他四处寻找，希望还能找到一点什么。忽然，一块已经被烧焦的红松木吸引了他的注意，它的形状很独特，而且上面还有漂亮的木纹。

尼科尔斯用一块碎玻璃小心翼翼地刮去红松木上的沉灰，用砂纸打磨光滑，又在上面涂了一层清漆。最后，他看到了那块烧焦的红松木呈现出一种温暖的光泽和特别清晰的木纹。他忍不住惊喜地狂叫起来，灵感显现的他由此制作出了仿纹家具，生意也因此变得异常火爆。

有人评论说："尼科尔斯独具特色的家具像一只在火灰里死而复

生的不死鸟一样蓬勃兴起。”一场意外的大火，烧掉了尼科尔斯的一切财产，但同时也烧出了他的灵气与希望。现在，尼科尔斯创造的第一套仿纹家具收藏在法国博物馆。从跌倒中看到希望，挖掘机遇，绊倒尼科尔的是石头，也是金块。是石头，是因为他在这次火灾中变得一无所有；是金块，是因为他由此抓住灵感，开创了自己人生的新路途。

当你走得很顺的时候，你看不到自己的不足和弱点，只有当你被绊倒了，才会反省自身，看到自己的弱点和不足，并认真加以总结改进。所以说，挫折就是人生的催熟剂，我们都应该感谢那些绊倒我们的石头，而不是躲避它们。利用好这些石头，它们就能变成金块，让你拥有一生的财富。

文/张笑恒

成功者之所以能够成功，就是因为他们在走到无路可走的境地时，反而找到了成功的希望。事实上，人生必须要经历磨难才能完美！我们要感谢挫折，因为它让你学到了以前不具备的品质，使你更加成熟；感谢天灾，因为它磨炼了你的意志，使你变得更加坚强。

梦里又飞花

梦里又一度，落花纷纷。

是坐在你的车后，怀抱一束鲜红的玫瑰，那种血也似的欲滴的鲜红，一路长发迎空飘扬。在我们的身后，是一望无际的田野和蓝天白云，远处有一列拉着汽笛长鸣的火车，拖着浓浓的白烟，渐隐在遥远的天边，便有片片落花翩然入怀，世界五彩缤纷。

醒时在你身旁，却满脸的泪痕——是因为幸福漾得太满太满，以至于在心内有些承托不住？

那一日，我是你的新娘。

那一日，当妈妈满心欢喜地把我交到你的手里，我就知道：今生命定，不能再回头，从此每一个日夜，我都要与身边这个人共同拥有，无论幸福，无论苦难；而那个天真烂漫的少女时代，从此只能成为儿时窗前的风铃，摇响记忆的回音。

那一夜，满天的繁星在梦中流连，惟有两颗是同伴，彼此情依万千，彼此长久相守。

世上有一种姻缘，惟爱是尊，惟情是本，无数长风斜过时，握住一缕在手心，不一定最美丽，不一定最温馨，却是最最情深，最最心悸。缘生缘落的，都始之于我们生命深处的情之结，是恩是怨，都深在其中了。

于是那一年的冬天，那个很冷很漫长的冬季，架在你我生命中一栏天梯，站在那栏天梯上，你告诉我你终生的选择，我突然明白：我所梦想的惊心动魄的那一刻，却在这蓦然回首之中的平静无声的夜色里，那个前世既定的缘，就这样不知不觉地在我面前漾出一脉情海，无边无际。

沐浴爱河，晶晶溅出的，是青春少女的熠熠光彩，流溢在发梢，在唇角，在轻轻飞扬的脚底。

也曾有过万千阻拦，告知这爱情的开始便是结束，更曾有过情深情恨的聚聚离离，但那栏铁定的天梯上，依然有一个你在那冰冷而漫长的冬季，那没有戴手套却总是滚烫的双手，紧紧地温暖着我冰凉苍白的指尖，我的心怀在寒意瑟瑟中，依旧暖流如注。

于是我坦然地把手插进你的衣袋，轻轻地松了口气，然后告诉你：带我回家。

我不知道这栏天梯究竟有多长，但我知道每一步踩在脚下的都是心甘情愿的真真实实，每一时每一刻都无怨无悔。两个人相约到白头，自己来证实这样的情是否真心，是否相爱如初，不然又怎能知道，这样的爱，是否合情？

于是在那个冬阳下的雪野里，每日午后，都有一对少男少女牵手漫步其中，在他们的身后，是皑皑的白雪和苍翠的青松。

忽在某一日的早晨，醒来发现身边与我共枕五年的这个男人脸上竟也有了皱纹，再也找不到多年前那栏天梯上握我手的男孩的影子，才省悟到这个“缘”字已经揣了近十年，这个姻缘所兑现的现在就是这样的两个人的家。每一个早晨，两个人推车出门相向而去，就带去了彼此的一份挂牵。每一个傍晚，独守一盏孤灯，听到你的脚步声从一楼响起，直到重重的敲门声响。

这样的每日每夜，循环往复，不再有大起大落的悲欢离合，也不再企望爱情的如火如荼。如今我们已不再年少，曾经光洁的额头日渐爬上纹路，平平实实的生活中有一份宁静祥和的安谧，夜晚对坐灯下，各自做着互不相干的工作，不需言传，便能体会出彼此的心意，那种片刻千金的平常人家的心怀。

历经了近十年的爱情印证，我们所理解的爱不再是海誓山盟和大喜大悲，而是生活中的高山流水，是轻风细雨，是每日你归来的脚步，是我手下烫洗干净的衣裤和在外面采撷的一把野草，是平淡又平淡的日日月月。

如果我们能够体会到这种平淡之中的幸福，能够在一粒沙中见世界，能够在锅碗瓢盆中品味出坦然，那么这就是生命中的一个大境界了。我们所期待的，不正是这样的一种德行？

爱情如是，人生亦如是，我们常常所自勉的淡泊明志，宁静致远，便在此罢了。

今夜梦里，又一度，落花飞扬。

仍是那样的梦，醒时仍是你握住我的手。四周，却是一片白色的茫然，你坐在我床前的木凳上，背景是医院长长的走廊和来回穿梭的白衣，头顶上的吊瓶里，滴滴液体，正缓缓渗入我的脉管。

你像守望麦田的老农，三天三夜守护在我的床前，眼帘没有合上片刻，满眼里血丝，满眼是痛。给你讲这个梦，讲梦中的你我神采飘逸，梦中的落花飘飘洒洒……讲这个梦时，你的眼中闪过一丝忧郁。

我黯然：难道这个梦，是在预示着什么？

无数次，我用剧痛的头去撞击墙壁，无数次，去拔手上的针头——我受不了，我不要再治疗！可无数次，被你死死按住双手，拧着眉头的你心疼地喊：你一定要坚持！因为我要你活！

惟有这声暴喊，我明白了我的生命，早已不仅仅属于我一个人，维系着两个完整生命的，是超越一切的至情至信，它不只是一个承诺，它就是那栏架在你我生命中的天梯，缺少一个，都会塌掉。

你紧紧地攥住我无力的双手，任何时候，你的双手都是无言的力量。你说：现在我们是在拳击场上了，我们必须还手，我们是赢家。

当我再度躺在手术台上，心里的勇气已足够，因为陪伴我的不单单是你的坚定，更有那窗外皑皑的白雪和苍翠的青松，犹如许多年前那个漫长而又寒冷的冬季——我们的初恋时节。

终于迈出白色的病房，春天已悄然坐在门外，你从远处采来一束野花递到我的面前，我抱在怀里，像五年前做你的新娘一样，我挽住你的手臂，轻轻地对你说：带我回家！

你跨上自行车，我坐在后面，与梦中的情景一样，只是不再有长发迎空，身后都是一样的蓝天白云，我把手中的鲜花撒向天空，顿时，满天的落花纷扬。

文/程黛眉

没有轰轰烈烈的爱情，没有卿卿我我的浪漫，没有海誓山盟的承诺，没有天荒地老的约定；只有淡淡地相守，默默地依偎。于是，我们知道，有一种爱情叫不离不弃，相濡以沫，生死与共。即使困难重重，依然会感到幸福，因为有你在我身边。这才是真正的爱情，这便是永恒。

你能成为生活的主宰

人应该展望未来，真正认识自己拥有的一切。

钻石宝藏

100多年前，美国费城的6个高中生向他们仰慕已久的一位博学多才的牧师请求："先生，您肯教我们读书吗？我们想上大学，可是我们没有钱。我们中学快毕业了，有一定的学识，您肯教教我们吗？"

这位牧师名叫R·康惠尔，他答应教这6个贫家子弟。同时他又暗自思忖："一定还会有许多年轻人没钱上大学，他们想学习却付不起学费。我应该为这样的年轻人办一所大学。"

于是，他开始为筹建大学募捐。当时建一所大学大概要花150万美元。

康惠尔四处奔走，在各地演讲了5年，恳求大家为出身贫穷但有志于学的年轻人捐钱。出乎他意料的是，5年的辛苦筹募到的钱还不足1000美元。

康惠尔深感悲伤，情绪低落。当他走向教堂准备下礼拜的演说词时，低头沉思的他发现教堂周围的草枯黄得东倒西歪。他便问园丁：

“为什么这里的草长得不如别的教堂周围的草呢？”

园丁抬起头来望着牧师回答说：“噢，我猜想你眼中觉得这地方的草长得不好，主要是因为你把这些草和别的草相比较的缘故。看来，我们常常是看到别人美丽的草地，希望别人的草地就是我们自己的，却很少去整治自家的草地。”

园丁的一席话使康惠尔恍然大悟。他跑进教堂开始撰写演讲稿。他在演讲稿中指出：我们大家往往是让时间在等待观望中白白流逝，却没有努力工作使事情朝着我们希望的方向发展。

他在演讲中讲了一个农夫的故事：

有个农夫拥有一块土地，生活过得很不错。但是，当他听说要是有块土地下面埋着钻石的话，他只要有一块钻石就可以富得难以想象。于是，农夫把自己的地卖了，离家出走，四处寻找可以发现钻石的地方。农夫走向遥远的异国他乡，然而却从未能发现钻石，最后，他囊空如洗。一天晚上，他在一个海滩自杀身亡。

真是无巧不成书！那个买下这个农夫土地的人在散步时，无意中发现了一块异样的石头，他拾起来一看，晶光闪闪，反射出光芒。他仔细察看，发现这是一块钻石。这样，就在农夫卖掉的这块土地上，新主人发现了从未被人发现的最大的钻石宝藏。

这个故事是发人深省的，康惠尔写道：财富不是仅凭奔走四方去发现的，它属于自己去挖掘的人，只属于依靠自己的土地的人，只属于相信自己能力的人。

康惠尔进行了7年这个“钻石宝藏”的演讲。7年后，他赚得800万美元，这笔钱大大超出了他想建一所学校的需要。

今天，这所学校矗立在宾夕法尼亚州的费城，这便是著名的坦普尔大学——它的建成只是因为一个人从朴素的故事里得到的启迪。

这个故事告诉我们生活的最大秘密——在你身上拥有钻石宝藏。你身上的钻石宝藏就是潜力和能力。你身上的这些钻石足以使你的理想变成现实。你必须做到的只是更好地开发你的“钻石”，为实现自己的理想付出辛劳。

只要你不懈地挖掘自己的钻石宝藏——不懈地运用自己的潜能——你就能够做好你想做的一切。你就能够成为自己生活的主宰。

从囚徒到明星

一个名叫R·热佛尔的黑人青年，他在很差的环境——底特律的贫民区里长大。他的童年缺乏爱抚和指导，跟别的坏孩子学会了逃学、破坏财物和吸毒。

他刚满12岁就因为抢劫一家商店被逮捕了；15岁时因为企图撬开办公室里的保险箱再次被捕；后来，又因为参与对邻近的一家酒吧的武装抢劫，他作为成年犯被第三次送入监狱。

一天，监狱里一个年老的无期徒刑犯看到他在打垒球，便对他说：“你是有能力的，你有机会做些你自己的事，不要自暴自弃！”

年轻人反复思索老囚犯的这席话，做出了决定。虽然他还在监狱里，但他突然意识到他具有一个囚犯能拥有的最大自由：他能够选择出狱之后干什么；他能够选择不再成为恶棍；他能够选择重新做人，当一名垒球手。

5年后，这个年轻人成了全明星赛中底特律老虎队的队员。底特律垒球队当时的领队B·马丁在友谊比赛时访问过监狱，由于他的努力使R·热佛尔假释出狱。

不到一年，R·热佛尔就成了垒球队的主力队员。

这个青年人尽管曾陷于生活的最底层，尽管曾是被关进监狱的囚犯，然而，他认识到了真正的自由，这种自由是我们人人都拥有的，它存在于自由选择的绝对权力之中。我们所有的人都有这种权力。

R・热佛尔也可以推脱说："现在我在监狱里，我无法选择，我能选择什么呢？"但他说的是，"我能够做出决定。"

这种自由选择的权力是你作为自己生活的总统所拥有的最有力的工具。这种权力是区别人和动物以及其他存在物的特征。

世界上许多人说无法选择，就不存在什么个性自由。他们认为决定人的行为的只是机遇。这种说法是比较偏激的。国际著名的精神病学家V・富兰克在第二次世界大战时曾被关进德国集中营。他研究了自己的思想，还与别人交谈。以后，他得出结论说："只有一种东西是不可剥夺的：那就是人类的自由——在任何情况下选择自己态度的自由——选择自己独特的行为方式的自由。"

因此，我们看到自己有选择权。我们能够选择。大多数人的问题是不想选择，因为我们一旦做出选择，便要承担责任。正因为如此，有些人一碰到自己做出的决定是错误的时候就去责备别人，或者推诿拖拉再也不肯做出决策了。然而，为了谋取生活的成功，我们必须做出自己独立的选择。我们必须运用自己自由选择的权力。作为自己生活的总统，你每天、每个小时都可做出自由的选择。

你必须做出选择：你可以轻视自己，也可以诚实地对待自己；你可以觉得自己是人微言轻的无名之辈，也可以心灵充实；你可以办事拖拉，也可以马上就做；你可以整天自寻烦恼、牢骚满腹，也可以心平气和地应付一切；你可以遵循箴言来生活，也可以按照别的生活原则生活；你可以对生活悲观失望以至逃避，也可以充满信心地投入行动；处世为人你可以选择善良，也可以选择罪恶；你可以毁坏一切，也可以奋起建设新生活；你可以成为你理想中的人，也可以满足现状停步不前；你可以忠于职守，也可以逃避责任。

有关这一切的选择权都在你身上。

因为你是你生活的主宰。

文/（美）鲍勃·摩尔

多少人生活在纸醉金迷的生活中，多少人挣扎在百无聊赖的平凡中，又有多少人止步于明日复明日的徘徊中。是什么使我们丧失了年轻的梦；是什么让我们选择了堕落沉沦；又是什么将使我们老大徒伤悲？可能你已经清楚地意识到自己才是罪魁祸首，解铃仍需系铃人。只有你才能拯救自己，因为你拥有选择自己下一步的权利，因为你是你生活的主宰！

融化了的旧时光

我是80后生人，童年生长在湖北乡村。那时候既没有空调也没有冰箱，炎热的夏天里，能吃上一根冰棒，就是难得的享受了——我们管冰棍叫“冰棒”。

卖冰棒的人往往在午后最炎热的两三点钟出现在村口，顺着“冰棒——吃冰棒——”的叫卖声望去，一个晒得黝黑的汉子推着一辆二八式的自行车来了，车后座上放着一个被棉袄包裹得严严实实的箱子——箱子里就是香甜冰爽的冰棒啦！

我眼馋地盯着那渐渐走近又渐渐远去的冰棒箱子，一边纳闷为什么大热天冰棒箱子还要穿大棉袄，一边想着怎样才能吃到冰棒。

乡村里经济拮据，两角钱一个的冰棒可不是谁都舍得买的。牛皮纸水泥袋或者废旧塑料、牙膏皮也可以换冰棒，只可惜那简直是要千年等一回。隔壁的小福趁他爸妈不在家，把他爸爸的拖鞋拿去换了一根冰棒，被他爸好一顿胖揍——那双拖鞋还是大半新的呢！

小福挨揍的事给我敲了警钟，我的小算盘被狠狠地掐灭在萌芽状态了。看来只能老老实实等家里的牙膏赶紧用完，或者凉鞋早点穿坏了。

这天下午，卖冰棒的人又来了，声音和平日有些不同，喊得也格外诱人，“冰棒啊——又甜又香的大冰棒啊——”我忍不住用热切的眼神看向妈妈。妈妈说，好吧好吧，给你买一个。说着她拿了钱，到门口喊了一嗓子：“冰棒，这里！”

那卖冰棒的男人居然认识妈妈，他说：“哎呀，怎么是你啊？这是你女儿？”

妈妈也认出了他，也很意外，问：“你怎么卖起冰棒了？”

男人嘿嘿笑道：“赚点油盐钱。”妈妈搓搓手说：“要不，进屋喝口茶？”

男人摆摆手，连说：“不了不了。”说着，他突然想起了什么，连忙掀开那个被棉袄包着的冰棒箱子，一下子拿了五根出来，对我说：“来来来，吃冰棒吃冰棒！”妈妈连忙说：“不用那么多，一根就够了。”

两个人推让着。那男人说什么也不肯收钱，把一堆冰棒往桌子上一放，就急急忙忙推着车走了。妈妈拿着钱的手停在半空中。

我早就等不及了，喊道：“妈，冰棒都融了！”

妈妈连忙找来四个小搪瓷杯，把五个冰棒一一拆了包装纸放进杯子里。妈妈说：“咱们家四个人，一人吃一个，你吃两个！你去把这两根冰棒送给爸爸和哥哥。”

爸爸在鱼塘，哥哥在村小学上学。看在两根冰棒的份上，我毫不犹豫地答应了，手里端着两个搪瓷杯子一路小跑地完成了任务。等我气喘吁吁地跑回家，两根冰棒都已经融得只剩下半根了。那融化了的冰棍水，又冰又甜，真好喝呀！

那个下午，我感觉实在太幸福了，急不可耐地去找小福炫耀，一直玩到傍晚才回来。刚进门，我就听见爸妈在吵架。

“真好意思，还吃人家的冰棒！要换了是我，半根也不给你！”这是爸爸的声音。

“那你也吃了啊！有本事你吐出来？”妈妈说。

妈妈看见了我，马上把目标转向我：“你个小鬼！玩得脑壳都绿了吧，这么晚才回，还不快去洗澡！”

那天夜晚，爸爸一个人气哼哼地躺在里屋，没有出来和我们一起乘凉。妈妈冲屋里撇撇嘴，说：“小气鬼，让他自己在屋里捂痱子吧！”

我问妈妈：“爸爸为什么生气啊？”

妈妈笑着说：“你爸爸晚上醋吃多了，肚子痛。”

喔，这样啊！我若有所思望向夜空，繁星在微风中闪啊闪，不知不觉我就躺在竹床上睡着了。

第二天醒来的时候，我已经睡在里屋的床上了，外面大亮了。我一骨碌爬起来，哥哥已经上学去了。妈妈说稀饭和菜都留在桌上了，让我自己吃，他们要去摘棉花。

我睡眼惺忪地坐在饭桌前准备吃饭，回头一看，爸妈正在往院子外走——他们居然手拉手呐！

不知怎么，我突然脸红了。

长大一点后才知道，那个卖冰棒的，以前跟妈妈相过亲。

很多年后，我问妈妈：“你爱我爸爸不？”妈妈愣了半天，似乎从来没有想过这个问题。她说：“嗯，反正，他是个好人。”

文/青蓝

“嗯，反正，他是个好人。”母亲的一句话，向我们展示了一种简单朴素的爱情。没有海誓山盟的誓言，也没有更多的理念，只有一条——嫁鸡随鸡，嫁狗随狗。这样朴素的爱情却让以前的许多夫妻白头偕老，尽管他们的婚姻也难免会有些磕磕碰碰，但在生活的颠簸中仍携手前行。反观我们这一代人，轰轰烈烈地谈恋爱，热热闹闹地办喜事，稀里哗啦地离婚。爱情是有了，因爱围成的城池却并不是那么牢固。在物欲横流的时代，我们又该如何守住我们的爱情？

时光深处

我们家并不富裕，可是我们家里拥有一样东西，它总是多得好像要溢出来。

是的，那是快乐。我们小小的家根本装不下那么多的笑声和快乐，它总是会从窗子和门缝里悄悄地流出去，感染每一个经过我们家门的人。

父母加起来已经差不多100岁了，可是他们还是会等到我们睡着了，偷偷地溜出去，手拉手地在月光下散步。

有一次，母亲下班晚了，父亲已经做好了饭，却怎么都吃不下。他让我们先吃，开始不过是在阳台上观望，后来实在是忍不住，还是下楼去了。我在阳台上看见父亲站在路口，专心地望着母亲平时归来的那个方向，连视线也没有转移一下，直到母亲骑着单车的身影出现。

父亲迎上去，母亲也下了车。如同是练习了千万遍，我一直看着都没有看出单车是怎么交到了父亲的手里，母亲的背包又是怎么转移到了父亲的肩上。他们一路上都在絮絮叨叨地交谈，也不知道在说什么。其实由中午2点到现在的7点，他们不过才分开了5个小时，可是在爱情里的人们，是不是会觉得分开了一个世纪？

事隔多年，我仍然记得那天天气很好。傍晚的夕阳暖洋洋地照着大地，橘红色的阳光洒在我父母的身上，就如同是童话里的人物走出了书本。

真好。

父亲常常对我们说起他和母亲的初遇。那时母亲才18岁呢，也不认得他是何许人。年轻的女孩面孔白皙，眉毛细长，嘴角笑起来微微上翘，脸颊上有一对小小的酒窝。两条长长的发辫，走起路来在纤细的腰肢后摇摆，极娇俏可爱。

父亲的描述带着很明显的感情色彩，他记忆中的母亲简直就是一个貌如天仙的女子。

他说，那时他见了就想，不知道哪家的小伙子会有这福气，把这女孩娶回家呢。

他说在一大群农村女孩子里，母亲是极出众的，因为母亲从小跟我外公走南闯地的做生意，可以说是见多识广，能干泼辣，那些束手束脚的土妹子和我母亲简直就是没得比。

在我眼里，母亲不过是个普通的妇人，根本谈不上美丽。当然，情人眼里出西施。在父亲的眼里她是不一样的，在父亲眼里母亲永远是当年那娇俏可爱的小女孩。

父亲极宠母亲。在我的记忆里，只要父亲在家，母亲就从不下厨，家务好像母亲也不大会做，最有意思的是，只要是母亲爱吃的东西，父亲从来不碰，也不许我们兄妹碰。

母亲从嫁给父亲以后，就享受着公主般的待遇。只不过是落难公主，我的意思是我们家里没有什么钱。

年纪大了，母亲开始有些唠叨，常常会强词夺理地指责父亲，有时连我们都听不下去了，可是父亲并不介意，反而倒杯水让母亲润润喉咙。

母亲并不是美人也不温柔，也并不善于操持家务，她甚至连饭也不会做，那么父亲爱她什么？

所以有时我觉得这一切只有一个字可以解释，那就是缘。

记得有一次我们一家人围在小小的客厅里看电视，是那种最初的12寸的黑白电视，我们三兄妹唧唧喳喳不停地争论女主角甲漂亮还是女主角乙漂亮，吵得不可开交。父母也在一旁笑着看我们笑闹，他们一向是很开明的。

记得父亲那时在抽烟，他慢条斯理地弹弹烟灰，开口说他要说一句公道话。

我们都安静下来听父亲裁决，包括母亲，大家的目光都集中在父亲身上。

我说，父亲看看身边的母亲，脸上荡漾起温柔的笑，缓缓地说道，谁会比得上你们的妈妈漂亮？

全场哗然，我们三兄妹怪叫起来。我分明看见已届中年的母亲轻轻推推父亲的臂膀，低声笑骂了一句什么，并极快地扫了我们一眼，脸颊上慢慢泛起淡淡的红晕。

父亲得意地呵呵大笑，顺势倒在沙发的扶手上。

谁还想看什么电视呢？我们一拥而上，包围母亲，逼她讲她第一次见到父亲的感觉。

其实我们早就已经听过N遍了，可是百听不厌。

我们很喜欢听父母讲他们当年的事，他们也很有意思，也愿意说，我们常常很快做完作业，就围坐在他们身边听他们讲那真实的故事。

母亲拂拂头发，开始讲故事。

那时啊，我们公社有个人说要给我介绍对象，我也到了适婚的年龄，于是你们的外公就让他带人来见见。母亲说到这里，抬眼看看微笑的父亲，接着说：那时你们的爸爸又黑又瘦，不过因为他穿着军装，也显得很精神。

是啊，姐姐随口附和，男孩子穿上军装是显得很威武。

威武？母亲用的是反问句，她挑挑眉毛，侧脸看看父亲，然后说，他？

我们兄妹三人为之绝倒。

父亲笑得几乎把手里的烟掉在身上，强忍笑容警告母亲，你别诋毁我的高大形象。说着握住母亲的手，惩罚似的稍稍用力握了握。

现在想来他们在很明显地打情骂俏，但是这样的场面极温馨，我们这些不懂得爱情的孩子心里都可以强烈地感受到他们之间那深深的爱意。

母亲轻笑，那一脸的幸福啊，真让我感动。那一刻我想，以后我也要嫁一个可以令我笑得如此动人的男人。

母亲接着往下说：当时介绍人把他带来，说了半天话，把你们的爸爸夸得天花乱坠，我却开始担心起来。

你担心什么啊？哥哥插口。

你不知道啊，母亲抬手抚着自己好容易退去红晕的脸颊，细声细气地说，他在我家坐了整整半天，可是却没开口说过一句话，连明显的表情都没有。

父亲不识趣地插口：你们不知道我当时多紧张。

我们嘘他，父亲故意装作生气的样子，但是我们不怕，因为经验告诉我们这时他是不会真正地生气的。

果然，母亲只是把被父亲握着的手稍稍晃了晃，就把父亲的笑容摇回来了。

真是一物降一物。母亲面向我们绘声绘色地描述：当时我悄悄地拉过我爷爷对他说，爷爷你去和他说句话吧，去试试他，这人怎么都不开口呢？别是个哑巴。

我们哄堂大笑，父亲红了脸一面笑一面申辩：这说明我老实。

一家人笑成一团。

父亲在他46岁那年去世。

那时母亲才45岁。

母亲一直是个极倔强坚强的女人，可是这次，她却完全地被击溃了。父亲刚刚去世的那段日子里，常常在夜里听到母亲房间里传来极力抑制的哭声。

几乎是每天早上，母亲的眼睛都是红的。

姐姐悄悄对我说：如果我被这样宠爱了二十多年，也会知足的，生离死别总是难免的，人生本来如此，多少夫妻同床异梦？像妈妈这样被爱了一辈子的女人有几个？妈妈这样悲伤对身体可不好。

是的，我看了姐姐一眼，大道理谁都会讲，可是谁又能做到呢？

随着时光的慢慢流逝，母亲恢复了平静。

我们尽量还是不让母亲做家务，但是她却不肯，母亲开始学做家务了。只是有一次她做饭时问我：这糖醋排骨是先放姜蒜还是先放糖？我告诉她，好一会她才缓缓地说，都一把年纪了才学做饭，真是会让别人笑话呢。

我默然。

父亲已经去世5年多了，我们也不大听到母亲夜里的哭泣，以为母亲已经从悲伤里解脱出来。

我们三兄妹甚至开始计划着为母亲寻觅一个合适的老伴，来陪伴母亲孤独的生活。

当我们鼓起勇气对母亲说我们的打算时，母亲并没有像我们想象中的大发脾气。她只是说：我和你们的爸爸早就约好了，无论谁先走一步，都不再婚。否则我们以后怎么相认呢？

我们听得毛骨悚然。

母亲微笑，复说他真是好运气，比我先走一步。

真的，我无声战栗。是的，如果日后我也有一个如此恩爱的夫婿，我也不要他先离我而去。

事情过去7年了，母亲已经当了奶奶，她的脸上又重新绽放恬静的微笑，也肯说些以前的故事给我哥哥的孩子听。

我们心安很多，都以为母亲已经习惯了没有父亲的日子。

直到有一天，我从睡梦里醒来，恍惚中听见母亲从外面回来，轻轻地关上门，轻声地回到自己的房间。

我很疑惑，悄悄起身来到母亲房间前，母亲房间里透出昏黄的灯光，恍惚中我听见母亲在喃喃自语：今天有点凉啊，是不是？还好我加了一件外衣。你冷不冷？我们今天走得比昨天要远，还真有点累呢。可能是我真的老了……

我越听越心惊，母亲该不是因为失去了父亲，受不了这打击，而……透过门缝我看见母亲坐在床沿，在昏黄的灯光下，母亲显得如此年轻。

母亲没有发现我，她低眉垂目地凝视手中的什么。顺着她的目光，我看见母亲手上拿着父亲的相片，仍然在低声絮语，我看见相片上的父亲对母亲微笑着，那笑里有说不尽的温情。

一滴晶莹的泪珠悄然从母亲脸上滑下，落在父亲的相片上。

我看见母亲微笑着，如父亲所说，母亲笑起来嘴角微微上翘，面颊上露出一对小小的酒窝。

文/曦微

人世间有一种悲剧，是每个人都躲不过的，那就是丧偶。即使爱情再牢固，再“地久天长”，终有一天会被这个“悲剧”所拆散。文中的父母便是如此，他们不幸没有实现“执子之手，与子偕老”这人世间最美好的预言，阴阳永隔，但他们又是何其幸运，在短暂的生命中得到了一个可以“白首不相离，结发为夫妻，恩爱两不移”的伴侣。人生最大的悲剧，不是失去，而是从未得到过，因为失去是迟早的事；经历过，爱过，也就此生无憾了。

梧桐树下的埋伏

那年她17岁，暑假住在乡下的奶奶家，半为避暑，半为写生。

那是一个山清水秀的地方，极其偏僻，民风淳朴。碰到他是在一个傍晚，她躲在村里那棵最老的梧桐下偷偷地吹口琴，是著名的《茉莉花》，吹着吹着就跑了调。这时，旁边传来一声轻笑，她转过头看到他。他站在不远处，瘦瘦的身子，一副忍笑的表情，滑稽极了。

她又羞又恼，转身跑了，兀自气了一晚上。原想趁假期把口琴练好，让那些总是笑她的同学大大地吃一惊，不料轻易地被人发现了，还是一个鬼头鬼脑的家伙。

次日清晨一开门，她听到“哎”的一声，一个纸团便掷到她身上。抬头看去，昨天那个瘦瘦的身影已飞奔而去。她拾起纸团，上面写着昨天她吹曲子的错误之处以及纠正的方法。

她的脸烫起来，像考试作弊被人当面揭发。她赌气地把纸团扔了，想了想，她又捡起纸团，照着上面的话细细练习。

从此，她和他之间便形成了默契：每天傍晚她到老梧桐树下吹口琴，他在不远处静静地听。次日清晨，便有一个纸团放在她家门口的石凳上。

在他的指导下，她的琴技日益提高。她怎么也想不通，一个山里的孩子怎么会有那么高的音乐造诣？她从未问过他，仿佛一开口便会破坏两人之间那种纯美的境界。

最后一次在老梧桐树下吹完曲子后，她没有立即离开，她隐隐地感到应该有什么事情发生。果然，他走过来，站在她身后。她说："我明天一早就要回去了，和奶奶一起走，明年参加高考，以后可能不会再来这里了。"她低着头，仿佛是在自言自语，心里却在盼着什么。

他说："明年我也会参加高考。你走后，我给你写信吧。"她依然低着头，没说行，也没说不行。他又说："把你的地址给我吧。"她微微地回头，大胆地看了他一眼，他静静地看着她，眼光平和淡定。她有些失望地垂下头，一种别样的自尊令她什么也没说便走了。

第二天清晨，她把一张画了一个假期的水彩画藏在老梧桐树的树洞中。如果他对这个夏天、对这棵老梧桐树下的琴声有着和她一样的眷恋，那么他就一定会发现这张水彩画，发现她写在水彩画背面的地址。

但是，故事就这么草草地结束了，她从没有收到过他的信。她想，也许一切很简单，他教她吹口琴只是出于热心。她隐隐感觉到的那种说不清道不明的东西，只是她一厢情愿的臆想罢了。

填报高考志愿时，她放弃保送上美术学院的机会，在所有的志愿栏里填写了音乐学院。不得不承认，那一段记忆她无法释怀，即使选择是一场只有她这一个角色的苦情戏，她也仍然希望拥有与他相近的人生。

后来她大学毕业，留校做了音乐教师，个人问题迟迟未解决。她也谈过几次恋爱，但每次都无疾而终。其实那些人的条件也不错，可她总觉得少了一点东西。

再次碰到他是在一间茶社，突如其来，没有丝毫心理防备。他高了，却还是那么瘦，多了一份成熟。他也没有想到，眼中是不加掩饰的狂喜和无措。

这时她才知道，他出身于音乐世家，“文革”时父亲被下放到一个小山村，他是村里唯一考上大学走出大山的孩子，音乐天分极高却最终填报了一所美术学院，希望在同一领域遇见她。

他眼睛一眨也不眨地看着她，仿佛一眨眼她就不见了。那一刻，她终于在他眼中找到了当年她想看到的东西，她若有所动，可是想起留在梧桐树洞里的水彩画和那些苦等他来信的日子，她迷惑了。

他看出了她的心思，苦笑着说：“那幅画后面只有你的地址没有名字，我没法写信给你。”

似有炸弹在她的脑中轰然炸开，当年，她居然忘了留下名字！她哭笑不得，没想到这些年来关于他的种种猜测、失望和心伤，竟然缘于自己的疏忽。

此时相见，百感交集，更多的是为那些错过的岁月深深痛惜。为了遇见彼此，他们都傻傻地改变了自己的志愿，让所有本该快乐的青春都独守寂寞。

她和他的故事被传为佳话。他最好的朋友每次相聚总忘不了调侃：“本来是怕你总是闷在屋里抱着口琴吹那曲老掉牙的《茉莉花》会闷出病来，才强拉你陪我去散心的，没想到白送了你一个媳妇。我不蹭你们家的饭蹭谁的饭？”

文/张帆

那是年少时的相遇，我们还是如此的年轻。带着绿色的梦，命运的鸣响拉长了天际，分离，是我们各自前行的努力。时间就这样折叠了好几个岁月，我们都长大了，一直以来，我们让本该快乐的青春独守寂寞，努力在对方应该在的世界中寻觅着，始终一无所获。所幸命运还是青睐我们的，那些错过的岁月终于得到了补偿，让我们再次遇见彼此，从此再不分离。

舞在指尖的翼

这是我第一次触摸文字，暖暖的阳光将我的心撕裂。

这是我第一次短信情缘，也是我生命中唯一的爱恋。

我叫暮色。当然这是我在短信网络上的注册名。我毕业于一所名牌大学，在政府部门工作，公务员，23岁，上海人。奇怪自己为什么在一个虚幻的聊天网络填上如此真实的资料，但是我知道，我只能真实地活。

在手机上翻看着许多的名字和资料，不知道自己想干什么，也许只是无聊。深夜的暗黑里，蓝色的屏幕上闪现：蝴蝶，23岁，天津人，没什么文化，在酒吧做DJ。我的手指在键上舞动着，很快发出了问候："你好，蝴蝶，睡了么？"不到一分钟，蝴蝶回了信息："我好想他，真的。"我问："想你男朋友吗？""是，有时候我会想到心痛，你能明白这种感受吗？"蝴蝶用手机打字很快，我能想象得出她纤纤的指尖轻触按键的样子，就像是蝴蝶的翅膀吧。我不无嫉妒地说道："你男朋友真幸福，你们那么相爱，一定会有美好的未来。"然而蝴蝶没有再回信息。时间指向午夜两点，夜色如水。

第二天一早就收到蝴蝶的信息："不好意思，我昨天不小心睡着了。"我问："你每天都睡那么晚吗？""是啊，我在酒吧做DJ

嘛。”“做DJ的，你的声音一定好听得要命。”“可是我长得不好看，你呢？”“我？如果你见到我的话一定会说：‘这家伙怎么那么帅，过分。’呵呵，我朋友都这么说，发誓不骗你。”她停了一会儿回我：“我们约定不上网不打电话不见面，好么？”我表示赞同，大概是因为心灵的空虚才会选择这种方式排遣，我并没有无聊到打算以此为媒介来找一个女朋友。何况我们在不同的城市。何况蝴蝶有一个她深爱的男友。

那是周末，我们整整聊了一天。蝴蝶问我的理想是什么，我告诉她：“一栋房子，一辆车，一个幸福的家。可以在闲暇的时间和家人一起到郊外踏青。现在我有了房子和车子，可那个幸福的家却缥缈得看不见影子。”蝴蝶很是羡慕地说：“你那么年轻能有现在的成就已经很不容易了，相信缘分到了，你一定会得到幸福的。”我仿佛看见了蝴蝶真诚的目光，于是在那个暖暖的下午，我们约定做一辈子的朋友。

渐渐地，开始了解蝴蝶，我觉得她并不像她资料里写的“没什么文化”。她的语言优美，俨然一个才女作家的气势，不过她从来不说她读过什么书，写过什么东西。我试探着问酒吧的一些情况，她真的可以对答如流，看来也许是我的错觉吧。她也总是有意无意地试探我的真伪，她知道很多法律知识，常常突然袭击般地考我，幸好我真的是像资料写的一样学法律，否则一定会被她揭发得体无完肤。然而我无论如何也无法把那种酒吧里呼风唤雨的女孩和这个脆弱似蝴蝶一般的女孩联系在一起。

直到蝴蝶哭了的那个夜晚。她说：“我和我的男朋友没有未来，可是我好爱他。”而后她承认骗了我，把事实全盘托出。她还在大学读书，学中文；她有一个在酒吧唱歌的男友，有着先天性心脏病；她有一个不幸福的家，离异的父母和两颗破碎的都需要她的心。在那一刻，我的心忽然间疼痛。我竟然不可自拔地喜欢上了这个女孩。我喜欢得没有理由。我的心已经随着她舞在指尖上的翼而飞到了千里之外。

蝴蝶显然不能接受我的表白，她甚至连心中的一点空间也不留给我。她把她的全部都给了她的男友，那个幸福的男孩，她叫他夕阳。因为他们最美丽的回忆就是那男孩骑着单车带她去看夕阳。我能想象得出，他们这样性格迥异的一对，结合是多么的不容易。据说夕阳是个漂亮男孩，开朗，但忧郁。蝴蝶对我说："当我爱上一个人的时候，就绝不可能再爱另一个人。"那天下午我第一次喝酒，为了一个素未谋面的女孩。我喝了40° 的白兰地，蝴蝶说她喜欢这种酒。睡了整整一个下午，在梦里和人打架，还受了伤。醒来的时候浑身无力，夕阳从窗户里透进来，特别美丽。我很冷，但我不断地吃着冰淇凌，蝴蝶说她喜欢冰淇凌。

我生病了，烧得很厉害。一个人住很大的房子，没人照顾，我想念蝴蝶。打开手机，我以为会有蝴蝶的留言，可惜没有。一滴眼泪不知不觉地滑落。我在深夜里给蝴蝶写信息："如果我死了，就把我的心脏捐献给夕阳。"想不到她还没睡觉，马上回了我："不许你胡说！给我好好活着。""告诉你，爱不需要理由，只要你幸福，我无所谓。"说这话时，我的心剧烈地绞痛。她告诉我："蝴蝶不可以太感动，求求你别说了……蝴蝶不可以爱上别人，蝴蝶只爱夕阳。"我什么也不想得到，我没有任何企图，真的。哪怕只是她的声音，她的样子。我只是在孤独的时候，莫名地爱上了一只蝴蝶的影子。

我靠疯狂地听音乐来阻止自己想蝴蝶。我喜欢爱尔兰风笛，也喜欢黑色金属的摇滚。我尽量把这个大我27天的女孩当妹妹看待，我逼迫自己不许爱上她。可是我每个周六的晚上还是会陪她一起看电影看到很晚，看《屋顶上的轻骑兵》，看《乞力马扎罗的雪》。哪怕早上她会在5点钟就把我叫醒，我也愿意。因为没有人陪她，夕阳不在她身边。是伟大，还是傻？是伟大，也是傻。她的信息我总会在收到的一分钟之内回复，我不愿让我喜欢的女孩等待。等待是残酷的。命运已经对她很残酷了，虽然我没权利给她幸福，但至少可以让她快乐。

暮色飞扬的傍晚，我开车回家。蝴蝶发来信息："在干吗？如果在开车就别回信息了，注意安全。"我微笑着回复她："放心吧，我不会有事。"发送成功的一刻，我撞上了对面开来的卡车，在医院里躺了整整一个月。我没告诉蝴蝶。

住院的日子里，只有那部快被我摁烂的手机做伴。我唯一的乐趣就是接收蝴蝶的信息。常常会久久地盯着屏幕，只为等待她一句不足二三十字的话。我知道我很傻。我告诉她："没有爱情使得我几近完善的生活有了一份残缺美，你的出现就像是暗夜里的灵光点燃了我沉寂已久的心。"我甚至愿意为这种虚幻的爱毫无止境地付出，不问结果，不求回应。在某个痛苦的夜里，我不停顿地给蝴蝶写信息："我知道你很爱你的男友，我不算什么，我真的希望你们能幸福。""只要你高兴，无忧无虑，我就心满意足了。我不奢求得到你的感情。""但愿老天能给你好日子，否则我和他拼命。""你曾开玩笑说把你的左心房留给我，我真的很高兴，但是我知道不可能，你把你的全部都留给夕阳了，但是，你能给我一个细胞吗？"最后的这条信息把我自己弄哭了。然而所有这些话我都保存在了手机里，没有发给蝴蝶，我不能为难她，蝴蝶不要感动，她不能背叛爱夕阳的信念。

出院的那天，我心情格外好，发信息告诉蝴蝶："真希望你能来上海看我。"医生说我最好再做个全身检查，这对我有好处。然而拿到检查结果的那天晚上，我却一夜没睡，"白血病"三个字深深刻进骨髓里。虽然只是怀疑阶段，但我已无形中给自己下了判决。也许上天是公平的，我太过一帆风顺了。而令我自己都惊讶的是，听到这个噩耗的时候，我的第一反应是，我终于可以为蝴蝶做些什么了。譬如把我的心脏给夕阳。

我继续在手机中储存信息："不治之症。在确诊之前我想去找夕阳。""蝴蝶，我死了，我的心还能和你在一起，这是上天对我的恩赐。""如果有来生，我会第一个对你说，我爱你……"我把手机关掉，扔进了办公桌，然后飞到天津去找夕阳。辗转找到蝴蝶提及的那间酒吧，却没有见到夕阳。朋友说他刚刚被送进医院。我赶去医院，像个傻子一样问所有人："这里可以做心脏移植手术吗？把我的心给他！""你疯了！就是有这种技术，我们也不可能拿活人开刀！"我被医生呵斥着。"可是我得了绝症，活不久了。""我没有权利剥夺你活着的每一分钟。"医生的话让我想起蝴蝶曾说过："我们没有权利浪费活着时的每一分钟幸福。"

夕阳经过抢救，脱离了危险。整个过程中，没有见到蝴蝶出现。那个病榻上的漂亮男孩冲我苍白地笑："她去上海找你了。"沉默了很久，他抬起毛茸茸的眼睛："要是你真心喜欢她，就给她幸福吧。我是个没有明天的人，我不想拖累她。"我心里莫名地疼痛，蝴蝶真可怜，竟然遇上两个没有明天的男孩。

夕阳把她的照片拿给我看。一个清瘦却异常美丽的女孩。

我回到上海，在公司看见了蝴蝶留下的信：

暮色：

我来单位找你了。他们为了证实我是你的朋友，拿出了你的手机查看电话簿。我不是有意看你的信息的……为什么会这样？这不公平！你必须马上回来复查。我这就回天津找你。

蝴蝶

蝴蝶，真的是无缘吗？我来了，她又走了。打电话给她，关机。去医院复查，医生向我道歉，白血病只是一次小小的误诊。我只是那些日子太过疲惫，贫血得厉害，所以让他们误会了。误会，这真可笑。

但我没有力气追究，我多想找到蝴蝶，想要见上她一面。可是蝴蝶飞走了。当她回到夕阳身边的那一刻，我想我再也没有机会拥有她了。尽管挽回了我的明天，却永远地失去了蝴蝶，这值吗？

我把误诊的事情发信息告诉了蝴蝶，却没有勇气再打电话给她。我怕她对我说："我好爱好爱夕阳，我不能接受你。"我也怕自己违心地说："我不在乎，只要你能幸福。"我只好持续播放着手机的铃声，那首《轻舞飞扬》是蝴蝶最喜欢的歌。蓦地，我发现那铃声早已不是我自己播放的，而是真的有来电，屏幕上写着"蝴蝶"的字样。我急切地去接听。突然，断电了。手机没电的瞬间，我的心也彻底凉了，难道无缘的蝴蝶真的只能是舞在指尖的翼？那暗夜里绚丽的黑色蝴蝶，那对薄薄的脆弱的翼，那美丽的女孩，那荒凉的梦。

我在绝望中过了好些日子。

一个阳光明媚的下午，蝴蝶发来信息："也许你可以到复旦大学门口来接我放学。"我惊异了好一阵子。她把电话打过来，声音甜甜的，正如她自己标榜的那样，倾国倾城。"夕阳说他都被你感动了，我没理由不给你机会。我认识夕阳两年，也公平地给你两年的时间。"我窒息着。她在电话那头笑："考上复旦的研究生好难啊，差点要了我的命。"她继续说着。我恍如梦中地听着。她清澈地笑。我静静地流泪。

爱情真美。

文/明月天

生命本来就是一场漂泊的慢旅，遇见谁都是一个美丽的际遇。爱上一个人不需要靠努力，只需要靠际遇，是上天的安排，但是持续地爱一个人就要靠努力，快乐着他的快乐，痛苦着他的痛苦，愿意为他付出一切，哪怕是付出生命的代价。你若安好，便是晴天。这就是爱！

心灵种子

神使在天边一个角落发现了一粒种子，这粒种子已经存在很多年了，一直没有发芽，也没有腐烂。神使查过神谱后才了解到：在上古的一次事故中，有一颗心灵种子从万物之神的手缝里掉了出来，被人遗忘在这个角落里。只有在一位神扔到一个人心里去的时候，才会发芽，但神谱中并没有说，这颗种子到底会结出恶之花还是善之果。

一天，神使在半空中，看见下面草地上有一个小男孩，他在自得其乐地玩耍，专注而快乐。神使盯着他看了很久，终于决定要把这颗种子播到这个孩子的心里："这一次，让命运之神来决定善恶分野吧。"

神使轻轻飞到小男孩的上空，将种子播进男孩的心里。这个孩子正在专心致志地看着周围飞来飞去的一些小鸟，神使看到这颗种子迅速发芽，开始占据孩子的心。"这到底是一颗什么种子呢？"神使紧盯着孩子的眼睛。

这个孩子看着这些快乐的飞鸟，突然，他有了一种想法，他非常想拥有一只，他非常想将一只小鸟握在手里，仔细地欣赏把玩，这种愿望是如此强烈，以至于他立即开始思考怎样才能抓到一只。他拣起地上的石块，向空中的小鸟扔去，小鸟们被突如其来的袭击吓得惊恐地四处乱飞。

“这是一颗贪欲的种子。”神使一边失望地自言自语，一边好奇地看着小男孩不知从哪儿弄来一个圆塑料筐和一根长线，以及一个装着碎饼干屑的纸袋。

小男孩将一些饼干屑抛向四周，单纯的小鸟们立刻原谅了他刚才的莽撞，兴奋地啄食地上的美味。小男孩将圆塑料筐用一根小木棍支起来，里面撒些饼干屑，并将长线绑在小木棍上。神使立刻明白了他要做什么：“这个狡猾的小恶魔。”

这个小男孩远远地拉着长线，兴奋地看着两只小鸟一步一步走向他布的陷阱。

两只小鸟在筐外蹦蹦跳跳，试探着，不敢立刻钻到筐子下面吃那些可口的饼干屑。它们交头接耳，互相商量了一阵，终于忍不住诱惑，钻了进去，它们开心地享受着美食，唧唧地轻叫着，无比惬意地互相轻蹭着对方。它们可爱的小黑眼睛已经完全没有了警戒，只有欢乐，发自内心的欢乐。

、神使略有些奇怪：这个小恶魔为什么不趁此良机下手？

然而这个小男孩的眼神有了变化，他非常认真地看着两只小鸟，它们是如此快乐、安详，这时候，如果天塌下来，将对它们意味着什么？所有的快乐立即变成极度的恐惧与痛苦。

他想起有一次当他玩耍后非常快乐地回家时，看见家里一片狼藉，母亲坐在地上痛苦地哭泣，父亲则无影无踪，他意识到家里又吵架了。他永远忘不了那种从开心的天堂坠入黑暗地狱的感觉。

这两只小鸟多么像那天回家前的他啊！

在那一刻，他觉得这世上的每一个生命都是那么值得珍惜，而结束每一个生命的快乐是那么可怕的一件事情。

可是，这两只小鸟是多么可爱啊，它们的毛色是那么鲜艳，叫声是那么好听！

它的小手牵着长线，只要往后一拉，两只小鸟就是他的了，真是举手之劳。

最后，这个小男孩突然站了起来，两只小鸟立刻扑腾着翅膀飞上了天，但并不太惊慌，它们永远也不会知道刚才经历了什么。

小男孩松了口气，略有些遗憾地看着飞远的小鸟，但他脸上更多的是舒心的笑容。他朦胧地意识到，如果刚才把两只小鸟捉到手的话，短暂的快意之后肯定是长长的后悔。

现在，他什么也不用后悔，他继续自得其乐看着天上的云，地上的花草树木，以及飞来飞去的小鸟，开心地独自玩耍。旁边偶尔走过的大人笑着说，这个孩子已经在这儿傻玩了一整天了。

神使从云端纵身跃下，在浑然不觉的小男孩额头上深深地一吻。

文/许韬

诗人说：满树的花朵，只源于一粒小小的种子。哲人说：在创造人时，上帝公平地在每个人心里埋下一粒种子。这一粒小小的种子，在每个人心中发芽，生长，经过一次又一次灵魂的丰润之后，最终总会绽放出心灵中最美的花。人生正是如此，你在心灵里播下了怎样的种子，就将收获怎样的人生。

幸福的品尝

他们三个，两老一少，外国人，坐在靠窗的餐桌旁。我刚跨进小饭店目光就直奔他们。小小少年唇红齿白，脑袋有点不安分，乱转，四处瞅。两个老人，头发花白，神态安详。摆在他们脚边的三个又长又大的旅行包告诉我。这是三个来中国观光的外国游客。

我和朋友随意在外国游客右侧的餐桌坐下，眼睛却有意无意落到他们仨身上。我们并非没见识过外国人，而是因为我们此时身在湘西洗车河这个偏僻的小镇。若干年前，洗车河镇曾水运发达，商船云集，可随着汽车的出现，此地逐渐寥落为守候着众多透着沧桑的吊脚楼的寂寞边城。在这样一处国内游客也很少抵达的小镇，冒出三个外国游人真的有点稀罕。

我没料到，怪事还在后头。

我打量简陋的点菜牌的时候，朋友忽然轻轻碰我胳膊："你听。"我顺着朋友偷偷摸摸的手势瞟过去，倾耳。嚯，那个满脸容光焕发的外国老头居然是个中国通，他正用汉语与饭店老板"讨价还价"：你的，拿手菜，都上，我们，都想吃。每样要半份，价钱，半折，你说，好不好？

小店老板愣了一阵。可很快呵呵笑着频频点头："好，好，每样菜给你们上半份，半价。”

坦白说，外国老头普通话虽说得别扭，不流畅，但发音比小饭店老板说的普通话还要标准。

菜上得挺快，一盘，一盘，盛在略显粗糙的泥坯碗里，热气腾腾，香气扑鼻。又一件怪事出现了——每道菜端上桌，那个外国老头都是第一个拿起筷子品尝。试一下，喊一声“OK”，即将这盘菜移到自己或少年面前：试另一盘，又喊一声“OK”，却将该盘菜挪到那位外国女士面前。整桌菜摆好，开始正式动嘴享受了。女士奉行的是“井水不犯河水”，只对准摆在自己眼前的三盘美味下筷子；而一老一少两个男人却奉行通吃，不但狂吃摆在自己眼前的几盘菜，女士面前的三盘菜也照尝不误。

借着端起酒与朋友碰杯的机会，我细声说：“典型的男女不平等……”朋友悄悄扮个鬼脸，笑：“嘿，比我们中国人还狠。”

酒足饭饱，喝着茶向店老板打听一些当地风情时，外国老头找我们搭讪来了。他看到我搁在桌上的照相机三脚架：“你们，来旅游？”没等我们回答，他竖起大拇指，“这里，天堂，非常美！”

朋友是个急性子，没等我和外国老头闲聊几句，就开口提问了：“能问您一个问题么？刚刚，您每个菜都先尝尝。有的给那位太太吃，有的，只是您和小男孩吃，为何？”

外国老头怔住了，他似乎完全没想到先前有人在“监督”他的一举一动。不过他很快镇静下来，张开口，有点无奈地指指自己的舌头：“我太太，舌头受伤，味觉，跑掉了，我先替她试试，菜的味道。”我很不满意他的回答。因为我更糊涂了。既然太太失去了味觉，那替她先行品尝了又有什么用。而允许他太太吃其中三道菜，那又作何解释？

老头子觉察出我的疑惑了，抚着胸口：“我太太，胃不好，吃辣，吃烫，吃冰，吃酸，会疼……”

这下，轮到我和朋友怔住了。我们俩面面相觑，我们猜一万遍也不可能联想到那些奇怪的、极易引起误会的动作里原来藏着细细密密的爱。我们更不曾想到，一个人口舌不幸失去味觉，胃，却照样可以幸福地品尝深情。

文/蔡成

我们身边很多普普通通的人，都拥有最真挚纯朴的爱情。他们不像我们想象的那样浪漫痴情、轰轰烈烈，却在最凡俗的日子里，真真切切地为自己心爱的人，心疼着，担忧着，而这爱就隐藏在日常生活中那些在旁人看来也许很奇怪、极易引起误会的动作中。

十八岁那年的心动

十八岁那年，我从农村插队回城，在广西一个小县城的工艺厂当工人。那时的我是一个青涩骄傲的女孩，因为多看了几本书，就以为自己洞察人生，看不起和自己同龄的小男生，始终相信有一份深刻隽永的爱情在世界的某个角落等着我。

不久，厂里派我去北海工艺厂学贝雕。在切割贝壳时我割破了手指，因此认识了工艺厂的厂医，一个热心的四十岁的北京女人。她和身处异乡的我亲如姐妹，拉我去她家包饺子、吃饭，张罗着给我介绍对象。我很抗拒媒人介绍、男女相亲的形式，一心期望着一见钟情的浪漫爱情，因此，不假思索就拒绝了她的好意。

厂医不肯放弃，她告诉我，他是她认的干弟弟，根正苗红，出身贫农，是海军军医，和我很般配，错过了他，我会后悔的。还说现在他正随舰艇外出执行任务，没法和我见面。让我先看看他写给她的信，感受一下他的为人。

那天，我捏着一大把信走回宿舍，在寂寞的长夜里，在北部湾的猎猎海风中，读着他写给另一个女人的信。

信是用钢笔写的，笔画流畅，刚劲有力，写的都是海上巡航、拉练的事。时隔四十年，我仍能记起他信中的句子：“海上风浪很大，端着盘子在甲板上吃饭，很快就凉了，结了一层白霜，但还是要吃下去，不然没体力在船上工作。”“很多人以为水兵很浪漫，蓝披肩、黑飘带，还有那欢快的海鸥追逐，浪花在身边唱歌……其实我们是进港不上岸，学习坐马扎，吃饭蹲甲板，休息睡架床，潜艇一出海就是十天半个月，吃不上新鲜蔬菜和水果，水兵们的牙龈都出血了……”“在海上已有一个多月了，淡水是最珍贵的物资，舍不得用来洗澡，通常是几个人一桶水，用毛巾擦擦就算了，汗水滴在蓝色作训服上，被太阳晒干后留下一圈圈的白渍……”

十八岁，正是爱幻想爱做梦爱偷偷流泪的年岁，也是崇尚正义、崇敬牺牲、崇拜英雄的年岁。在和平年代长大的我，从不曾想到水兵的生活是如此艰苦，从不曾想到作为军人就意味着奉献。那一夜，我一口气读完了他所有的来信；那一夜，我为一个从未谋面的人流泪到天明。

第二天，我找到了厂医，含羞地说：“我和他先通信吧。”

学习结束，我回到了广西博白。很快，他给我来信了，详细地描述了他的军旅生活。那时，他刚参加援越扫雷归来，美机、巨浪、水雷，异国风情，危机四伏，每天都面临死亡的威胁……他的信向我展示了一个陌生的世界。他写道：“你问我怕吗？说实话，我怕！我还没结婚，连女朋友也没谈，人生还没开始，我死了，谁来赡养老家的祖母和母亲呢？但我是军人，国家的安危，人民的平安，比我的命更重要。我别无选择。”

他信中那种舍生忘死、为国捐躯的英雄气概，深深触动了我心灵深处最柔软的地方。他长得什么模样有啥关系，他有没有钱更不会去考虑，我爱的就是他，他就是我心中的英雄。

他向部队请了假，来博白看我。见面的那一刻，我怦然心动：他的个子虽然不算高，但浓眉大眼，十分英俊，正是我想象中的模样。十八岁的我，皮肤白皙，瓜子脸，大眼睛，梳着一条又黑又粗的大辫子，美丽动人。相亲的结果是：我们都坠入了情网，从此开始了长达三年的热恋。

我们相隔两地，一年才见一次面，三年恋爱，见面的时间加起来也不超过四十天，平时就靠写信互诉衷肠。他随着舰队频繁调防，从北海到钦州，北部湾的海防线上都留下了他的足迹。我通过他的信，也逐渐熟悉了那里的红树林、珊瑚礁、渔村风情、海岛奇景、军港风光。

相亲后不久，他的祖母病重，家里发来电报，催他回去见祖母最后一面。我不顾一切要跟他回去见见他的祖母。当时交通不便，两广还没通火车，我们跋山涉水，昼夜兼程，坐了两天汽车，才从广西回到广东清远。他的祖母眼睛早已看不见东西了，但听说我们回来了，挣扎着坐了起来。我们的到来让他的祖母萌发了强烈的求生欲望，在他的精心医治下，重病的祖母竟然摆脱了死神的魔爪，恢复了健康。

在他家乡的小山村里，我终于懂得了他军装背后的辛酸，笑颜中的苦涩：因父亲早逝，家庭困难，无力支付学费，他不得不辍学当兵，靠自己的好学上进，在部队上了大学，成为一名军医。而他的祖母、母亲、兄弟姐妹至今仍留在小山村里务农。

我自小生长在一个比较富裕的家庭，从不知贫穷为何物。他家里的贫困拮据让我窥见人世间的艰辛困苦。然而，在十八岁少女的心中，为心爱的人吃苦是甜蜜的，和心爱的人一起挨穷是快乐的，再穷再苦也阻挡不了我和他共度一生的决心。

青春是一道明媚的忧伤，时间是最好的医生，它会医好少女时代所有可爱的和不可爱的毛病。就在那一年，我一下子长大了，不再像从前那样任性刁蛮，我变得善解人意了。

三年后，我们结婚了；再过一年，我们的儿子出生了。

到今天，我们已结婚三十多年。三十多年的婚姻生活中，他身上的英雄光环早已褪尽，如诗如画的爱情也早已被油盐柴米磨灭了浪漫色彩，我们有过数不清的摩擦，有过几乎散伙的争吵。好几次，离婚协议书都写好了，却在要去办离婚手续时，两人抱头痛哭，言归于好。因为我们依然记得十八岁那年的心动，因为我们依然记得当年的情愫，尽管岁月流逝，世事变迁，那份真挚却从不曾凋零老去。

文/蒋红

婚姻应该说是爱情升华的结果，它承载着夫妻间一生的希望与承诺。尽管随着时光的流逝，人性的变迁，爱情也会变质，但是，这些美好的爱情经历却成为人生难以舍弃的财富。婚姻在更多的时候，是一场坚守。坚守爱情，坚守婚姻，是一种责任，一种道德，一种态度。所以，我们要做到相互理解相互信任，用爱和真诚去经营感情。珍惜现在拥有的，不要等到失去才知道珍惜。

开往春天的地铁

麦雷尔40岁那年，他失业了。妻子一夜之间也红杏出墙，不知去向，只剩下他和一个患有脑病的儿子相依为命。麦雷尔把儿子当成了自己的精神寄托，想尽一切办法为儿子治病，随着儿子病情的一天天恶化，麦雷尔变卖了家中所有值钱的家当。

麦雷尔那患病的儿子脑袋大得异常，语言上也有障碍，每天只能含糊不清地嚷些让人听不懂的话，而且他的视力也十分糟糕，可见度只有眼前半尺远的距离，且模糊得像蒙上了雾一般。但是，令人奇怪的是，尽管儿子视力极差，他仍是对阳光和圆形的物体充满兴趣。儿子还有另一个特点，那就是终日好动，经常把房间里弄得乱七八糟。

后来麦雷尔再也没有钱为儿子看病了，发病时的儿子白天安然无事，晚上却闹腾个不停。有一次，在睡梦中的麦雷尔突然被一阵难闻的气味呛醒，他下意识地伸手摸一下身边的儿子，才发现儿子不见了！他慌忙满地去找，房间全找遍了，最后才发现，儿子在厨房里正拧着煤气罐上的栓。如果他晚发现几分钟，后果就不堪设想了。

许多热心的朋友打算给他再找一个伴儿，但是，每当人家女方看到他身边那个弱智的儿子，一个个都摇着头甩门而去。令人伤神的儿子弄得他心力交瘁，他以往对儿子的疼爱逐渐消失了，取而代之的是恼怒和气愤，甚至是恨，恨他给自己的生活雪上加霜。一天，再也忍无可忍的麦雷尔终于横下心来，做出了一个决定，于是，吃过早饭，他就带着儿子向地铁走去——他决定放弃儿子！

麦雷尔买了远距离的车票，因为，他怕儿子被人认出来，又会回到自己的身边，再次成为自己的累赘。终于到了地铁的入口，有好几次，麦雷尔都想把牵着儿子的手松开，但是试了几次，看有警察在场，他还是握紧了儿子的小手。那天的儿子出奇的乖，一点也不闹，也许是长时间闷在家里的他，因为见到了阳光而高兴地顺从了爸爸的意愿。他跟着爸爸的脚步进入了车厢，看着模糊的车窗与迎面疾驰而过的另一列车所形成的影子，车窗上映出的影像虽然模糊，但却有着美丽的圆。

儿子看得入了神，而麦雷尔却顾不了这些，当地铁穿过一个涵洞时，他旋即松开了抓住儿子的手，然后躲得远远的，儿子还以为父亲就在身旁，新的一站抵达了，列车停稳后，儿子跟着一个中年妇女下了车。仍然留在车厢里的麦雷尔，心里暗自惊喜，终于把儿子丢掉了，他释然了。儿子还在顺着车站的墙壁，跟着那位中年妇女向前走，墙壁上贴着一张巨幅公益海报，上面写着——“每个人都有一个梦，我们要懂得精心呵护。”儿子是他的梦吗，一个涂得漆黑的梦？麦雷尔顾不得想这些，终于列车开启了……

麦雷尔又回到了自己所在的城市，摆脱了儿子，他发现自己那只腾空的手转瞬间变得好轻松。走在市中心的广场上，他突然累了，就坐在广场的台阶上歇一歇脚，广场上遍布着鸽群和鲜花，花坛中间摆出了这样几个字“把鲜花献给孩子”，他猛然间才想到今天是“六一儿童节”。广场中间，每一对夫妇都带着一个孩子，他们与孩子亲吻，陪孩子嬉戏，吹肥皂泡。肥皂泡很圆很圆，在阳光下变幻着色彩，转瞬间又没入花丛，“砰”地散开，像一个未了的短梦，麦雷尔突然想起了什么，肥皂泡——圆——儿子。麦雷尔想到了自己的儿子，想到了没人照料的日子他该怎么生活，想到了自己将从此完全失去依靠，过着更加孤苦难挨的生活……麦雷尔的心猛然震了一下，额头上渗出了许多豆大的汗珠，他再也坐不住了，飞速地奔向了车站，买了一张和刚才一样的车票，就急忙地踏上了地铁。他要去寻找儿子，他想，没有儿子他也许一辈子也不会幸福，一辈子也无法原谅自己。

由于慌张，麦雷尔并没有记住儿子下车的那一站叫什么名字，但是，他还是找对了站，是那张“公益海报”帮了他。“每个人都有一个梦，我们要精心呵护！”他一遍又一遍地在心中念叨着这样一句话，但是，眼都瞅酸了，他几乎要哭出声来，仍是不见儿子的踪影。情急之下，一位行人帮了麦雷尔，建议他到列车员办公室用广播播发一则“寻人启事”。当一位有心人帮他找到儿子，并把他领到孩子身边时，麦雷尔发现孩子正孤零零地站在车站的一角发呆，儿子的头向上仰着，向着车站大厅的房顶望去，那由钢铁焊接而成的房顶，正分明地显示出一个滚圆的穹顶！

文/迷尔

家有残疾孩子，生活确实很难，很难。残疾儿童生理或心理上的缺陷，对父母来说无疑是个很大的压力，这种压力会给父母造成精神、物质上的巨大负担。大量的金钱支出、长期的精神疲倦和体力透支，父母会产生一些错误的亲子观，如害怕别人知道家有特殊儿童，于是让孩子呆在家里，不与外界接触，极少带孩子出去感知丰富多彩的世界；或认为孩子是厄运之始，将所有不顺之事都归于孩子的残疾，认为孩子应该为此负责；或觉得有愧于孩子，常常陷于自责当中。春风化雨，润物无声，残疾的孩子是不幸的，而帮助他们战胜不幸，走向幸福的最关键的人就是他们的父母。相信只要坚持，总会有希望，办法总比困难多！

你是太阳，我是拐杖

70年前，他在一个草垛里将她救下，然后与她结婚生子，像模像样的过起了日子。

女人比他大3岁，个子也比他高一头，是当地有钱人家的小姐。此次遭难而被他救下，是因为日本人抄了她的家。

她看不上他，嫌他又穷又丑。对于她的指责和不满，他总是默默听着，然后笑着挽住她："别生气了，我改还不行吗？"

改的却是她。她的小姐做派，在他的轻声细语中慢慢消失。她跟其他农妇一样，扛起了锄头，晒黑了脸，磨粗了手指。不忙的时候，她会定下心来细细地绣花，两只栩栩如生的鸳鸯，激起她女儿家的遐想。不过日子久了，她的脾气也因劳累和不平衡，变得越来越大。而他，从来不跟她顶嘴，从来都不和她生气。有时候，孩子们都看不过去，偷偷地劝父亲。可他，总是呵呵一笑："她不骂我，老在心里憋着，生病了怎么办？"

日子在她的吵闹声中一天天流逝，孩子们都长大了，结婚生子。不管这个家的人口如何改变，老太太始终有绝对的权威。老太太不讲理的时候，若有儿女不服，老头会拼命调解，直到让老太太满意为止。

生活好过了，老头将儿女给的钱攒起来，哪天去城里或集市上转转，给老太太买个发卡，买点零食，或者买件衣服。虽不贵重，却能讨老太太欢心。家里是老头做饭，每天吃饭时，总能听到老太太大声呵斥："做了一辈子饭都是一个味，你家开过盐场啊。"晚上睡觉前，老头总会烧好满满一大盆水，端到老太太面前，把她的脚握在手里，仔细地洗。这一洗，就是一辈子。

年龄大了，老太太眼睛看不清，出门时，老头就是她的拐杖，颤巍巍地在前面走。前面有个坑，左边有棵树，老头都会轻声提醒。偶尔没注意走个趔趄，老太太总是大声地说："你眼睛瞎了啊。"老头笑而不语。这样的笑，他对着她，绽放了一辈子。

过完今年春节，老太太93岁了，老头也90岁了。那天，老太太眯着早已看不清楚的眼睛，说："老头子，外面太阳不错，咱们出去走走吧。不用叫孩子们了，你扶着我就成。"老太太没拿拐杖，她把手放在老头手心里，郑重地朝前走。而老头，努力地扶住她的身体，就像托起了整个世界。

太阳很暖，也很红，老太太喃喃着，慢慢地倒了下去。临走前，她放开老头的手："我走了，你也解放了。"

处理老太太的后事，老头显得精神抖擞。她的衣服，她的被褥，她的首饰，还有她爱吃的东西，他都让孩子们包成一个个包袱，放在老伴的棺内。她入土后，他开始分家产；房子，家具，到最后把零花钱都拿了出来。

那天晚上，一辈子从未生病的老头子也走了。病情危重的一刻，孩子们要送他去医院，他制止了："用不着麻烦。"他手里握着一幅鸳鸯绣花，大红色的底子。他说："让我带着它上路，找你妈方便。"

文/美川

爱的最高境界是什么？是习惯。一个女人习惯了一个男人的鼾声，从不适应到习惯再到没有他的鼾声，就睡不着觉，这就是爱；一个男人习惯了一个女人的任性、撒娇，甚至无理取闹，这就是爱。文中的他，一辈子无怨无悔地为她付出，直到生命最后一刻。他的爱，感天动地，终于也感动了她。